여자의
독서

김진애 지음

여자의 독서

완벽히
홀로
서는
시간

다산
북

Dear Girls

디어 걸즈
그대에게!

이 순간을 느끼는 나
이 생각을 하는 나
이 시간을 지배하는 나에
집중한다

그리고 나는 나가 된다

어떤 여자에게도
'책 운명'은
찾아온다

책을 읽는 여자는 힘이 세다
스스로 세지고 싶은 여자는 책을 읽는다
책 속으로 들어갔다 나와보라
자신의 '책 운명'을 개척해가면서!

여자와 책

여자의 독서는 특별하다. 여자는 책 속으로 들어갔다 나올 줄 안다. 여자 특유의 공감 능력이 작동하는 덕분이다. 책이 나이고 내가 책이 되는 몰아의 경지에 도달한다. 머뭇거림도 잠깐, 어색함도 잠깐, 거리감도 잠깐, 어느덧 혼연일체가 된다. 듣는 귀, 묻는 입, 뛰는 가슴이 서로서로 연결된다.

여자에게 책이란 도피 공간이자 또 현실 공간이다. 허용되지 않는 공간을 마음껏 서성이고, 못 가보던 공간을 마음껏 기웃거리고, 피하고픈 현실을 잠시 잊기도 하고, 징그러운 현실을 적나라하게 체험할 수도 있다. 의미 있는 도피를 한 후에는 새로운 나로 변모하여 자신이 처한 현실을 새롭게 정의한다.

여자에게 책이란 상상 공간이자 또 행동 공간이다. 누구도 상상을 막을 수 없다. 상상에 필요한 모든 재료는 나에게 있다. 책은 상상의 촉매다. '한 소녀의 방에 전 우주가 있다!'는 것을 보여준 영화 「인터스텔라」속 인상적 대사처럼, 책으로 가득한 공간에서는 어떤 일이 벌어질지 모른다. 꿈은 펼쳐지고 상상은 나래를 펴고 앎은 넓어지고 깨달음은 깊어진다. 그리고 이윽고 무르익었을 때, 그 꿈과 그 상상은 앎과 깨달음에 힘입어 현실 속의 행동으로 나타날 것이다.

나는 여성의 특질을 예찬하고 있는 것이다. 여성의 특질은 책의 세계에서 그 진가를 십분 발휘한다. 여자는 호기심을 작동할 줄 알며, 공감할 줄 알며, 흠모할 줄 알며, 존경할 줄 알며, 감탄할 줄 알며, 비판할 줄도 안다. 여자는 책을 읽으며 웃음과 눈물을 오가고, 쓴웃음과 한숨을 던지고, 홀로만의 시간과 홀로만의 공간을 자축하고, 억눌렸던 목소리와 억눌렀던 목소리를 마음껏 쏟아내며, 세상을 향해 소리치고 싶은 욕구를 터뜨린다. 그렇게 책을 통해 듣고 싶은 이야기, 하고 싶은 이야기, 나누고 싶은 이야기들을 쌓아올리며 여자는 새로운 세상을 꿈꾼다.

여자에게 책이 각별할 수 있는 것은 그나마 '믿을 수 있기' 때문이다. 좋은 책은 차별하지 않으며 윽박지르지 않는다. 좋은 책은 듣고 싶은 이야기를 들려주고 묻고 싶던 의문들을 묻게 해준다. 좋은 책은 세상의 비밀을 아무 조건 없이 알려주고 삶의 기쁨을 무조건적으로 나눠준다. 기댈 수 있고 믿을 수 있는 친구가 되어주는 것이다.

　여자에게 책이란 목소리다. 눈으로 읽지만 소리로 다가온다. 책이 귀한 시절에 '낭독'으로 시작했던 책 읽기의 힘은 강렬하게 남아 있다. 홀로 읽더라도 책 읽기는 소리로 다가오면서 힘이 실리고, 그 소리는 드디어 자신의 목소리가 된다. 자기 목소리가 있는 여자는 매력적이다. 목소리의 매력은 강한 끌림으로 신기한 마술을 부린다.

　여자에게 책이란, 책이 언제나 그렇듯이, 위험하다. 좋은 책은 변화를 꿈꾸게 만들고 혁명을 구상하게 만든다. 저항할 용기를 주며 행동할 의지를 북돋운다. 바로 그렇기 때문에 역사 속에서 여자의 책 읽기가 그렇게나 억제되었던 것이다. 어쩌면 지금도 책 읽는 여자를 거침없이 '센 여자'로 은근히 폄하할지 모른다. 그렇다. 책을 읽는 여자는 힘이 세다. 스스로 세지고 싶은 여자는 책을 읽는다.

　여자에게 책 세계란 아직도 새로운 영역이다. 여자들이 책을 보편적으로 읽기 시작한 것은 수천 년 인류사 중에 불과 이삼백여 년 남짓할 뿐이다. 여자가 쓴 글이 책으로 나와 세상에서 보편적으로 읽히기 시작한 것이 백여 년 정도다. 책에 관한 한 여자는 읽기든 쓰기든 개척할 영역이 무한하다. 여자 개인의 읽기와 쓰기가 여성 전체의 문화적 DNA로 자랄 때까지, 그리하여 우리가 사는 세상을 온전하게 만들 때까지 아직 갈 길은 멀다.

이 책은 내가 지녀왔던 아주 오래된 주제로부터 나왔다. '여자
는 어떤 책을 읽어야 할까? 여자는 어떤 동기로 책을 읽는 걸까?
여자는 책에서 어떤 단서를 찾아낼까?'라는 주제다. 왜 이런 의문
을 갖느냐고? 당연하다. 각자 어떠한 상황에 있든 여자라서 겪는
의문과 여자라서 드는 고민과 여자라서 처하는 딜레마는 있기 마
련이다. 어떤 책을 읽으면 그 의문과 고민과 딜레마를 푸는 단서
를 찾을 수 있을까 궁금한 것이다.

'어떤 책을 읽을 것인가?' 이 의문은 누구에게나 또 언제나 찾
아온다. 세상에 책들이 워낙 많기도 하거니와 시시때때로 새로운
주제들이 등장하고 관련 책들이 쏟아지면 '꼭 읽어야 하나?' 의문
에 사로잡히기도 한다. 게다가 일상에 치여서 책 읽을 시간이 한
정되니 어떤 책을 읽을 것인가 하는 선택은 쉽지 않다. 인생의 어
느 시점에 어떤 책을 만나느냐는 마치 운명과도 같다. 어떤 심리,
어떤 욕구, 어떤 불만, 어떤 불안, 어떤 좌절, 어떤 절망, 어떤 희망
의 상태에서 어떤 책을 만나느냐에 따라 글이 다가오는 강도와 심
도가 달라지기 때문이다. 그러니까 '책 운명'은 분명히 있다. 책 운
명이란 다른 어떤 운명보다도 지혜롭게 개척할 수 있다는 사실이
참 다행이지 않은가?

'어떤 책을 꼭 읽어야 하나?' 이 질문에 대한 나의 답은 '아니오'
다. '책을 꼭 읽어야 하나?'에는 물론 '그렇다'이다. 예컨대 나는

고전이건 베스트셀러건 추천 도서라 불리는 책들을 모두 꼭 읽어야 한다고 생각하지 않는다. 시험에 나오기 때문에, 유명세 때문에 읽는 책은 더욱이나 효과가 짧다. 하지만 인생의 어느 시점에 읽는 그 어떤 책은 강렬하게 다가와서 가슴에 흔적을 새기고 오래오래 남는다. 몰입의 순간, 감동의 순간, 요동의 순간, 격정의 순간, 통찰의 순간에 빠지는 책 읽기가 되는 것이다.

그런 책 읽기 순간들이 쌓이면서 자신의 책 역사가 쌓이고 어느새 자신의 '책 지도'가 만들어진다. 스스로 자신만의 책 거미줄을 만들어가고 스스로 자신만의 책 별자리를 그려가는 것이다. 책을 읽으며 자기만의 거미줄, 자기만의 별자리를 만들어가는 과정이란 인생을 살아가는 멋진 일 중의 하나임에 분명하다.

나를 흔들고 매혹시켰던
여성 작가들

이 책에서 나는 여성 작가가 쓴 책들을 주목한다. 한 일간지에 '책 읽기'를 주제로 다섯 편의 책 리뷰 칼럼을 쓴 적이 있다. 나는 그때 작정하고 여성 작가의 책만을 골라서 썼다. 작가 박경리, 정치철학자 한나 아렌트, 작가 버지니아 울프, 도시운동가이자 저술가인 제인 제이콥스, 작가 정유정 다섯. 나를 흔들고 매혹시켰던 여성 작가들이다. 사실, 여성 작가들의 탁월한 작업이 의외로 알려지지 않은 경우가 허다하지 않은가? 그때 다하지 못했던 많은 여성 작가들의 이야기를 나는 이 책에 쏟아놓았다.

남성 작가의 책을 내가 멀리하는 것은 물론 아니다. 나를 매혹시킨 남성 작가들의 숫자를 보면 여성 작가들의 숫자보다 훨씬 더 많을 것이다. 남성의 책 역사가 여성의 책 역사보다 훨씬 더 길고, 남성이 세상을 주도한 세월이 긴 만큼 남성 작가들이 남긴 책이 압도적으로 많기 때문이다. 그러나 아무리 그렇다고 하더라도 이른바 '클래식'이라거나 '추천 책 리스트'마다 하나같이 남성 작가들의 책이 대부분을 차지하는 것은 안타까운, 절름발이 현상이다.

나는 여성 작가의 책을 추천하는 남자를 신뢰하게 된다. 그들은 세상의 아픔을 외면하지 않고, 구조적 불공평함을 인식하고, 다른 사람의 상처를 들여다볼 줄 알고, 자신과 다른 감성에 귀 기울이면서 균형 잡힌 세계관을 가지고 있을 것이라 기대하게 된다. 완벽하지는 않더라도 그들은 인간과 사회의 불완전성을 인식하고 더 근사한 인간, 더 나은 사회를 꿈꾸리라 기대하게 만든다.

여자들은 자연스럽게 여성 작가의 책을 읽을 것이다. 여자들은 남성을 이해하려는 책을 찾아서 읽는 성의를 기꺼이 쏟기도 한다. 그러할진대 여성의 시각과 감성, 여성의 현실과 이상, 여성의 심리와 행동, 여성의 상처와 고통, 여성의 불안과 꿈, 여성의 희망과 절망, 여성의 실패와 성공, 여성의 삶과 꿈을 섬세하게 다루는 여성 작가들의 책을 어찌 읽지 않겠는가?

책을 읽는 사람은 내면에서 우러나오는 의문이 깊고 상처가 깊은 사람일 것이다. 책을 쓰는 사람은 더 말할 나위가 없다. 자신의 의문을 풀고 상처를 치유하려고 책을 쓴다. 의문이 있는 사람, 상처를 아는 사람이 진정 세상을 바꿀 수 있다. 그래서 나는 더욱 책 읽는 여성에 대한 기대가 높아진다. 여성 독자와 여성 작가가 만날 때의 역학, 그 독특하고 섬세하고 에너지 가득한 만남을 더욱 기대하고 싶다.

그때 나는 왜
'아하!' 했을까?

'여자의 독서'라는 주제로 쓰는 '책에 대한 책'은 어떻게 구성하는 게 좋을지 나는 꽤 고심했다. 인생의 성장 단계를 따라 차근차근 쓰는 것은 흥미롭지 않게 보였다. 세대에 따라 읽는 책이 있기는 하지만 그 나이에 꼭 그 책을 읽는 것은 아니지 않은가? 아이 책, 어른 책, 청소년 책이라 나누는 것은 별로 마땅찮다. 난 어릴 적에 글자로 빽빽한 어른 책들을 읽곤 했다. 삼십 대가 넘어서 한동안 끊었던 만화책에 다시 열광했고, 지금은 동화책 속에 숨은 흥미로운 상징들을 새롭게 발견하곤 한다.

그렇다면 '세상을 바꾼 책' 같은 개념으로 다가서야 할까? 그것도 가능하기는 하다. 여성의 상황, 문제의식, 세계관, 여성주의, 페미니즘, 젠더, 여성 영웅 등 여러 분야에서 굵직굵직하게 시대의

획을 그은 저작들이 있으니 말이다. 하지만 그러한 책에 대해 이야기하는 것이 내가 맡을 역할은 아닐 것 같았다. 나의 견문이 짧기도 하려니와 그것은 훨씬 더 심층적인 연구를 한 전문가들이 나서야 할 과제일 것이다. 언젠가 '세상을 바꾼 여성의 책'이 나오기를 기대하면서, 이런 접근은 유보해두었다.

그래서 나는 내가 '아하!' 했던 순간을 중심으로 썼다. 그때 왜 '아하!' 했을까? 나의 무엇을 자극했던 걸까? 나는 무엇을 갈구했다가 그 책을 만난 걸까? 그때 '아하!' 하고 나서 나는 어떻게 변했을까? 지금은 어떻게 생각하는가? 앞으로는 또 어떤 게 떠오를까? 이런 의문들에 대해서 더듬어보려 한다.

나의 개인적 체험이 내 개인만의 것은 아닐 것이다. 많은 여성들이 그렇게 '아하!' 하는 순간을 기다리지 않을까? 삶은 살 만한 것일까? 산다는 것은 무엇인가? 사는 뜻은 무엇인가? 왜 신나는가? 왜 가라앉는가? 왜 나는 이걸 몰랐던가? 왜 나는 가슴이 벌렁거리는가? 왜 나는 다시 날아오를 것 같은가? 왜 나는 친구를 찾고, 동지를 찾는가? 나는 무엇을 원하는 걸까? 나는 누구를 찾고 있는 걸까? 이런 질문을 누구나 끊임없이 하면서 살고 있을 것이다. 그래서 나는 이 책을 다음과 같이 8가지 코드로 구성해봤다.

· 자존감: 자존감을 일깨우고 키워주는 책
· 삶과 꿈: 어떤 사람이 될지 꿈꾸게 하는 책
· '여성': 섹스와 에로스의 세계를 열어주는 책

· 연대감: 함께하는 힘을 느끼게 해주는 책

· 긍지: 여성의 독특한 시각을 깨우치게 되는 책

· 용기: 불편함을 넘어서는 용기를 내게 해주는 책

· '여신': 궁극적 지향, 원초적 원형을 찾는 책

· 양성성: 여성성과 남성성을 넘나드는 책

이러한 코드를 따라서 책을 펼쳐본다. 1장에서는 '불멸의 멘토'를 만나면서 나의 자존감이 튼실해졌던 체험을 쓴다. 자존감이야말로 인생을 살아가게 하는 가장 단단한 뿌리 아닐까? 자신을 존중하게 되고 자신의 가치를 인정하고 자신의 존재를 긍정하는 자존감을 세우는 체험, 누구에게나 이런 체험이 필요하다.

2장은 부쩍부쩍 자라던 시절에 만나는 다채로운 책 체험이 주요 내용이다. 동화로부터 시작해 온갖 성장 스토리들을 탐험하면서 나만의 인생 스토리를 꿈꾸고 어떤 캐릭터의 주인공이 될까 고민하던, 즐겁고도 흥미로웠던 이야기를 풀어본다.

3장에서는 여자로서 섹스와 에로스에 당당하고 열린 자세를 갖게 되는 깨달음의 단계를 솔직하게 풀어본다. '열린 성'이 대세가된 사회임에도 불구하고 여전히 섹스와 에로스의 장애를 겪는 여성들이 적지 않을 뿐 아니라 한 개인의 인생에서 섹스와 에로스가차지하는 부분은 엄청나게 크다는 것이 나의 생각이다.

4장에서는 '새로운 종의 여자'를 찾고 연대감을 느끼면서 용기백배하는 모습을 그릴 것이다. 친구, 파트너, 동료, 동지 등 어떤 이름을 붙이던 간에, 누군가와 '같이한다'는 느낌은 사는 맛을 키운다. 나는 이것을 각별하게 '시스터푸드(sister'f'ood)'라 부른다.

5장에서는 여성 특유의 역량과 관점으로 세상에 새로운 시각을 던짐으로써 더 큰 세상을 만든 저작들을 주목해보자. 여성으로서의 긍지를 느끼고 포부를 키우게 될 것이다. 남자들이 만들고 주도하고 통제하고 관리하는 세상에서 생기는 부작용들, 경시되었던 문제들, 소외되었던 이슈들, 그것들을 직시하고 치유하는 일은 여성의 몫일까? 자문해보자. 여성이 해야 할 일은 너무도 많다.

6장은 불편한 시선을 넘어서 행동하는 여성의 용기를 예찬하는 장이다. 여성에게 금지된 장난이 얼마나 많은가? 목소리 내기, 정치, 섹스, 자유, 자아 추구 등 여성에게 금지되었던 것을 과감하게 넘어섰던 여성들은 어떻게 용기를 낼 수 있었던 것일까? 그들의 용기는 이윽고 우리의 용기가 될 수 있을지도 모른다.

7장에서는 '여신'을 통해 '수호신'을 찾아보자. 어릴 적에 만났던 신화의 의미는 어른이 된 후에 새롭게 다가오곤 한다. 자신만의 수호신을 꿈꾸는 것도 중요하거니와 자신이 되고 싶은 신을 꿈꾸는 것은 '유한한 인간의 특권'일 것이다. 물론 이 책에서 이야기하는 것은, '여신'이다. 사회에서 대개 부차적으로 다루어지거나 무시되곤 하지만, 여신의 존재는 각별한 의미를 갖는다. 당신은 어떤 여신이 되고 싶은가?

8장에서는 우리 안의 양성성을 들여다보자. '여자 속의 남성성(아니무스), 남자 속의 여성성(아니마)' 개념이 자연스럽게 받아들여지는 사회가 되었다. 물리적 실체로서의 남자, 여자만이 아니라 성향으로서의 여성성, 남성성을 넘나들며 살고 싶다는 바람은 누구나 느끼지 않을까? 양성이 구분된 이 속세에서 '양성성'을 조화시키며 사는 것이 전정한 의미의 음양의 조화를 이루는 것 아닐까?

책에 대한 조명법과 조감법

조명법과 조감법에는 각기 장·단점이 있다. 책 한 권씩 조명하면, 깊게 파고들 수는 있지만 주제에 따라 여러 책을 섭렵하지는 못한다. 주제에 따라 조감하는 방식을 택하면 한 작가와 한 권의 책이 주는 감동의 깊이가 잘 표현되지 않는 단점이 있다.

그래서 나는 이 책에서 각 장의 성격에 따라 조명법과 조감법을 넘나들었다. 이른바 '인생의 책'이라고 할 만한 책, 내 표현으로는 '읽고 또 읽는 책'과 그 작가에 대해서는 조명 방식을 택하기로 한다. 그런가 하면 성장기에 읽은 책들은 마치 별자리의 별 하나하나를 찾아가듯이 여러 책들이 하나의 주제를 따라 어떤 그림을 만들곤 한다. 이런 주제에 따른 책 읽기에는 조감 방식을 택했다.

우리의 책 읽기도 조명법과 조감법을 적절하게 넘나들 필요가 있다. 누구에게나 '인생의 책'이 필요하고, '읽고 또 읽는 책'이 필요하다. 그런 책은 자신의 관점으로 깊게 조명할 필요가 있다. 그런 책은 다시 읽을 때마다 또 다른 관점을 제시해주기도 한다. 그런 책은 그 책 한 권 읽기로 끝나지 않는다. 작가에 대해서 알고 싶어져서 그 작가의 다른 책들을 찾아 읽게 만들고, 책의 배경과 시대적 상황에 대해서 관심을 갖게 만들고, 연관되는 책을 더 찾고 싶게 만든다. 조명함으로써 그 책의 빛이 더욱 밝아지는 것이다. 그 빛은 인생을 사는 사이에 시시때때로 우리를 비쳐주고 위로해주고 또 끌어준다.

누구에게도 '통시적 읽기 주제', 즉 '긴 시간을 두고 돌아오고 또 돌아오는 주제'가 필요하다. 짧은 기간 동안 한꺼번에 여러 권의 책을 읽는 경우도 물론 있다. 이른바 '연구'라는 작업이다. 반면, 인생이라는 긴 시간 속에서 이어지는 주제는 '탐구' 즉 '진짜 공부'의 대상이 된다. 모든 사람이 연구 작업을 할 필요는 없지만, 모든 사람이 자신의 주제에 대하여 인생에 걸친 탐구 작업이 필요하다. 이것이 조감법이다. 긴 인생을 통해서 나름 자신의 그림을 그려가는 것이다.

책은 결국 사람이다

이 책은 책에 대해 쓰지만 사실은 인물에 대해 쓰는 것이라 해도 좋다. 책을 쓴 인물과 책 속의 인물들에 대하여 알아가고 배워가는 과정이다. 그들의 심리, 현실 상황, 결단의 방식, 표현의 방식, 삶의 스타일, 고통과 환희에 대해서 알아가고, 이윽고 독자로서의 나와 어떤 의미를 갖는가, 나와 어떤 관계를 맺을까 깨우쳐가는 과정이다.

책은 결국 사람이다. 사람에 대한 관심이 나를 책으로 이끈다. 사람은 왜 이리 복잡한 것인가? 사람은 왜 이리 흥미로운 것인가? 사람은 왜 이리 변화무쌍한 것인가? 사람은 왜 이리 부족한 것인가? 사람은 왜 이리 위대할 수 있는 것인가? 사람은 왜 이리 비루한 것인가? 삶은 왜 이리 고통스러운 것인가? 삶은 왜 이리 아름다운 것인가? 삶은 왜 이리 오묘한 것인가? 삶은 왜 수수께끼로 가득한 것인가?

철학자 한나 아렌트는 그의 생각을 한마디로 표현했다. '아모르 문디(Amor Mundi, 세계애)다. 세상에 대한 사랑, 삶에 대한 사랑, 인간에 대한 사랑을 두루 포괄하는 말이다. 아무리 부족하고 불완전하고 흠결이 많더라도 그 세상, 그 삶, 그 사람에 대해서 바라보고, 묻고, 듣고, 이해하고, 공감하고, 생각하고, 비판하고, 통찰하고 그리고 사랑하는 과정, 그것이 책 읽기를 통해 가능한 것이다. '세계애'를 통해 자신을 사랑하게 되는 과정, 그것이 책 읽기의 비밀 아닐까?

디어 걸즈, 건투!

이 세상의 딸들과 자매들에게 바란다. 책을 통해서 부디 무럭무럭 자라기를!

'딸'이라고 서슴없이 쓰는 것은 내가 두 딸의 엄마일 뿐 아니라 이제 손녀딸 하나를 둔 할머니이기도 하기 때문이다. '딸'이라는 말을 나는 참 좋아한다. 딱 한 자의 명료함, 혀가 입천장을 딱 칠 때 느껴지는 그 경쾌한 발음, 그리고 딸이라는 말이 자아내는 수 없는 감정들. '딸'이란 얼마나 오묘한가!

'자매'라고 서슴없이 쓰는 것은 내가 1남 6녀의 딸부잣집에서 태어나 자라기도 했지만 지금도 사회적 자매들과 연대하며 살고 있기 때문이다. 사실 워낙 딸이 많은 집안이라서 솔직히 어릴 적에는 친자매들, 사촌 자매들이 너무 많아서 귀찮아했다. 게다가 대학에 들어간 이후부터 일해온 내내 나의 공적 세계는 90퍼센트 이상이 남자들로 채워졌다. 내가 일했던 건축·도시 분야에는 남자들이 우글거리고, 사회참여를 했던 언론·정치 분야는 더 말할 것도 없다. 그래서 그런지 사람들은 나를 여자와 관련 없다고 보거나 자매애와는 동떨어진 사람으로 보기 일쑤다. 우리 사회의 선입견은 그렇게도 심하다. 틀렸다. 나는 끊임없이 여자를 만나고, 여자 동료를 반기고, 여자 후배를 눈여겨보고, 여자 선배를 찾고 바라본다. 무엇보다도 여성에 대해서는 '팔이 안으로 굽는다'. 피로 얽힌 자매들과 'X' 유전자를 공유하는 사회적 자매들은 나의 어깨이자 품이다.

요즘 내가 자주 만나 노는 여자들이 있다. '십 자매'라는 애칭으로 시작된 모임인데, 이제는 숫자가 십이 훌쩍 넘어 '삼십 자매'쯤

되지만 여전히 그렇게 부른다. 각기 자기식 이름을 붙이며 팬클럽처럼 혹은 멘토 그룹처럼 여기는데, 나는 이 '십 자매'를 '디어 걸즈(Dear Girls)'라는 애칭으로 부른다. 연배가 무려 삼십여 년에 걸쳐 있고 나름 사회적으로 활발하게 산전수전 겪어내면서 살아남고 또 살아가는, 이른바 '센 언니'들인 셈이다. 그렇게 '센 언니'들도 내가 '디어 걸즈'라 부르면 썩 기분 좋아한다. 여자는 죽을 때까지 '걸'이고 싶은 것이다. 나는 이 '디어 걸즈'들이 점점 커지기를 바라고, 서로에게 힘을 넣어주고 기를 불러일으키며 살기를 바란다.

나는 딸들이 내가 자랄 때 먹었던 '지레 겁'을 먹고 살지 않기를 바란다. 나는 딸들이 건강한 분노를 느끼면서 살기를 바란다. 자랄 때 스스로를 사로잡았던 분노를 훨씬 더 긍정적인 분노로 바꿔나가기를 바란다. 어리석었던 실수를 덜 저지르고 미숙했던 시행착오를 덜 겪기를 바란다. 훨씬 더 멋진 실수를 저지르고 훨씬 더 근사한 시행착오를 겪으면서 훨씬 더 커지기를 바란다.

디어 걸즈! 나는 나의 사회적 자매들이 지금도, 늦었다고 생각할 때 또다시, 용기를 내기 바란다. 그 무엇을 할 용기를, 스스로 변화할 용기를, 그 무엇을 바꾸겠다고 나설 용기를 찾기 바란다. 서로 같이하고 서로 나눔으로써 우리가 사는 세상이 얼마나 살맛날 수 있는 것인지 새삼 깨달으며 살기를 바란다. 자신의 세상을 넓히며 이 세상에 존재하는 온갖 기쁨을 즐기기 바란다.

딸들이여, 자매들이여! 우리 속에 있는 그 겁남, 그 분노, 그 두려움, 그 불안, 그 상처를 마주하고 딛고 이겨내며 새로워져보자. 우리 안에 있는 바람과 희망을 길어 올리고, 내가 이루지 못하더라도 우리가 꼭 이루어낼 꿈을 꾸자. 그렇게 살아가는 기쁨을 누리고 이 시간, 이 공간에 있는 존재의 뜻을 찾아내보자. '여자의 독서'를 통해서!

강화 텃밭에서

김진애

차 례.

1장

자존감을
찾아서

불멸의 멘토를
만나는 기쁨

내 일생의 화두 중 단 하나만을 꼽으라면 단연 '자존감'이다.
남들은 지금의 나를 보면서 내가 자존감 같은 문제에
시달리지 않았을 거라 여기지만 절대 그렇지 않다.
자존감을 깨닫고 자존감을 키우고 자존감을 지키는 일은
평생 계속되어왔고 지금도 마찬가지다.
자존감이란, 때로 흔들리면서 더욱 튼실해진다.

일생의 화두,
자존감

어릴 적 나의 자존감 문제는 꽤 심각했다. 그럴 만도 했다. 1남
6녀 딸부잣집이라는 환경에서 '여자라는 존재'는 깊은 회의를 불
러일으키기 마련이다. 맨 위가 아들이었으니 망정이지, 우리 엄마
는 아들 하나 더 낳자고 무려 아홉을 더 낳았다. 열을 낳고 셋을
잃은 엄마의 끝없는 노동에 감탄하면서도 어린 내 눈에는 왜 저렇
게까지 해야 하나 이상해 보일 때가 많았다. 일가친척들이 내뱉는
아들 타령에 엄마가 겪는 마음고생을 목격하는 것은 더욱 괴로웠
다. 나도 엄마처럼 마음의 상처를 받았고 "있는 건 딸밖에 없습니
다!"라는 아버지의 농담에 굴욕감까지 느꼈다. 내 바로 밑으로 남
동생을 봤다고 나는 어릴 적에 더 귀여움을 받았다는데 그 사실이
더 이상했고, 그 남동생이 세 살 무렵 추락 사고로 죽었을 때 나에
게는 무언지 모를 죄책감 같은 것도 생겼다.

28

'아들, 아들' 하던 집안 분위기는 언제나 그렇게 존재하고 있었다. '열 손가락 깨물어 안 아픈 손가락 없다'는 속담은 분명한 진실이었지만, 아들 우대의 분위기는 엄연한 현실이었다. 그것은 일상 곳곳에 엄존했고, 이른바 '가업 잇기' 같은 이슈에서 두드러졌으며, '제사'나 '상속' 같은 이슈가 되면 더욱 극명해졌다. 딸이 해야 하는 일과 아들이 해야 하는 일은 분명히 달랐다. 아들이 하지 않아도 되는 일은 분명했고, 딸이 하지 말아야 하는 일은 더욱 분명했다. 아들이 하고 싶어 하는 일은 초관심 주제가 되는 반면, 딸이 하고 싶어 하는 일은 무시되기 일쑤였다.

이런 와중에 나는 일종의 '명예 아들' 노릇을 했다. '공부 잘한다'는 그 단순한 이유 때문이다. 나는 셋째인데, 그나마 살림이 펴지던 시절에 유치원에 다닐 수 있었던 첫 아이였다. 초등학교 내내 반장, 부반장을 했고 이른바 명문 중고등학교에 합격했고 사람들이 선망하는 서울대에 들어갔다. 일가친척들은 나를 만나면 "니가 아들 노릇을 하는구나!"라는 말로 스트레스를 줬고, 데면데면하게 구는 나를 보고 '공부 잘하는 거로 봐준다'는 식이었다.

어렸을 적에 나는 '예쁘다'는 말을 들어본 기억이 없다. 그나마 '잘생겼다'는 말을 들은 기억이 있으니 다행이랄까? 하지만 그 말은 영 석연치 않았다. 나의 넓은 이마와 선 굵은 눈썹을 지목하며 어른들이 '잘생겼다'고 할 때마다 내가 여자 아이로서 얼마나 예쁘지 않으면 그런 말로 얼버무릴까 의아해했던 것이다.

대체 딸은 무엇이고 아들은 무엇인가? 여자는 무엇이고 남자는 무엇인가? 여자의 역할과 남자의 역할은 다른 건가? 여자다움과 남자다움이란 그렇게 다른 건가? 여성성과 남성성이란 대체 무엇인가? 이런 의문들이 어린 나에게 새록새록 쌓였다. 어린아이들이라면 누구나 자연스럽게 이런 의문을 가지게 될 것이다. '정체성'에 대한 의문이다. 건강한 환경이라면 '정체성'에 대해서 자연스럽게 알아가고 '차이'를 알게 되고 그 차이를 수긍하게 되고 '차별'에 대해서 의식하지 않는 상태가 되어야 할 것이지만, 나는 전혀 그렇지 못했다. 정체성은 모호했고 차이보다는 차별이 더 신경에 거슬렸다. 일상 속에서 받는 작은 상처들은 계속 쌓여갔고 그 상처들은 잘 낫지 않았다.

어린 시절의 '독립 선언'

그래서 나는 대여섯 살 적부터 입을 꽁꽁 닫고 살았다. 집에서는 더욱. '말이란 아예 안 하는 게 상책'이란 내 나름의 비결을 터득하고 아예 입을 다물었다. 일가친척들은 나를 '비실비실 약해빠지고, 새하얀 낯빛에 수줍음이 많아서 어른들한테 인사도 제대로 못 하던 아이'로 묘사한다. 하물며 중고 동창들도 나를 만나면, "니가 그 김진애 맞니?" 할 정도로 항상 교실 책상에 코를 박고 있던 친구로 기억하는 것이다. 그만큼 다른 사람들에게 비친 나는 수줍고 내향적이고 말수 적고 심약한 모습이었다.

그러나 내 속까지 그러했느냐 하면 전혀 그렇지 않았다. 농담처럼 이야기하는데, 나는 속으로 칼을 갈고닦았다. 우선, 나는 몹시 바빴다. 이 세계 저 세계에 기웃거리며 내가 가진 의문을 풀어보려고 했고 수긍할 만한 답을 찾아보려고 애를 썼다. 하나의 의문은 다른 의문을 만들었고, 마땅찮다 싶으면 또 다른 답을 찾아다녔다. 다른 어떤 것보다도 책은 항상 새로운 세계를 열어줬다. 도피처였지만 또 신세계였다.

책이 귀하던 시절이라 손에 걸리는 책이라면 다 읽었다. 어린이용 도서가 별로 없던 시절이니 주로 어른 책을 읽었다. 명저만 읽었느냐 하면 그렇지도 않다. 집에 굴러다니던 '야동' 소설까지도 다 읽었다. 물론 '몰래' 읽었지만 말이다. 꽤 나이 차가 나는 오빠 언니가 들여오는 온갖 '고전 시리즈'는 늘 내 차지였다. 한국문학선집, 세계문학선집, 명작 전집은 물론이고 역사서, 철학서, 사회과학서들을, 말 그대로 '닥치고' 읽었다. 문자중독증 수준이라 할정도로 빠졌던 것이다. 책은 나의 멘토이자 선생님이었고, 나의동지이자 친구였다.

책을 읽는 현실적 이점도 발견했다. 어린 나에게 어른들은 경계의 대상이자 회피의 대상이었는데, 내가 이윽고 터득한 묘책은 '책을 읽고 있으면 어른들이 안 건드린다'는 사실이었다. 건드리지 않는 정도가 아니라 심지어 존중의 기색조차 있다는 것을 나는 이윽고 알아챘다. 어린 마음에 책을 읽음으로써 얻는 이런 이점은 아주 괜찮았다. 사실 부모들은 아이들이 어서 책을 읽기를 바라지만 책을 읽게 되면서 아이들은 부모로부터 본격적인 독립을 시작하는 것이다. 책을 읽는 사람은 주변에서 떨어져 자기 세계에 빠지는 것이니 주위 사람들이 간섭하기 어려워하는 심리가 작용한다. 나로서는 나쁘지 않은 발견이었다. 어린 나는 건드려지지 않기를, 간섭받지 않기를, 존중받기를 바랐던 것이다.

왜 어린 내가 자존감에 특히 예민했던지는 모를 일이다. 우리 집 딸 여섯이 어른이 된 후에 어릴 적 얘기를 나눠봐도 나만큼 자존감 이슈를 지독하게 겪지는 않았던 것 같다. 여섯 살 터울이 지는 언니는 너무도 아름답고 매력적이어서 아예 인생의 이슈가 달랐던 걸까? 네 명의 여동생들은 서로 터울이 크지 않아 끼리끼리 친하게 커서 나보다 외로움을 덜 느꼈던 걸까? 여동생들이 자랄 무렵에는 경제적으로 훨씬 더 여유로워져서 일상에서의 차별이 두드러지지 않았기 때문에 나보다 박탈감을 덜 느꼈던 걸까? 여동생들은 공부 잘해서 대우받는 나의 존재가 자랑스럽기도 했고 그 때문에 압력을 받기도 했다는데, 바라볼 언니가 있어서 동생들은 소외감을 덜 느꼈던 걸까?

이유는 잘 모르겠다. 한 어린아이가 어떻게 자기를 인식하고 자기의 상황에 대해서 못마땅해하고 어떤 반응을 하고 어떤 작정을 하는지, 미묘하고도 복잡한 역학이 그 안에서 일어날 것이다. 지금 생각해도 흥미로웠던 순간이 있다. '어린아이의 독립선언'이라고 해야 할까? 굴욕감과 불평등에 대한 불만을 풀 수 있는 나의 묘수를 발견했던 순간이다. 너무도 간단한 묘수였다. '내가 벌어서 내가 쓸 거야!'라는 결심이다. 나에게는 그게 '독립'이었다. 나는 권력 관계에 꽤 민감했던 모양이다. 그것이 관습에 의한 관계든, 문화에 의한 관계든, 서로의 포지션에서 나오는 관계든, 경제적인 차이에서 나오는 관계든 '권력 관계'가 존재한다는 것을 일찍이 깨우친 셈이고, 그것을 풀어낼 묘수는 '오직 독립'이라고 생각했던 것이다.

나는 하나의 인간으로
존중받고 싶었다

어린 시절의 영향 때문인지 모르겠으나, 내 일생의 화두 중 단하나만을 꼽으라면 단연 '자존감'이다. 남들은 지금의 나를 보면서 내가 자존감 같은 문제에 시달리지 않았을 거라 여기지만 절대그렇지 않다. 자존감을 깨닫고 자존감을 키우고 자존감을 지키는일은 평생 계속되어왔고 지금도 마찬가지다.

집 안의 세계로부터 밖의 세계로 나섰을 때 자존감 이슈는 어떻게 변화될까? 나의 자존감 이슈는 '유보' 상태였다고 보는 것이 맞겠다. 학교 세계라 해서 차별이 없는 것은 아니지만 적어도 노골적이지는 않았다. 게다가 학교에는 이상적인 상황을 미화하는 성향도 바탕에 깔려 있기 때문에 다르게 생각해볼 수 있는 기회를찾을 수 있다. 적어도 나에게는 학교가 나의 정신적 자유를 확장해주는 공간이었다.

내가 다녔던 이화여중·고에는 아주 근사한 야외 '원형극장'이 있다. 중학교에 들어가서 처음 그 공간에 들어갔을 때의 경외감을 기억한다. 생전 처음 보는 공간이었다. 하얀 돌들이 정확히 원을 그리며 쌓아 올려져 있고 가운데에는 푸른 잔디가 이색적이었다. 크고 숭고하고 '나보다 더 큰 무엇'을 떠올리게 하는 공간이었다. 예배를 볼 때도 멋있고 밤에 합창대회를 하면 더 멋있고, 그저 앉아만 있어도 멋있고, 책을 읽고 있으면 내 자신이 더 근사하게 느껴졌던 공간이다. 그곳에서 친구들과 노닐던 순간들은 각별했다. 그 멋진 분위기에 끌려서 제법 심각하고 진지한 대화들이 우러나왔던 것 같다. 특히 방과 후 해가 뉘엿뉘엿 저물어가는 시간 속의 대화는 자못 신비롭기까지 했다.

사춘기에 솟아오르는 다양한 의문들이 그 원형극장에서 튀어나오곤 했다. '여자는 무엇으로 사는가?'는 자주 나오는 주제 중 하나였다. "인간은 어쨌든 죽잖아. 남자는 자기 성을 남겨서 흔적으로 남기려 들지. 그러면 여자는 뭐야? 여자는 자기 성도 못 남기잖아? 아이 낳고 아이 키우는 그 노동을 그렇게까지 해야 하는 이유가 뭐야? 결혼이 왜 필요할까?" 이런 대화들이 오갔던 분위기가 지금도 생생하게 떠오른다. 시간을 뛰어넘는 의문이자 정치적 의문이자 철학적 의문이지만 그때는 그런 의식도 없는 채 그러나 나름 진지하게 의문을 제기하곤 했다.

사춘기 시절에 내가 직면했던 자존감의 구체적 이슈는 '여자는 무엇을 할 수 있는가?'라는 것이었다. 거기에는 '내가 바라볼 실제 여자'가 없다는 사실이 큰 영향을 미쳤다. 위인들의 이야기와 역사 속의 인물들이나 정숙한 여인형이나 대의를 위해 산화한 순국 열사형 인물들에게 생생하게 공감하기란 참 어렵지 않은가? 신사임당은 재미없어 보였고, 평강공주는 현명한 건지 어리석은 건지 잘 모르겠고, 선덕여왕 같은 인물은 어차피 나오는 별 상관없어 보였고, 이화여고의 큰 선배인 유관순 열사는 존경스러웠지만 나의 상황과는 다르게 느껴졌다(그때는 유관순 '누나'라 불리던 시절이다. '왜 누나야? 언니가 아니고?' 하는 의문들이 내 속에서 벌어졌다). 이때 내가 매혹되었던 인물이 유일하게 '황진이'였다. 그녀는 내가 평생 이 관점, 저 관점에 달리 해석해보는 여성 인물이 되었다(이 책의 마지막 장에 등장한다).

엄마란 언제나 그렇듯 머리 커져가는 아이들에게는 '닮고 싶지 않은 삶의 표상'이다. "나는 엄마처럼 살지 않을 거야!"라는 말을 스스럼없이 하는 때가 사춘기 시절이다. 나 역시 그랬다. 엄마의 존재가 얼마나 큰 것인지 아직 스스로 체험해보지 못한 그 시절, 엄마는 내가 되고 싶고 하고 싶은 것의 반대편에 있었다. 나는 독립적으로 사는 여자가 되고 싶었다. 나는 내가 여자라는 이유로 하고 싶은 일을 못하게 되거나 스스로 내 뜻을 꺾으며 살고 싶지 않았다. 나는 희생 당하는 사람이 되고 싶지 않았다. 나는 하나의 인간으로서 존중받고 싶었다.

내가 소중하다는 것은 머리로 안다. 존재만으로도 나는 가치가 있는 사람이라는 것도 머리로 안다. 하지만 아는 것과 실제 그렇게 생각하는 것은 완전히 다르다. 나는 왜 있나? 내가 무슨 가치가 있나? 내 존재가 무슨 소용이 닿는가? 왜 나는 나로서 존중받지 못하는가? 그렇게 존중받으려면 무엇을 해야 하나? 나의 자존감을 지키기 위해서 무슨 일을 하여야만 하나? 나라는 사람이 있어서 어떤 가치가 있나? 이런 의문들이 끊임없이 내 안에서 소용돌이쳤다.

그러다가 만나게 되었다. 내가 바라보고 기꺼이 그 사람의 목소리에 귀를 기울이고 그 사람의 행위를 바라보며 나의 자존감을 키울 수 있는 존재들을.

불멸의
존재감

『토지』· 박경리

"앞으로 나는 내 자신에게 무엇을 언약할 것인가?

포기함으로써 좌절할 것인가, 저항함으로써 방어할 것인가,

도전함으로써 비약할 것인가.

다만 확실한 것은

보다 험난한 길이 남아 있을 것이라는 예감이다."

_『토지』서문에서

내가 박경리의 존재를 크게 느끼게 된 데에는 사실 황당한 에피소드가 있다. 나는 박경리라는 인물을 처음에 남자로 알았다. 그것도 수년 동안 그랬다. 인터넷은커녕 작가의 사진조차 책에 넣지 않는 시대였다. 내가 느끼기에 박경리는 이름도 남자 같았고 문체도 남자 같았다. 중·고등학교 도서관에서 그의 작품 여러 권을 대

출해서 여러 번씩 읽었는데도 나는 그의 글에서 여성이라는 느낌을 전혀 가질 수 없었다.

언니와 오빠가 하는 이야기를 듣던 어느 날, 박경리가 여성 작가라는 사실을 드디어 알게 된 나는 깜짝 놀랐다. 『토지』가 한 문학잡지에 연재되고 있을 때였고, 상당한 반향을 일으키면서 뉴스가 되었던 모양이다. 나는 보통 충격을 받은 게 아니다. 내가 얼마나 어렸고 얼마나 고정관념에 사로잡혀 있었던가? 『김약국의 딸들』『파시』『시장과 전장』『가을에 온 여인』『불신시대』 등 그의 작품은 여성의 문제의식 없이는 가능치 않은 작업인데도 그걸 알아채지 못했으니 말이다. 나 자신이 편견에 사로잡혀 있었던 것이다. 여성이라면 어떤 소재, 어떤 주제, 어떤 문체일 것이라는 편견 말이다. 더욱이나 군더더기 없는 쿨한 문체 때문에 작가는 절대 여성이 아닐 것이라는 선입견까지 작용했다.

드디어 『토지』 1부 다섯 권이 책으로 엮여 나왔을 때다. 그 책을 읽을 때의 쩌릿쩌릿함이 내 몸 곳곳에 스며 있다. 내 안의 모든 느낌, 모든 생각, 모든 촉수가 살아 움직이는 것 같았다. 행복감과 전율과 눈물과 아픔이 뒤범벅된 느낌이었다. 아련함과 짜릿함과 뜨거움과 아름다움에 젖어 들었고 분노와 수치심과 애통함과 무너지는 자존심까지 극과 극의 감정을 오갔다. 나는 책 한 쪽 넘기기를 아까워할 정도로 한 문장 한 문장을 음미했고, 몇 번을 다시 읽었는지 모른다. 1부와 2부는 아마도 열 번 이상 읽었을 것이다. 세로쓰기로 나온 그 오래된 책들을 나는 지금도 간직하고 있다. 오래된 책 냄새가 나는 그 바랜 책을 열면 그때 그 느낌, 그 세계로 다시 들어간다.

처음으로 흔쾌히 좋아하고 존경할 수 있는 여성 인물을 만난 것은, 나에게는 일대 사건이었다. '바라볼 만한' 여성 인물을 드디어 찾았다는 기쁨이었다. 게다가 생생하게 살아 있는 여성, 활발하게 작업하는 여성이다. '박경리가 여성임을 진즉 알았더라면 나의 사춘기 시절이 좀 더 평온하지 않았을까'라는 생각이 들 정도다. 자부심을 가지고 이야기할 수 있는 여성 인물이 얼마나 용기를 주었겠는가?

"나도 이렇게 늙고 싶다!" 노년에 접어든 박경리 선생의 사진을 처음 봤을 때 나도 모르게 이 말이 입에서 나왔다. 텃밭에서 고추를 따다가 얼핏 찍힌 일상의 사진에 그렇게 기가 서릴 수 있다니, 내가 본 '가장 아름다운 얼굴' 중 하나다. 이 사진이 전하는 느낌은 참으로 오묘하다. 단아함과 꼿꼿함과 따스함과 부지런함과 배려심과 초연함이 같이 존재한다. 세계의 비밀을 알고 있는 눈빛에 무심하게 고추를 만지는 손길이 얽힌 그 이미지는, 일상의 순간에 더 큰 무엇의 아우라가 서린다는 사실을 일깨워준다. 많은 사람들이 그 사진을 좋아했던지, 선생의 영정으로 쓰이기도 했다.

"앞으로 나는 내 자신에게 무엇을 언약할 것인가? 포기함으로써 좌절할 것인가, 저항함으로써 방어할 것인가, 도전함으로써 비약할 것인가. 다만 확실한 것은 보다 험난한 길이 남아 있을 것이라는 예감이다"라고 박경리가 쓴 『토지』 서문의 이 대목은 책을

읽기도 전에 그렇게 나의 피를 끓게 했다. 모든 것은 자기 자신과의 약속으로부터 시작하고 또 끝난다. 박경리는 『토지』를 원래 1부로 끝내려고 했다는데, 2부로 넘어가고 결국 5부에 이르는 해방의 시간까지 달린다. 22년 동안 하나의 책을 써나가는 그 집념은 도대체 어떻게 계속될 수 있었을까? '자신과의 언약'일 뿐이다.

자신의 방식으로
시대를 살아낸 사람들의 이야기

『토지』는 19세기 말 동학운동의 실패 이후 나라를 빼앗긴 구한말부터 해방까지의 시간 동안 경남 하동 평사리, 간도 용정촌, 진주와 서울 그리고 동경을 배경으로, 몰락한 양반가 최씨 가문의 딸 서희와 그를 둘러싼 마을 사람들, 그리고 그 후손들의 얽히고 설킨 삶을 그린다. 나라를 빼앗긴 것도 모자라 동족 사이에서 일어나는 배신과 약탈, 비굴함과 탐욕, 친일과 독립운동, 무기력함과 용기, 살아내는 현실과 다시 살려내고 싶은 기억들, 복수와 속죄, 아픈 역사, 아픈 시대 속을 관통하며 자신의 방식으로 살아낸 사람들의 이야기다. 해방이 되면서 서희는 가슴속의 쇠사슬을 비로소 끊어내고, 어릴 적 화승을 꿈꾸었던 길상은 관음상을 드디어 완성한다.

내가 신기하게 생각하는 『토지』의 특징이 있다. 어떤 인물의 편에 서더라도 이야기가 살아 있다는 사실이다. 물론 주인공들의 이야기가 중심이긴 하지만, 이상하게도 나는 주변 인물들의 이야기들이 그리 사무치게 기억난다. 마치 근사한 드라마나 영화에서 모든 인물들이 하나하나 살아 있듯이 말이다. 정말 근사한 소설이라는 의미일까? 그것이 바로 역사의 진실, 생생한 인간사라는 것일까? 그것이 박경리가 작가로서 기필코 부여잡은 '생명력'이라는 것일까?

특히, 『토지』 안의 여성들의 삶은 어떠한가? 나는 처음 읽을 때, '인간이란 모두 이렇게도 사연 많은 삶을 사는 것일까? 특히 여자란?'이라는 의문에 정말 아팠다. 용이를 둘러싼 세 여자의 기구한 운명이라니! 무당의 딸인 월선과 맺어지지 못한 용이의 조강지처 '강청댁'의 강짜는 너무도 슬펐다. 남자의 마음속에 들어앉은 여자를 어떻게 지울 수 있는가? 그 업을 안고 산 강청댁에 대한 용이의 미안함과 부끄러움은 또 얼마나 큰 업인가? 그런가 하면 한 번의 통정으로 용이의 아들을 낳고 기세등등하게 후처 자리를 차지한 '임이네'의 그 억척스러운 생존력은 또 얼마나 비굴하고 비열하던가? 또한 그녀가 월선에게 유세를 떠는 모습은 얼마나 악랄한 한편 용이 눈치를 보는 건 어찌나 불쌍하던가? 삶이란 너무 무겁다.

나는 『토지』에서 수많은 사랑을 배웠다. 더 정확히 말하자면 '아픈 사랑'을 배웠다. 지금도 진달래 화전을 부칠 때면, 별당아씨의 절절한 말이 생각난다. "진달래 꽃이 피면, 당신께, 화전을 부

42

쳐드릴 거예요." 그러나 별당아씨는 결국 꽃을 못 보고 죽는다. 구천이(환)는 진달래 꽃잎이 흐드러지게 날리는 산 속에 아씨를 묻는다. 분홍색 꽃잎이 눈처럼 날리는 정경 속에서 구천이는 짐승처럼 울부짖는다. 사랑은 정말 아프다.

내 평생 책을 읽으면서 가장 크게 울었던 대목이 『토지』 2부에 나오는 월선의 죽음 장면이다. 그야말로 펑펑 울었다. 글을 쓰는 지금도 그 대목을 떠올리면 코가 찡해온다. '슬픈 사랑'이란 바로 이런 것을 말하는 건가? 월선이와 용이는 평생을 사랑했다. 그의 아내, 그의 남편이 되지 못하더라도 사랑했다. 이승의 연으로 맺어지지 못하더라도 사랑했다. 떠나 있어야 한다 해서 떠나 있었다. 같이하면 안 된다 해서 멀리했다. 그러나 끊임없이 맴돈다. 바라보기만 한다. 왜 불평을 하지 않는 것이냐? 왜 하소연을 하지 않는 것이냐?

그 사랑의 끝은 너무도 시리도록 아픈 아름다움이었다. 고향을 등지고 떠난 머나먼 간도에서 먹고살기 위해 벌목꾼이 되어 다시 타지로 떠난 용이는 월선이 죽어간다는 얘기를 듣고도 일만 한다. 그리고 일이 다 끝난 후에야 비로소 찾은 월선이. 월선이는 용이의 품 안에서 눈을 감는다. 그렇게 기다렸던가? 그리도 버텼던가? 그래야 한을 남기지 않을 것이라 여겼던가? 나는 '임자!'라는 말이 그렇게도 슬프다는 걸 처음으로 느꼈다. 월선이야말로 관음보살의 환생이 아닐까 싶었다. 아니, 월선이는 죽어서 보살이 되었을까?

우리 땅과
건축의 의미를 깨닫다

무엇보다도 나는 『토지』를 통해서 우리의 땅과 건축에 대해서 배웠다. 건축 공부를 막 시작한 내가 우리의 땅과 전통 건축의 의미에 대해서 깨닫게 된 것은 학교 공부가 아니라 『토지』를 통해서였다고 해도 과언이 아니다. 서희와 길상이와 봉순이가 노니는 동선을 따라서 꽃밭으로 연못으로 개울가로 이어지는 동선, 별당아씨를 연모하던 구천이(桓)의 시선을 따라서 헤아리게 되는 담장의 뜻, 불행한 운명으로 얽힌 용이와 월선이가 몸을 섞던 사당이 안고 있는 슬픔, 기도를 위해 또 아이를 낳기 위해 윤씨부인이 찾는 깊은 산사의 정치문화적 의미, 서희와 길상이 사이에 드리워진 발이 자아내는 서늘한 긴장 등 우리 건축의 공간 속에 숨은 삶의 모습이 그려지게 된 것이다.

게다가 평사리 마을은 내 머릿속에 그림이 그려질 정도였다. 하동, 함안, 산청, 섬진강, 지리산으로 이어지는 풍광은 나에게도 익숙해졌고, 실제로 여행을 가서 보았을 때 내 머릿속 이미지와 비슷하다는 것이 신기할 정도였다. 나중에 평사리가 박경리의 머릿속에 구축된 세계였음을 알았을 때 나의 배신감(?)과 감탄도 대단했다. 나는 진주여고를 다닌 박경리 작가가 그 주변 풍광에 대해 자세히 알고 조사하면서 책을 썼으리라고 생각했다. 그런데 사실은 하동 근처에 가본 적도 없었다니, 박경리는 어떻게 그 풍광을 그려냈을까?

하동에 조성된 '토지' 마을은 시간과 함께 익어가면서 문화관광지로서 의미 있는 장소가 되었다. 그곳에서 '최참판댁'은 언덕 높은 곳에 있다. 그런데 나는 아무래도 그랬을 것 같지 않다. '악양(岳陽), 평사(平沙)'라는 이름답게 검푸른 산 밑에 광활하게 펼쳐지는 들판과 하얀 모래가 드넓게 펼쳐지는 섬진강의 풍광이 숨이 막힐 정도로 아름답지만, 그 마을과 그 집들은 『토지』를 읽으며 내 머릿속에서 그리던 평사리는 아니다. 이래서 글 속의 상상 공간과 실제 공간은 다른 것일까?

박경리 작가는 한 인터뷰에서 "다시 태어난다면 건축가가 되고 싶다"라는 말을 한 적이 있다. 그럴 법하다고 생각하면서 마구 동지 의식을 느끼던 순간이었다. 박경리는 생명을 품고 창조하는 건축 본연의 기능을 동경했을 것 같다. 하지만 세속에서의 건축이 어떻게 부동산으로 변질되는지, 어떻게 생명을 파괴하는 도구가 되고 있는지, 그에 대한 환멸을 선생은 알았을까?

믿었던 것은 '재봉틀 한 대'

박경리 작가의 실제 공간을 찾으려면 '토지문학관'이 있는 원주가 더 적당할지도 모른다. 『토지』를 쓰기 위해 들어갔던 공간을 중심으로 조성된 공간이다. 박경리 선생이 「옛날의 그 집」이라는 제목의 글에서 회고했던 그 시절의 공간을 상상하면 그의 정신이 더 잘 전해져온다. "그 집에서 나는 혼자 살았다. (……) 책상 하나, 원고지, 펜 하나가 나를 지탱해주었고 (……) 그랬지 그랬었지, 대문 밖에서는 늘 짐승들이 으르렁거렸다." 선생은 그렇게 외로운 공간으로 왜 들어섰을까?

"알아? 이 재봉틀 믿고 원주로 왔어. 이 재봉틀 하나 믿고 『토지』를 시작했지. (……) 실패하면 이걸로 삯바느질을 한다, 대신 내 문학에 타협은 없다." 작가 공지영이 들려준 박경리 선생의 말이다. '아, 담대하다! 아, 치열하다! 아, 자존심 대단하다! 아, 긍지 높다! 아, 닮고 싶다!'라는 심정이 가슴속에서 솟아오르게 만든다. 어떻게 박경리는 이토록 담대한 박경리가 되었을까, 궁금해지지 않는가?

박경리는 그 자신 이렇게 토로한다. "내 출생은 불합리했다." 이런 글을 이렇게 담담하게 쓰는 것이 박경리의 힘일까? 자신을 사랑하지 않는 남편의 아이를 낳겠다고 치성을 드리는 어머니를 보는 딸의 마음은 얼마나 복잡했을까? "어머니의 그러한 모습은 내게다가 결코 남성 앞에 무릎을 꿇지 않으리라는 굳은 신념을 못박아주고야 말았다. 그 신념은 무릇 강한 힘에 대한 반항이 되었고 그러한 반항 정신이 문학을 하게 한 중요한 소지가 되었을지는 모르지만 인생에 있어서 나를 고립시키고 말았다. 나는 어머니에 대한 연민과 경멸, 아버지에 대한 증오, 그런 극단적인 감정 속에서 고독을 만들었으며 책과 더불어 공상의 세계를 쌓았다(『반항 정신의 소산』에서)." 나는 감정이입이 된다. 그 아버지가 딸의 교육비에조차 무관심했을 때 길에서 만나도 '목뼈가 부러지도록' 외면을 했다는 박경리의 심경을 이해할 수 있다.

이 책의 독자들은 내가 박경리의 흔적을 따라 이리저리 해석해보는 것을 어떻게 생각할지 모르겠다. 나는 궁금하다. 출생의 불합리성을 안고 있는 여성이, 전쟁의 비극도 모자라 남편은 형무소에서 죽고 세 살 아들마저 저세상으로 갔을 때 고작 이십 대 말에 불과했던 한 여성이, 어떻게 자신을 꿋꿋하게 지킬 수 있었던가? 등단했을 때가 전후인 1959년이었다. 주로 여성잡지들에 기고하며 생계를 책임졌을 터다. 미망인에 대한 당시 사회의 시각이 어떠했을지는 상상해보지 않더라도 알 만하다. 그런 여자가 믿었던 것은 '재봉틀 한 대', 부여잡은 것은 '무릎 꿇지 않으리라는 결단의 고독'이라니, 얼마나 튼튼한 자존감인가?

애쓰는 그 자체에
존재의 가치가 있다

이 세상에는 『토지』를 온전하게 읽은 사람과 읽지 않은 사람으로 나눌 수 있을지도 모른다. 아니 이 세상에는 『토지』를 열 번 이상 읽은 사람과 한 번만 읽은 사람으로 나눠질지도 모른다. 글 쓰는 많은 사람들이 글쓰기 공부를 위해서 이 책을, 특히 1부와 2부를 여러 번 읽으라고 권하는데, 나는 글을 쓸 작은 자격은 갖추었을지도 모르겠다.

내가 『토지』를 여러 번 읽을 수 있었던 데에는 시대의 배경도 있다. 유신 시절은 대학이 거의 절반은 닫혀 있던 시절이다. 책에 빠지고 여행을 다닐 수 있던 시간 동안 『토지』는 나침반이자 길동무였다. 필연적으로 내가 사는 시대를 대입해서 책을 읽기도 했다. 독재 시대의 한가운데 있던 내가 읽었던 『토지』와 지금 읽는 『토지』는 또 다를 수 있다. 실제로 유학을 끝내고 돌아와서 다시 읽은 『토지』는 달라져 있기도 했다. 마치 고향처럼, 큰 산처럼 『토지』는 항상 거기에 있지만 갈 때마다 달라진다. 이 능선 저 능선을 찾아보고 이 골짜기 저 골짜기에서 헤맬지도 모른다.

큰 치마 폭을 두른 것 같은 박경리를 만남으로써 나는 용기를 가지게 되었다. 바라볼 데가 생겼다. 존재의 가치를 무엇보다 '애쓰는 그 자체'에 두게 되었다. 내가 무엇을 성취하느냐 이상으로, 무엇을 하고 있느냐가 중요하고, 하고 있다는 그 자체만으로 의미가 있다는 것을 깨우쳤다. 역사 속에서 스러지는 인간들이 얼마나 많은가, 한 인간의 의지로 되지 않는 것은 얼마나 많은가, 그러나 한 인간의 의지는 얼마나 중요한가. 필멸하는 우리네 인간은 필멸하는 운명이기에 불멸을 꿈꿀 수 있다. 시간은 흐르리라. 약해지지 않으리라. 살아남으리라. 그 과정에서 애쓰리라. 그리고 가끔은 『토지』라는 고향에 돌아가고 『토지』라는 큰 산에 오르리라!

스스로
생각하라

『인간의 조건』 • 한나 아렌트

"말과 행위로 우리는 인간세계에 참여한다.

이 참여는 제2의 탄생과 비슷하다.

이 탄생에서 우리는 우리의 본래적 모습을

확인하고 받아들인다."

_『인간의 조건』에서

외국으로 유학을 간다는 것의 최고 이점은 '아무도 나를 모르고 아무도 내 전력을 모르는 곳에 알몸으로 떨어져 순전히 자기 힘으로 헤쳐 간다'는 것에 있다. 그 나라 언어와 문화에 익숙지 않은 상태인지라 불리할 때가 많지만, 인생에서 그렇게 완벽하게 혼자가 되어본다는 것은 진기한 체험이다. '나홀로 여행'보다 덜 즐겁고 더 고생이지만, 어떻게 보내느냐에 따라 엄청난 것을 얻을 수 있는 게 타지 유학이다.

내 인생에서 '행운이었다'라고 기꺼이 인정하는 것이 'MIT 유학'이다. 어떤 학교인지 전혀 모르고 갔기 때문이다. MIT는 사실 남편의 선택이었다. 순수 공학도답게 남편은 그렇게 작정했던 모양이다. 나는 일말의 호기심이 있는 정도에 불과했는데 그런 마음으로 갔기에 오히려 더 생생한 경험을 할 수 있었다. 『왜 공부하는가』라는 책에서 나는 MIT를 '공부생태계'로 묘사하면서 어떻게 생태계가 그리 잘 작동하는가에 대해서 썼던 적이 있다. MIT에 세 가지 정신(문제 창조 정신, 현장 정신, 기업가 정신)이 뿌리내릴 수 있었던 것은 MIT가 단순히 공대만이 아니라는 사실 때문이다. 공학뿐 아니라 발군의 경영학 분야, 언제나 새로운 앞을 개척하는 미디어 분야, 그리고 깊은 인문학 전통이 MIT의 뿌리를 이루고 있다. 학제 간의 교류와 통섭이 자유자재로 일어나는 것도 바로 그런 전통 때문일 것이다. 내가 여러 분야와 주제에 대한 책들을 찾아 읽는 성향은 절대적으로 MIT 영향일지도 모르겠다.

그 시절에 한나 아렌트(Hannah Arendt)를 만났던 것은 말 그대로 '책 운명'이었다. 다른 학교로 유학을 갔더라면 한나 아렌트를 만나지 못했을지도 모른다. 건축과 도시계획을 공부하면서도 정치철학 책을 접하게 만드는 곳이 MIT였다. 동학들에게 물어보면 그런 책을 학교에서 접해본 적이 없다고 하니, 내 인생의 행운과 책 운명이 겹친 것 같다.

정신없이 몰아치던 유학 첫 해가 끝나갈 무렵 나는 한나 아렌트의 『인간의 조건』을 만났다. 여러 강좌에서 참고서로 추천해 호기심을 가졌던 책이다. 학기 중에는 필독 도서를 읽기만도 지치는지라 참고서적까지 읽을 틈이 없다. 학기가 끝나고 여유가 생겼던 그 어느 날, 나는 도서관에 갔다가 그 책을 찾아 읽기 시작했다. 첫 몇 쪽을 읽고 나는 그야말로 벼락 맞는 경험을 했다. 눈앞이 '번쩍' 한 것이다. 당장 서점에 가서 책을 사서 읽기 시작했다(나는 꼭 읽어야 할 책이라고 생각하면 내 책으로 만들고 나서 읽는다. 책 여백에 메모를 하는 습관 때문이고, 분명 여러 번 읽게 될 것을 예감하기 때문이다).

때는 이십 대 말이다. 질풍노도의 시간은 어느 정도 지났으나 엄청난 갈등이 한꺼번에 닥치는 시절이다. 학구열에 불타는 시절이기도 했지만 열패감에 시달리기도 했던 때다. '나는 왜 이 먼 나라에 와서 공부를 하고 있는가?' 남들은 유학 온 나를 선망하지만 정작 나는 자신의 현장을 떠나 있다는 데 대한 결핍감에 시달렸다. 소문으로만 듣던 광주 항쟁의 실상에 대해서 비로소 알게 되었을 때 정신적 충격도 엄청났거니와 마음 한 쪽에서는 항상 부채의식이 있었다.

내가 공부하는 분야에 대해서 회의가 들기도 하는 때였다. '건축 예찬'은 여전했으나 나는 건축 분야의 그 이상적이고 영웅주의적인 이데올로기를 석연치 않아 했다. 그러나 한편 '임시행정수도' 계획 수립에 참여했던 인연으로 도시에 대한 호기심이 컸던 때이기도 하다. 석사 과정을 건축 분야로 갔던 나는 결국 한나 아렌트의 저작을 읽고 도시계획 박사 과정을 선택하게 되었다.

『인간의 조건』에서 내게 번쩍 했던 도입부의 대목은 이것이다. "'활동적 삶(vita activa)'이라는 용어로 나는 인간의 세 가지 근본 활동을 나타내고자 한다. '노동, 작업, 행위'가 그것이다. 이것들은 인간이 지상에서 살아가는 데 주어진 기본조건들에 상응하기 때문에 인간의 근본활동이다(나는 처음에 영어로 한나 아렌트의 책을 읽었다. 여기에 옮긴 것은 번역서에서 따왔다)." 아렌트의 명징한 개념, 명철한 논리, 그리고 인간의 조건을 '감히' 정의하는 그 용기에 나는 완전히 매료되었다.

아렌트의 말을 내 식으로 정리하자면, 인간은 살아 있어야 하기에 '노동'을 할 수밖에 없다. 인간은 죽을 수밖에 없는 필멸의 존재이기에 불멸을 꿈꾸며 '작업'을 한다. 인간은 홀로 살 수 없고 타인들과 살아야 하기에 말로 소통해야 하며 그것이 곧 의미 있는 '행위(정치)'가 된다. 더 나아가 아렌트의 메시지를 해석하자면 '인간에게서 노동을 빼앗는 것은 삶 자체를 부정하는 것이다. 그러므로 노동을 귀히 여길 수 있는 환경이 되어야 하며, 불멸을 꿈꾸는 작업이 인간의 삶과 삶의 공간을 파괴하지 않도록 해야 하며, 정치적으로 전체주의가 발호하지 않도록 사람들 간에 말로 소통하는 정치 행위를 보장해야 한다.'

물론 『인간의 조건』은 철학사상 책답게 개념적이고 추상적이고 관념적인 데다가 역사 속의 이야기들까지 나와서 읽기가 그리 쉽지는 않다. 그래도 나에게는 다른 어떤 철학 책, 사상 책보다 읽기 쉬운 편이었는데, 아마도 아렌트의 개념에 내가 끌렸기 때문일 것이다. 그 후에도 나는 내 인생의 중요한 선택의 시점마다 '노동, 작업, 행위'라는 세 가지 인간의 조건을 생각하며 시시때때로 책을 들쳐보곤 했다. 종국에 나는 『김진애가 쓰는 인간의 조건』이라는 책까지 썼는데, 내 인생에 근본적인 깨달음을 부여해준 한나 아렌트에게 바치는 일종의 나의 '오마주'였다.

생각하지 않는
맹종의 위험

한나 아렌트는 이제 우리 사회에서도 아주 잘 알려져 있다. 그의 저작 거의 모두가 번역되어 있고, 한나아렌트학회가 생겼을 정도다. 스스로 '아렌티안(Arendtian, 아렌트를 좋아하는 사람)'임을 밝히는 사람들도 무척 많다. 그의 대표작 3권으로 알려진 것은 『전체주의의 기원』 『인간의 조건』 『예루살렘의 아이히만』이다. 그중에서도 우리 사회에서 한나 아렌트가 자주 언급되는 대목은 『예루살렘의 아이히만: 악의 평범성』의 그 부제 덕분이다(나는 이 '악의 평범성'이란 번역이 잘못되었다고 생각한다. 원어가 'banality of evil'인데 정확히는 '악의 상투성' 또는 '악의 진부함'으로 번역되어야 옳다).

아렌트는 1960년대에 나치의 수용소 돌격대장을 했던 칼 아돌프 아이히만이 잡혀서 예루살렘에서 재판을 받게 되자 한 언론사의 리포터로서 참관을 하게 된다. 그리고 아렌트가 펴낸 주장을 요약해보자면 이렇다. 아이히만은 단순히 악인이기 때문에 그런 범죄를 저지른 것이 아니다. 그는 다만 시키는 대로 했다고 주장했는데(너무도 많이 들어본 주장 아닌가?), 바로 그 '스스로 생각하지 않고 시키는 대로만 하는 상투적이고 진부한 태도'가 그런 범죄를 저지르게 한 것이다. 시키는 것에만 충실하고 전혀 비판 의식을 갖지 못하면 죄의식조차 느끼지 못하는 상태가 된다. 그에 대한 경고로서 '스스로 생각함'의 중요성을 강조한 것이다.

우리 사회에는 별로 알려져 있지 않지만 이 책이 처음 나왔을 때 한나 아렌트는 '나치 전범들에게 면죄부를 준다'는 혹독한 비판을 받았다. '나치 수괴들, 그들이 악인이 아니라면 도대체 누구를 악인이라고 할 수 있는가'라는 반론이다. '히틀러를 비롯한 나치 수괴들을 타고난 악인으로 밀봉'하고 싶어 하는 독일인, '그 악인들의 범죄를 단죄'하고 싶은 유대인 모두로부터 공격을 받았던 것이다. 하지만 이제는 한나 아렌트의 개념 자체를 아주 보편적으로 받아들이고 있고, '생각 안 하는 맹종의 위험'에 대해 시민 의식의 역할을 강조하는 개념으로 자주 쓰이고 있기도 하다.

**말하고,
참여하라!**

한나 아렌트 철학의 대전제는 '왜 전체주의가 생기는가?'에서 시작되었다고 보면 될 것이다(세상은 그를 '철학자' 또는 '정치철학자'로 일컫지만, 한나 아렌트 자신은 '철학'이 개인적 차원의 주제를 다룬다는 점에서 철학자라고 불리기를 저어했다고 한다. '사상가'라고 부르는 게 더 맞는지도 모르겠다). 그의 동기는 충분히 이해가 된다. 독일에서 유대인으로 살고 자라고 일하다가 전쟁 전 프랑스로 탈출했는데 거기서 또 독일인 수용소에 수용되었다가 미국으로 망명하여 저작과 교육 활동을 했던 한나 아렌트이기에 평생 사로잡혔을 만한 주제다.

두 번의 세계대전을 치른 20세기 폭력의 시대에 인간의 밑바닥 광기를 보여준 사건이 '홀로코스트(Holocaust)'다. 어떻게 한 인종을 청산한다는 생각 자체를 할 수 있었을까. 어떻게 아우슈비츠 같은 그런 생지옥을 만들 수 있었을까(물론 우리는 20세기에 다른 나라에서 일어난 수많은 인종 청산 사건을 목격했고, 지금도 세계 곳곳에서 일어나고 있는 반인류적인 사건을 접하고 있다). 그 시대에 독일에서 유대인으로서 태어나고 살아간다는 것은 어떤 의미였을까? 많은 유대인들이 그랬던 것처럼 한나 아렌트도 중산층이자 지식계층의 집안에서 자라나 어릴 때부터 촉망받고 일찍이 발군의 '철학적 역량'으로 주목을 받았던 지식인이었다.

그런 지식인이 나치의 광기 어린 통치뿐 아니라 지식인에 대한 억압과 유대인을 향해 조여오는 협박을 직접 겪을 때, 더구나 동료 지식인들의 변절과 이웃과 지인들의 변심을 직접 목격할 때 어떤 태도를 취해야 하는가? 20세기를 살았던 수많은 지식인들이, 그 대상은 나치가 아니더라도 세계 곳곳에서 겪어온 상황이다. 그리고 그건 지금도 마찬가지다. 잘못된 권력에 어떻게 대적하느냐는 지식인들에게 운명적으로 떨어진 과제일 것이다.

한나 아렌트는 본질적인 질문으로 향했다. 나는 그 태도가 참 마땅해 보였다. 전체주의는 특정한 체제가 만든 문제가 아니라, 인간성의 말살이라는 근본적 원인에서 언제 어디에서나 비롯될 수 있다는 인식 하에 인간의 조건에 대한 원초적인 의문을 제기한다. 당장의 문제에 대한 해답을 얻으려는 독자들에게는 갑갑할지도 모르지만, 나는 『인간의 조건』이 제기하는 그 본질적 의문의 태도가 좋다. 아렌트는 원래 이 책의 제목을 '아모르 문디(Amour Mundi)'라고 붙이려 했다고 한다. 흥미롭지 않은가? 그렇게 고통을 당하고 치를 떨만큼 잔혹한 시간을 보내고 난 후에 '세계에 대한 사랑'이라니!

그의 사상은 궁극적으로 '세계애'와 '공공성'이라는 두 가지 개념으로 귀결된다. 나는 이렇게 쉽게 정의하고 싶다. 이 부족하고 안타깝고 때로는 잔혹하고 부서질 듯한 인간 세계에 대한 사랑을 가지고, 모든 인간은 공적인 세계에 나와서 스스로 다른 사람들과 소통해야 한다. 즉 모든 인간이 공적 세계에 평등하게 참여할 수 있을 때 그 사회의 공공성이 지켜지고, 인간의 본질이 흐트러지지 않을 수 있다는, 어쩌면 단순한 개념이다.

아렌트는 정치를 찬양한다. 본질적 의미로서의 정치다. '정치적 인간'이란 행위하고 토론하는 인간이다. 그러나 정치적 인간을 공론의 영역에서 배제하는 데에 권력이 얼마나 열중하는지 우리는 안다. 그래서 『인간의 조건』에서의 그의 말은 뜨끈뜨끈하다.

"말과 행위로서 우리는 인간세계에 참여한다. 이 참여는 제2의 탄생과 비슷하다. 이 탄생에서 우리는 우리의 본래적 모습을 확인하고 받아들인다. 이 참여는 '노동'처럼 필연성에 의해 강요된 것이 아니고 '작업'의 경우처럼 유용성 때문에 추진된 것도 아니다. 이 참여는 우리가 결합하기를 원하는 타인의 현존에 의해 자극받는다. 참여의 충동은 태어나서 세상에 존재하는 그 시작의 순간에 발생하며, 우리 자신의 주도로 새로운 어떤 것을 시작함으로써 이 시작에 대응한다."

말하고 싶어지지 않는가? 참여하고 싶어지지 않는가? 태어나자마자 모든 인간은 참여하고 싶어 하는 것이다.

절실한 의문을 가지고 살아라

독일의 우표에까지 찍힌 아렌트의 젊은 모습은 미모의 지적인 여인이다. 그런데 나는 한나 아렌트의 탄생 100주년을 기리는 책, 『한나 아렌트 전기』의 표지를 장식했던, 그의 노년의 모습을 담아낸 캐리커처가 더 인상적이었다. "나도 이렇게 늙은 모습으로 기억될 수 있을까?" 얼굴은 주름이 가득 잡혔고 숱 빠진 짧은 머리는 푸석푸석한데도 표정에는 초연한 기가 서려 있었다. 박경리의 아름다운 사진을 볼 때와는 또 다른 느낌이었던 노년의 아렌

"This future man, whom the scientists tell us they will produce in no more than a hundred years, seems to be possessed by a rebellion against human existence as it has been given, a free gift from nowhere (secularly speaking), which he wishes to exchange, as it were, for something he has made himself."

트, 멋지다.

근사하게 나이 들고 아름답게 늙어가는 비결은 도대체 무엇일까? 한나 아렌트의 『인간의 조건』 개념 그대로, 어떠한 상황에서도 '노동, 작업, 행위'를 하면서 끊임없이 '활력적인 삶'을 살아가는 것이 비결 아닐까? 절실한 의문을 가지고 살아가는 것이 비결 아닐까? 고통과 좌절과 절망 속에서도 박경리 선생과 한나 아렌트는 세상을 떠나기 직전까지 끊임없이 일했다.

선천적인 성향인지 후천적인 성향인지는 모르겠으나 나는 갈등과 딜레마를 안고 있는 사람, 그런 갈등과 딜레마에도 불구하고 그 어떤 일을 해낸 사람, 또한 해내려고 끊임없이 발버둥치는 사람이 좋다. 갈등이 없는 삶, 안온함만이 있는 삶, 모자람이 없는 삶, 개인의 만족만 추구하는 삶, 세속적 성공으로 만족하는 삶이란 얼마나 금방 허망해지겠는가?

한나 아렌트 역시 갈등과 딜레마를 안고 살았다. 스승이자 동료인 철학자 마틴 하이데거와의 평생에 걸친 관계가 그것이다. 그들은 학생과 선생으로 만나 연인이 되었고 짧은 연애를 했다. 아렌트는 나치 부역자 마틴 하이데거의 복권과 그의 저작을 번역하기 위해 노력했고 평생 서신을 주고받았다. 어떻게 그럴 수 있었을까? 자기 신념에 배치되는 행위를 했던 사람을 용서할 수 있는 것일까? 용서하지는 않더라도 교류할 수는 있는 것일까? 사랑과 존경은 같이 갈 수 있는 것인가? 학문에 대한 소통은 모든 감정을 초월할 수 있는 것일까? 한나 아렌트라는 '인간'에 대해 더욱 궁금해지고 끌리게 되는 이유이기도 하다.

독일 프라이부르크에 갔다가 한나 아렌트의 발걸음을 떠올렸
던 순간이 있다. 마침 가이드가 '아렌티안'이라고 할 정도로 아렌
트의 팬이었다. 프라이부르크 대학은 중세 시절부터 유명한 대학
일 뿐 아니라 바로 그 문제의 철학자, 마틴 하이데거가 나치 시대
에 총장을 맡아서 '나치 부역자'로 낙인찍히게 된 바로 그 대학이
다. 그 젊은 여인과 나는 프라이부르크 길거리에 앉아서 한나 아
렌트와 마틴 하이데거에 대해서 이야기를 나누었다. 한나 아렌트
라는 인간의 모습은 어떠했을까? 그가 사랑하고 존경했던 남자가
무너지는 모습을 보면서 아렌트는 실망하지 않았을까? 자신의 조
국이 나치즘으로 물들어가는 데 대한 절망 이상으로 더 큰 절망은
아니었을까? 한나 아렌트 자신의 자존감이 흔들리지는 않았을까?
철학자이자 또한 하나의 인간으로서의 한나 아렌트의 생, 그것 역
시 깊은 의문을 남겨두었다.

은밀하고 위대한
'나의 세계'

『자기만의 방』 • 버지니아 울프

"한 여성이 방에 들어갑니다.
그러나 그녀가 방으로 들어갈 때 어떤 일이 일어나는지를
그녀가 말할 수 있으려면,
언어가 가진 자원이 훨씬 늘어야 하고
모든 단어들은 날개를 달고 뻗어나가
파격적으로 새롭게 태어나야 할 겁니다."

_『자기만의 방』에서

내가 '버지니아 울프(Virginia Woolf)'라는 이름을 처음 알게 된
것은 어떤 영화 제목 때문이었다. 「누가 버지니아 울프를 두려워
하랴」다. 무척 이상한 분위기의 영화였다. 지극히 정상적으로 보
이는 사람들 속에 얼마나 허황된 거짓과 환상과 비겁함과 추악함

이 숨어 있는지, 꼭 책으로 머리를 두드려 맞는 것 같은 영화였다. 전성기 시대의 배우 엘리자베스 테일러와 그의 다섯 번째 남편인 리처드 버튼이 주인공으로 나오는데, 세기적 아름다움이나 잘생김을 다 벗어버리고 거친 욕설과 후벼 파는 독설을 쏟아내며 인간의 밑바닥을 보여주는 연기를 펼쳤다.

그런데 왜 '버지니아 울프'가 제목에 등장한 걸까? 영화에선 설명도 없고 힌트도 없다. 대사에 나오는 것도 아니다. 아주 나중에 찾아보니 브로드웨이의 원작 연극을 쓴 작가 에드워드 올비가 뉴욕의 한 카페 거울에 써 있던 문구를 옮긴 거란다. 여하튼 나는 그 영화를 보고 '버지니아 울프'라는 이름에 상당한 궁금증을 안게 됐다. 뭔가 심상치 않은 이름이야!

나는 유학을 가서야 비로소 페미니즘의 맥락 속에서 작가 버지니아 울프를 알게 되었다. 1980년대다. 내가 속으로 얼마나 불평등에 대해 고민을 했건 간에 1980년대 이전의 우리 사회는 '민주화'라는 거대한 이슈가 압도적으로 절박했던 때인지라 양성평등은 의제에 올라올 수조차 없었다. 씨앗은 있었지만 대중적으로는 여성의 직업 활동에 대한 인식 변화, '치맛바람'에 대한 비판, '미니스커트' 열풍과 바보 같은 단속이 고작이었다고나 할까?

유학 중에 나는 페미니즘 관련 책들의 세례를 받았다. 나에게 가장 충격적이었던 것은 20세기 초 격렬하게 벌어졌던 '여성 참정권 운동'이다. '서프러제트(suffragette)' 운동은 우리 사회에도 이제 꽤 상세하게 알려졌지만, 나는 그때 전혀 모르고 있던 역사였다. 서구 사회들은 상당히 개방적이어서 여자들은 당연히 투표하고 재산도 갖고 직업도 가졌을 거라는 환상이 와르르 무너졌다. 여성 인권은 그들 사회에서도 험난한 과정을 거쳐 쟁취되었던 것임을 그제야 알게 됐다. 영국에서의 여성 투표권은 1919년에야 겨우 성사됐다. 자유와 평등과 박애의 상징인 프랑스에서는 1945년이 되어서야 여성 참정권이 이루어졌던 것을 알았을 때의 충격은 대단했다. 영국에서 여성의 대학교육이 가능하기 시작했던 게 19세기 초, 여성의 재산권이 인정된 것이 19세기 말, 여성 참정권은 20세기 초라니, 인간 세상은 너무 오랫동안 야만의 상황에 빠져 있던 것 아닐까?

우리 사회에서는 버지니아 울프라는 이름보다 '자기만의 방'이라는 타이틀이 더 잘 알려져 있는 것 같다. 연극 「자기만의 방」 덕분일 것이다. 원작을 우리 문화에 맞춰 연극 대본으로 만들었는데 거의 반세기 동안 무대에 오르고 있고 꼭 봐야 하는 연극이 되었다. 여성들이 연극을 보고 자신의 한과 바람을 떠올리며 고통스러워하고 또 해방된 느낌을 갖는 것은 자연스러운 반응이다.

그런데 흥미로운 사실은, 『자기만의 방』은 소설이 아니다. 에세이(essay는 다양하게 번역되는데 이 경우에는 수필이 아니라 '논고'로 번역되어야 맞을 것 같다)다. 정확히 말하자면 강연 원고 자료라고 해야 할까? 케임브리지에서의 강연을 에세이로 확장시킨 것이다. 그런데 꼭 소설 같기도 하다. 이 책의 8장에서 거론하는 버지니아 울프의 다른 작품 『올란도』는 정확히 소설인데, 일맥상통하는 스타일이 보

인다. 바로 자기 자신의 의식의 흐름, 생각의 발전을 따라가는 전
개다. 『자기만의 방』은 소설적 에세이라는 성격 때문에 연극으로
다시 태어날 수 있었던 게 아닌가 싶다.

**홀로 기나긴
산책을 하는 듯한 책**

『자기만의 방』은 한 여자가 강연을 준비하는 과정에서 일어나
는 생각의 흐름을 담고 있다. 주제는 '여성과 픽션'이다. 그녀는 왜
자기한테 '여성과 픽션(소설)'에 대해서 강연해달라는지 모르겠다
면서 주제에 대한 의문을 하고, 여성들만의 모임에서 가진 소박한

만찬과 남성들만의 모임에서 가진 화려한 오찬을 비교하고, 거리와 공원을 걸으며 사색을 하고, 대영도서관을 찾아 여성의 저작을 모아놓은 책장 길이가 1미터밖에 안 된다고 한숨을 쉬고, 셰익스피어에게 만약 재능 있는 여동생이 있었더라면 교육도 못 받고 세상 경험도 좁았을 그 여자는 어떻게 되었을까 상상을 펼치고, 역사 속의 여성 작가들의 작품을 꺼내어 그 세계의 의미를 정의하고, 브론테 자매와 제인 오스틴의 글에 대한 감탄, 남성성과 여성성을 같이 갖춘 셰익스피어에 대한 찬탄을 하는가 하면 앞으로 제약이 점점 없어질 때 여성이 만들 놀라운 신세계에 대한 기대를 펼친다.

마치 홀로 기나긴 산책을 하는 것 같은 책이다. 우리말 번역은 '경어체'로 되어 있는데, 영어 원문보다도 훨씬 더 가깝게 다가온다. 나에게 말을 건네는 것 같고, 혹은 나 자신이 말을 하는 것 같은 느낌도 든다. 강연장에서 듣는 강연이 아니라 마치 팟캐스트를 켜놓고 이어폰을 끼고 듣고 있는 것 같은 느낌이다. 목소리가 들리는 책이다.

『자기만의 방』이 던지는 결론 또는 화두는 너무도 간단하다. 여자가 글을 쓰기 위해서는 '돈과 방'이 필요하다는 것이다. 구체적으로 '연 500 파운드'의 고정 수입과 방해받지 않고 글을 쓸 수 있는 '자기만의 방'이다. 너무 속물적인 화두 아닌가? 글이란 열정으로, 고통으로, 자신의 전체를 바쳐서 몰입해서 쓰는 고상한 행위라는 기성관념을 하나하나 깨뜨려가는 작가의 설득 과정이 무척 흥미롭다. 여성이 주로 쓴다는 '소설'에 대한 남자들의 폄훼, 여성 작가가 쓴 소설의 한계에 대해 지적하는 남자 평론가들의 독설에 맞서 울프는 당당하게 논리를 제시한다. 자신이 실제로 경험한 것에 대해서 쓰는 용기가 얼마나 진정성 있는가? 자신의 방이 없이 거실 한 쪽 구석에서, 그것도 끊임없이 방해받으면서 글을 쓰는 여성의 입장이란 어떤 것인가? 울프는 자신이 소설가이자 평론가로서 자신의 개인적 체험에 대해 너무도 솔직하게 자신의 생각을 털어놓는다.

다른 무엇이 아니라
자신이 되는 것

페미니즘 이론에 대해서 수많은 쟁쟁한 이론서들이 있지만『자기만의 방』이 가진 위치는 참으로 독특하다. 학술서, 이론서, 선언문과는 다른 영향력을 발휘한다. 울프는 여성 참정권 운동에 참여했지만 전면에 나선 것은 아니다. 시몬 드 보부아르의『제2의 성』처럼 꾸준히 참조할 수 있는 역사적 사실을 담고 있는 것도 아니고, 글로리아 스타이넘이 창간했던 여성잡지《미즈(Ms.)》와 같은 대중적 영향력을 발휘한 것도 아니다. 하지만 버지니아 울프의『자기만의 방』은 마치 연못에 던져진 하나의 돌처럼 끝없이 파장을 만들어낸다.

세상에는 꼭 그런 존재가 있다. 첫 만남이 그렇게 강렬했던 것도 아니고 그렇게 인상적이었던 것도 아닌데, 다시 찾게 되고 찾을 때마다 그 존재감이 커지는 존재들 말이다. 마치 즐겨 찾는 비밀 산책 공간 같다. 별 특색은 없지만 그 신비로운 분위기 때문에 나의 비밀로 간직해두고 자꾸 찾아가는 골짜기처럼 말이다. 그 골짜기 속 작은 샘물이 특별해지고, 비탈길에 위태롭게 서 있는 나무 한 그루 한 그루가 달라 보이고, 그 사이로 스며 들어오는 햇빛이 더욱 찬란하게 느껴진다. 작가 버지니아 울프가 그런 존재감을 풍긴다. 내가 다시 찾고 싶은 비밀의 공간처럼 말이다. 은밀하고 또 위대하게!

나에게 버지니아 울프의 글이 그렇다. 그의 책은 언뜻 밋밋해 보인다. 특별한 사건이 일어나지 않기 때문이다. 사람들 사이에 일어나는 불꽃이 적나라하게 표현되는 것도 아니고, 사회적 사건이 거창하게 묘사되는 것도 아니다. 마치 영화에서 시간의 압축을 보여줄 때 빠르게 장면이 흘러가듯이 울프의 글에서는 '나'외의 모든 사건과 공간이 배경으로 있고 나는 온전하다. 이 순간을 느끼는 나, 이 생각을 하는 나, 이 시간을 지배하는 나에 집중할 수가 있다. 그리고 나는 나가 된다. 나는 이 글귀가 너무 좋다. "나는 그저 다른 무엇이 아닌 자기 자신이 되는 것이 훨씬 중요한 일이라고 간단하게 그리고 평범하게 중얼거릴 뿐입니다."

나에게만이 아니라 버지니아 울프는 수많은 사람들에게 바로 그런 역할을 했던 모양이다. 그것이 문학적 상상력이 배어 있는 글의 힘이 아닐까 싶다. 언제나 새로운 자극을 주는 것이다. 울림이 있고 파장이 생긴다. 그리고 항상 새롭게 해석되고 또 해석된다. 오랜 후에도 또 다른 독자에게 그 울림을 만들어낸다. 뒤에서 내가 이야기할 작가 리베카 솔닛, 수전 손택도 버지니아 울프가 건넨 파장을 토로한다.

「디 아워스」라는 영화가 있다. 『댈러웨이 부인』을 쓰던 백 년 전의 버지니아 울프(니콜 키드먼), 『댈러웨이 부인』을 읽는 1960년대 미국의 주부 로라(줄리앤 무어), 그리고 '댈러웨이 부인'이라는 별명을 가진 현재 시간의 출판에디터 클라리사(메릴 스트리프) 세 여자를 교차시키는 영화다. 섬세함, 미묘함, 복잡함, 흔들림, 배려심이 이보다 더 잘 표현된 영화를 나는 보지 못했다. 버지니아 울프가 살아 돌아온 듯한 니콜 키드먼, 이러지도 저러지도 못하며 불행해하는 줄리앤 무어, 에이즈로 죽어가는 남자친구를 보살피다 자기 눈앞에서 그가 자살하는 모습을 목격하고도 담담히 장례식을 치르는 메릴 스트리프, 모두 댈러웨이 부인의 현신이자 버지니아 울프의 현신이다.

버지니아 울프는 자살로 생을 마감했다. 오랜 시간 동안 그녀의 저술 활동을 도와주었던 남편에게 짧은 노트를 남기고 치마 속에 돌을 담고 강물 속으로 사라졌다. 생전에 몇 번의 자살 시도가 있기는 했지만 작가로서 활동의 정점에 있던 그녀가 왜 자살을 택했는지에 대해서 구구한 해석들이 있다. 젊은 시절부터 시달리던 신경 증세가 악화되는 게 두려웠던 걸까(가장 보편적으로 나오는 해석이다)? 그렇다면 애당초 그 신경 증세는 왜 생겼을까? 몸이 약해서? 부모를 일찍 여의어서? 무슨 비밀을 가지고 있었던 걸까?

버지니아 울프의 사적 삶에 대해서는 여러 설들이 있다. 어렸을 적 의붓오빠들에게 당한 성폭력 때문에 성생활에 대한 두려움을 가졌다거나, 그의 동성애 성향에 대한 설도 있다. 이 책의 마지막에 나오는 『올란도』라는 작품에서는 수백 년에 걸쳐 여성과 남성을 오가는 인물이 주인공으로 나오는데, 울프의 동성애 친구였던 비타 색빌웨스트에 대한 열정에서 비롯되었다는 것 역시 알려진 사실이다. 그의 남편 레너드 울프의 평생에 걸친 충정만큼이나, 둘 사이의 '섹스리스(sexless)' 결혼도 알려져 있는 사실이다. 『댈러웨이 부인』을 쓰면서 주인공을 죽일까, 살릴까를 고민하던 버지니아 울프는 아마도 평생 그 고민을 가지고 있었던 걸까?

『자기만의 방』에서 여성들을 향하여 글 쓰는 용기를 가지라고 그렇게 명료하게 써내려갔으면서도 버지니아 울프는 그 자신의 글에 대한 혹평에는 콤플렉스가 심했다고 한다. 특히 '지나치게 여성적이다, 지나치게 부르주아적이다, 지나치게 개인적 의식의 흐름이다'라는 평에 시달렸다는데, 평론가들이란 어느 시대에나 흠집을 내는 데 능통한 모양이다. 바로 그 점이 버지니아 울프의 글의 강점인데, 그것을 빼고 어떻게 작가 버지니아 울프가 있겠는가. 위대함을 창조하고 나서도 자신의 위대함을 모르는, 작가의 운명일지도 모른다. 울프는 그에 대해 이렇게 글로 복수한다. "여성은 수백 년 동안 방 안에 앉아 있었기 때문에, 지금은 벽 자체에도 여성의 창조력이 숨어 있습니다."

나중에 알고 보니 내가 버지니아 울프라는 이름을 발견한 영화 「누가 버지니아 울프를 두려워하랴」라는 제목에서 '버지니아 울프'는 '환상'을 의미한다고 한다. '환상을 가짐을 두려워하지 말라'는 뜻일까? '환상이 없는 삶이 무슨 의미가 있을까'라는 뜻일까? 이것 역시 어떤 시점이냐에 따라서 해석의 여지가 분분하다. 나는 버지니아 울프라는 이름이 갖는 다층적인 의미가 좋다.

'작은 거인'이
되어라

『미국 대도시의 죽음과 삶』 • 제인 제이콥스

"도시는 모든 사람에게 무엇인가를 줄 수 있다.
도시란 모든 사람들에 의해서 창조되기에,
또한 도시가 그런 방식으로 만들어질 때에만.

(Cities have the capability of providing something for everybody,
only because, and only when, they are created by everybody)

_『미국 대도시의 죽음과 삶』에서

제인 제이콥스(Jane Jacobs)는 우리 사회에 그리 알려진 인물은 아니다. 우리 사회의 '도시'에 대한 관심이 얼마나 적은지 보여주는 일단이다. 그의 저작들도 번역되지 않았다가 2010년이 되어서야 『미국 대도시의 죽음과 삶』의 번역본이 나왔는데 대중적인 주목을 받지는 못했다. 미국에서는 클래식 중의 클래식이고 도시를 공부하는 사람들, 학식이 있는 사람들은 물론이고 일반 시민들에게도 잘 알려져 있는 책이다. 오바마 대통령이 뉴욕 시에 갔을 때 "도시에 관한 한, 우리는 제인 제이콥스에게 크게 빚지고 있다"라는 말을 남기기도 했다. 지식인으로서 오바마의 면모를 보여주는 일화다.

나는 이 책의 제목이 '미국' 대도시의 죽음과 삶(Death and life of Great American cities)이 아니라 '우리' 대도시의 삶과 죽음이라 번역되어야 옳다고 생각한다. 물론 직역을 하자면 '미국 대도시의 죽음과 삶'이겠으나, 저자 입장에서는 '우리 도시'를 강조하는 입장에서 'American'이라는 어휘를 사용하지 않았을까? 미국 사람들이 '미국'을 앞세우는 심리적 이유도 있겠고, 이 책이 나올 때만 해도 유럽의 도시 전통이 워낙 강하고 미국인들이 자신들의 도시에 대한 자긍심이 약했던 상황도 작용했을 것 같다.

독자들의 이해를 위해서 먼저 간단하게나마 제인 제이콥스를 소개해야겠다. 뉴욕에 여행을 가면 엠파이어 스테이트 빌딩이나 타임스퀘어 외에 꼭 들러보는 장소가 그리니치 빌리지(Greenwich Village), 소호(Soho), 리틀 이태리(Little Italy) 같은 작은 동네들일 것이다. 그 자유분방하고 아담하고 놀거리 볼거리 많은 스타일리시한 분위기 속에서 혹시 어떤 스타를 만날지도 모른다는 기대감을 가지고 말이다. 만약 제인 제이콥스가 없었더라면 이들 동네들은 아예 없어졌을 것이다. 그 동네 보전에 절대적인 역할을 한 사람이 제인 제이콥스다. 진보적이고 전위적인 동네로 잘 알려진 그리니치 빌리지는 서울로 치자면 인사동에 홍대 앞을 섞어놓았다고 할 만하다. 살고 있는 주민들이 많다는 게 다르지만 말이다. 미국의 많은 작가들, 화가들, 작곡가들, 가수들이 그리니치 빌리지에 살면서 작업하고 교류하며 창조의 에너지를 키웠다. 얼마 전 노벨문학상을 받은 싱어송라이터 밥 딜런이 냈던 첫 앨범 자켓의 사진이 그리니치 빌리지의 거리다. 실제 그는 그 동네에서 머무르며 「블로잉 인 더 윈드(Blowing In the Wind)」의 노랫말을 썼다.

제인 제이콥스를 이야기하면서 다른 한 사람을 거론하지 않으려야 않을 수 없다. 남자다. 마치 트럼프 대통령을 연상시키는 로버트 모지스(Robert Moses)라는 사람이다. 2미터 가까운 키에 큰 체구를 자랑하는 전형적인 미국의 'WASP(White, Anglo-Saxon, Protestant의 준말. 백인, 앵글로색슨계, 기독교인. 미국의 주류를 자랑하듯 또 자조하듯 쓰는 표현)'로 거침없고 저돌적이고 추진력 강한 개발론자다. 모지스는 40여 년 동안 뉴욕 시와 뉴욕 주의 개발 관련 요직을 두루 거치면서 하이웨이, 공원과 유원지, 다리 등 대형 토목 프로젝트를 성사시켜온 전설적인 인물이다. 왜 전설인가? 아무리 개인적으로 능력이 있다 한들 그렇게 오랜 기간 동안 굵직굵직한 임명직을 맡기란 쉽지 않기 때문이다. 한 번도 시민의 손으로 직접 선출되어본 적이 없지만 뉴욕 시와 뉴욕 주의 정치 지형이 아무리 바뀌어도 모지스는 철통같이 요직들을 꿰뚫어찼다.

모지스가 어떻게 그렇게 했을까에 대해서 파헤친 유명한 책이 있다. 퓰리처상을 탄 로버트 카로의 『파워 브로커』라는 책인데 모지스의 일대기를 그리면서 미국의 정치 지형을 아주 리얼하게 보여준다. 정책 결정 과정에 영향을 미치는 이권들을 적나라하게 분석하면서 한 개발론자와 그를 둘러싼 토목 마피아들과 정치권력 사이에서 일어나는 메커니즘을 파헤친 책이다.

바로 그 모지스가 그리니치 빌리지와 워싱턴 스퀘어를 파괴하는 하이웨이와 주변 고층 개발 프로젝트(로어 맨해튼 프로젝트)를 들고 나왔던 것이다. 그리고 제인 제이콥스는 그리니치 빌리지를 구하기 위하여 바로 그 로버트 모지스에 맞선다.

제인 제이콥스는 그 자신 그 동네의 주민이었다. 당시에는 뉴욕의 비싼 집값을 피해서 그나마 싼 값으로 집을 구할 수 있던 곳이 그리니치 빌리지다. 당시 한 건축잡지의 부편집장을 맡고 있었던 제인 제이콥스는 동네 주민들과 함께 캠페인을 시작하고 문화예술계, 언론들의 지지를 끌어내 드디어 뉴욕 시민들의 지원까지 끌어낸다. 결국 로버트 모지스와 뉴욕시는 손을 들고 개발 안을 취소한다. 제인 제이콥스는 그 과정 동안 체포당해서 구류를 사는 등 험난한 과정을 겪었지만 도시 역사상 가장 중요한 주민 승리를 이끌었다. 그 한가운데 제인 제이콥스가 있었다.

거대한 도시재개발과 주민 자발적인 동네보전이 맞붙은 이 대결이 얼마나 흥미로웠던지, 당시의 언론은 대대적으로 이 과정과 각기의 논리에 대해서 보도했거니와 제인 제이콥스와 로버트 모지스를 비교하는 갖은 카툰을 만들곤 했다. 위풍당당한 포즈를 취하는 거구의 남자 로버트 모지스와 동그란 안경을 쓴 땅콩처럼 작

"THE CITY PLANNERS ARE RAVAGING OUR CITIES!"
blunders of orthodox planners.
the new building
discuss the facts.
whole, it was found that on

은 여자 제인 제이콥스의 대비가 도시를 둘러싼 쟁점을 상징하는
듯한 이미지다. 결국은 작은 거인 제인 제이콥스의 승리였다.

삶의 상식이 바로
도시의 상식이다

『미국 대도시의 죽음과 삶』은 1961년에 나온 저작이다. 표현은
구체적이고 전개는 열정적이지만 메시지는 심플하고 콘셉트는 상
식적이다. 요약해보자면 이렇다. "도시란 유기적인 복합체이며 그
안에 사는 사람들의 복잡한 메커니즘에 의해 만들어진다는 것을
알아야 한다. 사람들이 도시를 만드는 과정에 소외되지 않고 참여
해야 좋은 도시가 만들어진다. 특히 '도시 경제'라는 관점에서 도
시의 복합체적 성격을 존중해야 지속 가능한 도시 경제가 가능하
다. 도시의 안전과 특정한 공간의 장소성 역시 도시 경제의 활력
을 유지하는 데 중요하다. 이런 점에서 도시의 밀도는 적절히 높
은 게 좋고, 사는 사람들의 눈이 길거리 위에 넘쳐나야 한다. 그래
서 길거리의 보도를 따라 일어나는 모든 활동이 소중한 것이며,
하나의 장소에 다양한 용도들이 섞이는 것이 좋다. 그래야 다양한
기능, 다양한 사람, 다양한 활동이 서로 엮이면서 생명력이 강해
진다. 그래서 이미 잘 형성된 동네를 보전하는 것이 그렇게 중요
하다. 눈에 보이는 것이 아니라 눈에 안 보이는 것까지도 말이다."

너무 심플하고 너무 상식적 아닌가? 그런데 이런 간단한 상식이 1961년 당시에는 너무도 충격적으로 받아들여졌다는 것이 또 충격이다. 『미국 대도시의 죽음과 삶』은 그동안 싹쓸이로 재개발하고 최신식의 초고층 건물이 들어서는 현상에 대한 시민들의 의구심을 적시에 포착했던 것이다. '사회적 자본(Social capital)' '길 위의 눈(Eyes on the Street)' '복합용도(Mixed use)' '도시적 다양성(Urban variety)' 같은, 이제는 보편적이 된 개념들은 모두 제인 제이콥스가 처음으로 주창하던 개념들이다. 제인 제이콥스가 그렇게 설득력이 있었던 것은 그 자신의 철학일 뿐 아니라 사람들의 마음속에 있던 의심과 좌절의 입장에 서면서 그것을 희망의 언어와 자긍심의 철학으로 바꾸어놓았다는 데에 있다. 제인 제이콥스는 현장에서 우러난 도시사상가였다고 할 만하다.

『미국 대도시의 죽음과 삶』은 미국에서 베스트셀러가 되고 전 세계에서 번역되어 큰 호응을 받았고, 도시 관련 분야에서는 필독서로 자리 잡은 저작이다. 그런데 우리 사회에서는 일부 전문가들 외에는 잘 모르는 책이다. 외국의 여러 고전들이 번역되고 해석되고 대중적으로 알려지는 추세에 비춰봐도 우리 사회에서 이 저작이 그렇게 덜 알려져 있는 것은 이상하기조차 하다. 하나하나 설명하기보다는 대중적으로 알려지고 나면 훨씬 더 쉽게 이론을 펼쳐갈 수 있으련만 말이다. 아마도 그래서 우리 사회에는 1960년대 뉴욕에서 벌어졌던 재개발·재건축·뉴타운 광풍이 여전히 사그라지지 않고 있는 것 아닐까?

우리 사회에서 제인 제이콥스를 알고 있는 일반인을 드디어 만났다. 흥미롭게도 경찰대 출신의 표창원 교수(지금은 국회의원이다)였다. 내가 진행하던 팟캐스트 '김진애의 책으로 트다'의 게스트로 만났는데, 대화를 나누다 보니 '길 위의 눈' 개념에서 발전된 '디펜서블 스페이스(Defensible space, 방어공간)'를 경찰에서는 중요한 공공안전 개념으로 가르치고 있다고 하는 것이었다. 반가워라! 제인 제이콥스의 상식이 좀 더 우리 사회의 상식으로 자리 잡았으면 좋겠다.

현장에서
사상가가 자란다

불후의 고전으로 자리잡은 『미국 대도시의 죽음과 삶』 외에도 제인 제이콥스의 저작은 평생토록 이어졌고, 한 권 한 권 영향력이 높은 저작들이다. 사람들은 그를 '학자'나 '사상가'로서 상당히 공부를 많이 했을 것으로 여긴다. 그런데 제인 제이콥스는 정식 교육의 가방끈이 짧다. 2년제 대학을 다닌 것이 전부다. 더구나 제이콥스는 건축이나 도시계획을 공부한 적도 없고 도시사회학이나 도시경제학 공부를 한 적도 없다. 그런데도 제인 제이콥스는 그렇게 영향력 높은 저작들을 써냈다.

가방끈이 길다고 해서 혜안이 나오는 것은 아니다. 현장으로부터 혜안이 나오고, 열정으로부터 혜안이 나오고, 통찰력으로부터 혜안이 나온다는 것을 제인 제이콥스는 스스로 증명한다. 한동안 저널리스트로 활동했던 경력, 특히 《건축포럼》이라는 작은 잡지사의 부편집장을 했던 것이 그의 현장 파악 역량과 열정과 통찰력을 키워냈을지도 모른다. 무엇보다도 동네의 주민으로서, 이웃의 아픔과 절망과 희망을 나눴던 진한 경험이 제인 제이콥스의 진정성을 키워냈을지도 모른다.

제인 제이콥스는 그의 저작이 나왔을 때, 특히 그가 로버트 모지스에 맞섰을 때, 여성에게 가해지는 전형적인 공격에도 시달렸다. "아무것도 모르는 가정주부다, 제대로 공부해본 적도 없다, 아마추어다" 등 손가락으로 달을 가리키는데 달을 보는 게 아니라 누구의 손가락이냐를 따지고 폄하하는 전형적인 주류 업계, 학계, 언론의 공격이다. 제인 제이콥스는 이 전쟁에서도 승리했다. 그 후 1969년에 훨씬 더 평화스러운 캐나다로 이주해 2006년 89세의 나이로 눈을 감을 때까지 도시활동가로서 수많은 활약을 했다. 살기 좋은 도시로 꼽히는 밴쿠버 시의 비전 만들기에 절대적인 역할을 했고, 캐나다의 오랜 논쟁거리인 퀘벡 시의 분리주의에 대해서 논하기도 했다.

거대 도시 속의 작은 거인, 제인 제이콥스가 없었더라면 어떻게 우리가 지금 도시의 재생을 의미 있게 논할 수 있었겠는가? 어떻게 도시의 생명력에 대한 진지한 고민을 할 수 있었겠는가? 무엇보다도 우리가 '뉴욕' 하면 떠오르는, 수많은 로맨틱 코미디의 배경이 되는 풍경을 지켜낼 수 있었겠는가?「해리가 샐리를 만났을 때」「시애틀의 잠 못 이루는 밤」「유브 갓 메일」같은 영화를 떠올려보라. 사람들은 거리를 바쁘게 오가고, 커피숍에서 커피를 주문해서 홀짝거리고, 길거리 파머스 마켓(farmers'market)에서 야채와 과일을 사고, 길거리 꽃가게에서 꽃을 사서 데이트를 하고, 길거리 카페에 하염없이 앉아서 책을 읽고 글을 쓰는 즐거움은 지금도 여전히 이어진다.

제인 제이콥스가 도시에 대한 사랑을 품고 작은 거인으로 컸듯이, 지금도 수많은 사람들이 도시로부터 에너지를 얻으며 또 다른 거인이 되리라 꿈을 키우고 있을 것이다. 공룡처럼 엄청나게 큰 거인이 되고 싶은가? 재력과 권력을 움켜쥐고 도시를 흔드는 유명한 거인이 되고 싶은가? 다시 한번 거리를 걸어보라! 도시의 길을 살펴보라! 동네가 들려주는 다양한 이야기에 귀를 기울여보라! 당신이 사는 도시에는 수많은 '작은 거인'들이 필요함을 알게 될 것이다. 도시의 '작은 거인'들을 키우는 생명을 품고 있는 도시, 당신도 도시의 에너지를 받으며 '작은 거인'을 꿈꿔보라!

자존감,
그 튼튼한
흔들림에 대하여

이십 대에 본격적으로 만난 이 네 명의 여인들은 나에게는 불멸의 존재이자 지속가능한 멘토이자 시시때때로 영감을 주는 존재들이다. 나는 가끔씩 그들의 책들을 다시 꺼내 읽는다. 흔들릴 때, 아쉬울 때, 허전할 때, 용기를 얻고 싶을 때, 내가 쓸 만하다고 느끼고 싶을 때, 나한테 괜찮다고 말하고 싶을 때, 무언가 더 큰 것을 바라고 싶을 때, 나보다 더 큰 그 무엇을 느끼고 싶을 때 그들의 작업을 찾아본다. 한번 책을 열고 페이지를 뒤적이다 보면 어느새 다시 열독하고 있는 나를 발견하곤 한다.

문장 하나에 꽂혀서 '어떻게 이렇게 표현할 수 있지?' 하며 설레는 적도 많다. 박경리 선생의 그 뿌리로부터의 맛이 배어 있는 문장에, 버지니아 울프의 그 완벽히 홀로 있는 문장에, 한나 아렌트의 나의 뇌에 불꽃을 붙이는 콘셉트 가득한 문장에, 제인 제이콥스의 길거리 대화가 녹아 있는 듯한 문장에 감탄하곤 한다. 예전에는 보이지 않던 대목이 다시금 눈에 들어와서 신기해할 때도 많다.

그들 중 어느 한 사람도 직접 만나보지 못했지만 나는 그들과 깊이 만났다. 그들은 모르겠지만 나는 그들과 통했다. 그들은 나를 전혀 상관하지 않지만 나는 그런 관계가 좋다.

동시대에 같이 살아본 박경리 선생과는 같이 밭을 매고 싶다는 생각을 마음속으로 해봤다. 아무 말을 건네지 않더라도 함께 김을 매는 그 행위 자체만으로도 연결될 것 같았다. 같은 시간, 같은 공간에서 같은 행위를 한다는 것에는 특별한 뜻이 분명히 있을 것이다. 밭일하는 시간에는 누구도 자신에게 아는 척해주지 않기를 바랐다는 선생의 뜻을 나도 알 것 같다. 노동을 하면서 홀로 세상 전체와 통하는 기쁨을 일찍이 깨달았던 선생은 외로움을 가까이 하기를 좋아하셨던 걸까? 인간 세상이 자신을 가만 내버려두기를 바라셨던 걸까? 나는 작은 텃밭 일을 하다가 가끔씩 작가 박경리를 떠올리곤 한다.

누구나 자기만의 불멸의 존재, 영감을 주는 존재, 지속 가능한 멘토를 가질 필요가 있다. 스승, 사부, 선생님과는 좀 다르다. 현실에서 꼭 만날 필요도 없다. 물론 현실에서 만나면 환상적인 체험이겠지만, 시공을 뛰어넘은 글을 통해 만나면 순식간에 다차원적인 만남이 이루어진다는 이점이 있다. 현실 속 인간관계가 여러 방식으로 우리 삶에 개입하는 것과 달리 이들은 그냥 거기에 가만히 있어주는 것만으로도 도움이 된다.

　이들 존재들이 좋은 것은 '그 누구도 나에게 강요하지 않는다, 이야기를 들으라고 고집스럽게 자기 의견을 되풀이하지도 않는다'는 것이다. 그들은 그들이 해야 하는 말을 했다. 그들은 하고 싶은 것을 했다. 해야만 하는 일이기에 했다. 자신의 숙명으로 받아들일 수 있는 일을 했다. 살아남기 위해서 했고, 자존심을 지키기 위해서 했고, 자신의 존재를 입증하기 위해서 했고, 자신의 의심을 풀어내기 위해서 했고, 자신의 궁금증을 풀기 위해서 했고, 자신의 목소리를 내기 위해서 했다. 더 큰 목적이 있어야 한다고? 그럴지도 모른다. 그들은 이미 더 큰 목적을 가지고 있었고, 더 큰 목적을 이미 이루었는지도 모른다. 나를 통해서. 그들의 책을 읽은 나라는 독자를 통해서.

　만약 내가 더 어릴 적에 이들을 만났더라면 어땠을까? 가끔 상상해본다. 나의 자존감은 훨씬 더 튼튼해졌을까? 내가 십 대까지 겪었던 자존감 문제가 좀 덜했을까? 바라볼 여성들이 있기에 더 기대감을 키우고 자유로움과 해방감을 느끼게 되었을까? 스스로 선을 그었던 제약으로부터 벗어나서 훨씬 더 크게 날아오를 수 있었을까?

　잘 모르겠다. 역사에 가정이 없듯이, 한 개인의 역사에도 가정은 있을 수 없다. 나는 이렇게 보려고 한다. 내가 이십 대에 이들을 만난 것 자체가 뜻이 있지 않았을까? 나름대로 고민은 고민대로 해봤고, 흔들림은 흔들림대로 해봤고, 그런 경험을 통해서 나의 의문이 꽤 선명해지고 간절함이 더 커진 상태에서 이들을 만났기 때문에 훨씬 더 강렬한 만남이 되었던 것은 아닐까? 그것이 책 운명일지도 모르겠다.

자존감이란 그것을 깨닫는다고 해서 흔들리지 않는 것은 아니다. 또한 시시때때로 흔들린다고 해서 자존감이 튼튼치 않다는 뜻도 아니다. 오히려 흔들림을 통해 더 튼튼해지는 것이 자존감이라는 것일지도 모른다.

이 불멸의 여인들 역시 수많은 흔들림을 가졌음을 이제 나는 '확실히' 안다. 하나의 선택을 할 때, 혹은 그 선택을 하지 않을 때, 어떤 일을 할 때, 어떤 사건을 접하게 되었을 때 이들 역시 수많은 흔들림을 가졌을 것임을 이제는 확실히 알겠다. 우리가 어떤 존재를 흠모할 때에 우리는 그 존재가 완벽하다는 이유 때문에 흠모하는 것은 아니다. 그들이 그런 흔들림과 괴로움을 어떤 태도로 통과해갔는지, 얼마나 그 흔들림과 괴로움에 진정 자신을 맡겼는지, 그리고 그 흔들림과 괴로움을 어떻게 다스려갔는지 알게 될 때 더욱 가까운 존재로 느끼게 된다. 이들도 나와 같은 사람인 것이다. 그러니 나의 흔들림도 괜찮은 것으로 느껴진다.

그들이 자신의 생에서 어떤 선택을 했고 어떤 괴로움과 흔들림을 보여주었건 간에, 이들은 인간으로서의 존엄성과 자존감을 보여주는 데 유감없이 그들의 역량을 사용했다. 자신의 자존감을 튼실하게 해주는 존재들을 찾아보라. 평생을 통해서 힘이 될 것이다. 그들의 열정과 그들의 고독함이, 그들의 고민과 그들의 여정이, 그들이 스스로 정의했던 자신의 과제와 스스로 추구했던 과제가, 세속에서의 그들의 성공과 실패가 나침반이 되어주고 깃발이 되어주고 지팡이가 되어줄 것이다. 그런 존재들을 가슴에 품고 있는 것만으로도 든든해진다.

2장

어떤 캐릭터로
살아갈까?

성장 스토리를
읽는 시간

단 한 번뿐인 내 인생을 어떻게 살 것인가?
나는 어떤 주인공으로 살아갈까?
어떤 스토리를 만들어낼까?
어떤 일을 할까? 어떤 사랑을 할까? 어떤 체험을 할까?
어떤 캐릭터로 살게 될까? 나는 어떤 사람일까?

배짱이 맞는
캐릭터를
찾아서

나는 어떤 삶을 살게 될까? 어떤 일을 할까? 어떤 사랑을 할까? 나는 어떤 캐릭터일까? 어떤 스토리를 만들어낼까? 내 인생은 어떻게 펼쳐질까? 나는 과연 어떤 주인공이 될까? 어릴 적에 찾아오는 질문들이다. 가슴 설레게 또 절박하게. 아직 나를 모르고, 아직 세상을 모르고, 아직 세상 돌아가는 이치가 안 보이고, 아직 내가 모르는 사람들이 너무나 많고, 천 길 사람 속은 헤아릴 길이 없고, 세상은 넓은데 체험한 것은 아직 너무 적고, 미래란 전혀 알 수 없는 것이기에 더 가슴 설레고 또 더 절박해진다.

암중모색 가운데 무언가 빛이 보이는 것 같다가 다시 흐려지고 그러다 캄캄해지는 과정을 수없이 반복한다. 이런 생각을 해봤다가, 저런 꿈을 꿔봤다가, 이런 인물에 반했다가 저런 인물에 혹했다가, 이런 이야기에 솔깃했다가 저런 이야기가 더 재미있어 보인

88

다. 이런 일을 해보겠다고 다짐했다가 저런 일이 더 흥미로워 보이고, 이런 사랑을 해보겠다고 꿈을 꾸다가 저런 사랑이 더 멋져 보이고, 하룻밤에 생각이 달라지고 아침 다르고 저녁 다르면서 변덕이 죽 끓듯 한다. 의문과 방황과 상상과 몽상과 변덕은 어린 시절 최대의 특권이다.

게다가 어린 시절엔 얼마나 콤플렉스가 많은가? '나는 못생겼어. 이쁜 구석이 하나도 없어. 나는 잘하는 게 없어. 잘 못하는 게 너무 많아. 엄마 아빠는 나보다 형을, 누나를, 언니를, 오빠를, 동생을 더 이뻐해. 내 친구들은 하나같이 나보다 나아. 선생님은 나를 안 좋아해. 나는 공부를 못해. 운동을 못해. 춤을 못 춰. 노래를 못해. 나는 키가 작아. 눈이 작아. 코가 낮아. 머리가 커.' 콤플렉스의 종류는 많기도 하다. 대체 몇 살부터 이 콤플렉스라는 녀석은 우리 머릿속에 자리하는 것일까?

이윽고 사춘기로 들어서면 그야말로 질풍노도의 시대가 된다. 호르몬이 들끓으면서 낮이나 밤이나 꿈을 꾼다. 낮에는 백일몽, 밤에는 진짜 꿈. 내 사춘기 때의 강렬한 기억 중 하나가 거의 매일 밤 꿈을 꾸던 것이다. 어찌나 생생하던지, 어찌나 컬러 버전이던지, 어찌나 영화 같던지, 나는 짝꿍에게 지난밤 꿈 이야기를 해주느라 바빴다. 처음엔 재미있어 하다가도 이내 질려버리던 친구들이 많았는데, "또 무슨 재미난 꿈 안 꿨어?" 하고 꾸준히 물어봐주던 한 짝꿍은 유난히 기억에 남는다.

꿈은 많지만 머릿속은 전혀 정리가 되지 않는다. 가슴은 이리

저리 날뛴다. 감정은 조울증처럼 올라갔다 내려갔다를 반복한다. 문제는 여기저기서 보이고 세상엔 못마땅한 것들투성이다. 하지만 일목요연하게 구분할 역량은 아직 없다. 오늘은 이것을 시도해보고 내일은 저것을 포기할지도 모른다. 다음 달에는 또 어떤 새로운 것을 시도할지 모를 일이다. 할 수 있는 게 아무것도 없는 것 같아서 좌절감에 빠지다가 뭐든지 다 할 수 있을 것 같은 초절정감을 맛보기도 한다.

이렇게 방황하고 모색하고 궁리하는 시기에 도움이 되는 것이 간접 체험이다. 남들은 어떻게 사는가를 대신 체험해보는 것이다. 그래서 '이야기'가 중요해진다. 마음에 쏙 드는 이야기, 성에 차지 않는 이야기, 흥분되는 이야기, 차분해지는 이야기, 실망을 주는 이야기, 가슴이 부푸는 이야기 등 수많은 이야기들은 근사한 간접 체험 거리다. 바로 '성장 스토리'들이다. 사실 이 세상 대부분의 스토리는 성장 스토리라 해도 다름이 아니다. 어린 시절 이야기나 일생에 걸친 이야기가 아니더라도 사람은 특정한 어떤 사건을 겪고 그 체험을 통해 어떤 자극을 받고 스스로 변화한다. 그게 성장이다.

성장 스토리는 언제까지 읽게 될까? 정답은 '인생 내내'다. 어떤 점에서 우리는 평생 어리다. 죽을 때까지 어리다. 확인이 필요하고, 인정이 필요하고, 독려가 필요하고, 칭찬이 필요하고, 친구가 필요하고, 선생이 필요하고, 공감이 필요하고, 연대감이 필요하다. 그래서 인생 시시때때로 만나는 성장 스토리들이 요긴해진다. 내가 아직 살아보지 못한 인생, 내가 살아볼지도 모르는 인생, 내가 전혀 경험하지 못할지도 모르는 인생을 대신 경험해보는 것이다. 성장 이야기를 읽으면서 우리는 자신을 투사하고, 주변을 투사하고, 비교하고 조감하면서 자기 자신의 형상을 안팎으로 만들어간다. '자기 이미지'가 생기는 것이다.

내가 빠졌던 세계,
만화와 추리소설

고백하자면 어린 시절에 나는 동화에 영 몰입할 수가 없었다. 요즘처럼 『마당을 나온 암탉』 『괴물들이 사는 나라』 같은 신나는 동화가 나왔던 시절도 아니고 이른바 전형적인 고전 동화들만 접할 수 있던 시절이었다. 신데렐라, 백설공주, 인어공주, 잠자는 숲속의 공주, 엄지공주, 라푼젤, 헨젤과 그레텔 등이 대표적이고 우리 이야기는 동화처럼 그린 '바보 온달과 평강공주'나 '선덕여왕 이야기' 정도가 있었다.

동화에서 가장 못마땅해했던 것은 "그리고 그들은 행복하게 살았다(And they lived happily ever after)"라는 엔딩이었다. 내 어린 마음에 영 충분치 못했던 것이다. '그래서 어떻게 살았다는 건데? 뽀뽀하고 결혼하면 다 되는 거야?' 같은 의문이 무럭무럭 피어올랐다. 또 하나 못마땅해했던 게 있다. "하나같이 왜 공주, 왕자들만 나오느냐?"는 것이었다. '내가 될 수 없는 것들만 나오느냐?'라는 못마땅함이었다.

아마도 '착해라, 예뻐라!'라는 메시지가 별로 탐탁치 않았던 것 아닐까? 어른들은 온갖 동화에 '권선징악' 메시지를 끊임없이 넣으며 아이들에게 주입시키려 하지만 대부분의 어린이들은 '착하고 예쁘게'라는 메시지를 별로 재미없어 할 공산이 크다. 요즘의 동화들이 선악이 분명한 메시지들보다도 훨씬 더 복잡하고 다중적으로 전개되는 것을 보면 아이들의 심정을 훨씬 더 잘 파악하고 있는 것 같다. 고전적 동화들조차 최근 들어 이른바 '잔혹 동화'라는 개념으로 재해석되는 것을 보면 동화 속에 숨은 의미들이 결코 간단치 않음을 보여준다. 그 사회 그 시대의 이념, 종교관, 인간관, 남녀관, 계급관, 경제관, 자연관, 미래관 같은 것을 고스란히 담고 있는 것이 동화다.

나에게는 '그래서 행복하게 살았대!' 같은 고전 동화들보다는 "떡 하나만 주면 안 잡아먹지!" 같은 플롯이 훨씬 더 매력적이었다. 왠지 모르겠으나 '열두 고개마다 나타나 어머니에게 떡 하나 달라는 호랑이' 이야기와 '늑대와 일곱 마리 아기 양' 이야기에 꽂혔다. 이 기억은 꽤 강렬했던지 내가 엄마가 됐을 때 이 두 이야기를 각색해서 딸들에게 들려주는 '나의 엄마 스토리'가 되었다. 지혜와 용기로 위기를 헤쳐 가는 스릴과 서스펜스가 넘치는 액션 스토리가 된 것이다. 내가 늑대 역할을 어찌나 능청맞게 잘했던지, 딸들은 꼭 그 대목에 가서는 눈이 동그래지고 표정에 기대와 무서

어떤 캐릭터로 살아갈까?

움이 가득했다. 딸들은 새끼 양 역할을 하면서 어찌나 의기양양해하던지, 아주 웃기는 장면이었다. 아이들은 어쩌면 그렇게 반복을 거듭해도 또 감탄하고 기대 가득하고 감정을 고대로 표현하는지 신기하기만 하다. 나는 이 늑대와 새끼 양 이야기를 딸들에게 수백 번씩 해주었고 큰딸은 엄마가 되어서 다시 이 이야기를 아이들에게 해준다.

나는 사실 동화 대신에 만화에 더 깊이 빠졌다. 알전구 하나 달랑 달린 어두컴컴한 '만화가게'는 '내 인생 공간' 중 하나다. 그 비밀 가득한 공간에서 나는 다른 세계들을 수없이 드나들었고 상상의 나래를 펼쳤으며 이 세상의 만화경을 맛봤다. 만화는 동화보다 훨씬 더 근사했다. 캐릭터들이 매력적이었고, 결말이 빤하지 않았고, 전개 속도가 빨랐고, 변화무쌍했다.

'내 어린 시절의 만화 베스트'를 꼽자면 단연 『라이파이』다. 김산호 선생이 그린 『라이파이』는 우리 만화 역사상 최초의 SF만화다. 고구려 무인처럼 머리에 두건을 질끈 동여맨 '라이파이'의 모험은 시대적으로 참 앞서던 것이었다. 나는 특히 라이파이가 맞서는 악의 축인 '녹의 여왕'에 홀딱 반했는데, 마치 안젤리나 졸리가 분한 「말레피슨트」나, 「토르」에서 최신 무기를 자유자재로 만드는 악당으로 분한 케이트 블란쳇의 캐릭터를 수십 년 앞선 것 같은 인물이다. '여성도 악인이 될 수 있구나!'라는 개념에 나는 환호했다. 판타지, SF에 빠지는 것은 그것이 통념에 도전하기 때문이다. 우리를 옥죄고 있는 기성관념에 과감하게 도전할 수 있다는 쾌감이 있다. 환상적인 컴퓨터 그래픽이 가능한 이 시대에는 더욱 판타지, SF에 열광하게 되지 않겠는가? 아이들이 반할 수밖에 없는 장르다.

내가 '추리소설'에 빠지게 된 것도 어린 시절의 강렬한 기억 덕분이다. 나 혼자 내 돈으로 난생 처음 샀던 책이 아르센 뤼팽이 주인공으로 나오는 『기암성』이다. 열 살 무렵의 그 순간이 생생히 기억난다. 연건동의 한옥에 살던 나는 서울의대의 운치 있는 시계탑 앞을 거쳐 가로수길을 따라 혜화동 로터리에 있는 작은 서점에 가서 책장을 뒤졌고, 무엇에 홀렸던지 이 책을 샀다. 그 책을 가슴에 안고 햇볕을 받으며 의기양양하게 돌아오던 길에서 느꼈던 환희감은 내 가슴에 그대로 남아 있다. 어쩐지 어른이 된 것 같은 뿌듯함이었다. 어린이용 책이라 축약된 내용이었지만 『기암성』에서 처음으로 암호를 푸는 과정에 혹하고 난 뒤 나는 '추리'의 기쁨을 아는 아이가 되었다.

용기가 되고

모델이 되는 이야기

이런 저런 탐험을 해보는 와중에 내 맘에 드는 성장 스토리가 나타나기 시작했다. 얼마나 기다렸던가? 얼마나 이런 이야기를 찾고 있었던가? 나는 마음에 드는 성장 이야기들을 찾아서 완전히 삼켜버릴 듯 읽어갔다.

무엇 때문에 각별히 그 캐릭터, 그 스토리가 마음에 들게 될까? 나는 '배짱이 맞는다'는 것에 한 표를 주고 싶다. 어쩐지 끌리는 것이다. '나 같으면 어떻게 할까? 왜 그랬을까? 바보 같다. 그래도 이해되는 점이 있네. 그럴 수 있겠네. 오 괜찮은데? 오 잘하는데? 멋지잖아' 하면서 고개를 끄덕이게 되는 것이다. 무엇보다도 자꾸 생각이 나고 자꾸 읽게 된다. 나를 투사하게 되고, 길지 않은 내 인생을 투사하게 되고, 내 미래를 상상해보게 된다. 물론 이렇게 배짱이 맞으려면, 외양도 비슷해야 하고, 나의 상황과도 어느 정도 비슷해야 더 공감이 되고, 내가 은근히 기대하는 사건이 일어나줘야 하고, 나의 콤플렉스와도 통해야 하고, 나의 욕구불만과도 통해야 하고, 나의 자존감을 자극해줘야 함은 물론이다.

사춘기 내내 나는 무척 많은 성장 스토리들을 읽었다. 남자의 성장, 여자의 성장 이야기 가리지 않고 말이다. 솔직히 『톰 소여의 모험』『허클베리 핀의 모험』 같은 책은 전혀 재미없게 읽었다. 내가 이상한 건가 의문도 들었는데, 당연했던 반응이었다. 소년의 스토리에다 미국이라는 자연과 풍속에 익숙지 못했으니 공감을 하기도 자기 투사를 하기도 어려웠던 거다. 이 당연한 사실을 나중에서야 확실하게 알게 됐지만 말이다. 이상하게도 남들은 다 재미없다고 하던 『장 크리스토프』(베토벤을 모델로 해서 썼다고 하는 로맹 롤랑의 작품)에 꽂혀서 세 번씩이나 그 긴 소설을 읽었던 것이 신기하다. 하지만 지금은 전혀 기억이 나지 않는다는 게 더 신기하기도 하다. 헤르만 헤세의 그 유명한『데미안』같은 성장소설은 빠지지 않는 독서 목록이었지만, 나는 그리 탐탁치 않아 했다. '왜 나는『데미안』을 그리 못마땅해했을까?' 나는 나의 심리를 분석해보곤 했다. 그 유명한『호밀밭의 파수꾼』은 나를 깊은 절망에 빠뜨렸다. 열여섯 살 소년의 사흘 동안의 방황을 그린 소설을 읽고 '나는 대체 할 수 있는 게 없다'는 생각과 함께 '나는 하물며 가출할 용기도 없구나!' 하며 자책까지 했으니 사춘기의 마음이란 정말 알다가도 모르겠다. 나는 자세한 가출 시나리오를 짜봤고 아주 상세하게 여러 계획을 세워보곤 했다. 그렇게 계획을 세워봤기 때문에 결국 가출을 감행하지 못했던 것 아닐까?

대신에 나는 여성 작가들이 쓴 성장 소설로부터 아주 배짱이 맞는 여주인공들을 발견하기 시작했다. 이 장에서 나는 그 주인공들을 되짚어본다. 나의 소녀 시절, 사춘기 시절, 이십 대 초반 시절에 용기를 주고 위로가 되어주고 모델이 되어주었던 이야기들이다. 당시에도 여러 번 읽었을 뿐 아니라 어른이 되어서도 가끔씩 꺼내 읽는 책들이기도 하다. 신기한 것은, 다시 읽어도 흥미진진하다는 것이다. 상세한 내용까지 다 기억하지는 못하더라도 그때 그 느낌만큼은 몹시도 강렬하게 남아 있다. 역시, 첫경험이란 가장 강렬하다.

씩씩한
조

『작은 아씨들』 • 루이자 메이 올컷

내게 가장 먼저 찾아온 주인공은 『작은 아씨들』 속의 '씩씩한 조'였다. 네 자매의 이야기인지라 여섯 자매인 우리 집에 대입해서 읽기에 아주 맞춤이었다. 딸이 여럿이면 다채로운 캐릭터들이 나온다. 큰딸 맥(마가렛)은 우아하게 아름다우며 아주 여성스럽고, 둘째 딸 조(조세핀)는 씩씩한 말괄량이로 활발한 '톰보이(tomboy)'이고, 셋째 딸 베스(엘리자베스)는 천사처럼 착하고 작은 제비꽃을 좋아하며, 막내 에이미는 예쁘고 애교 가득하다. 그렇게 서로 다르기에 이들 넷은 강력한 팀을 이룬다.

그 팀플레이로 가장 인상적이었던 것이 자매들의 '순례 놀이'였다. 자매들은 같이 한 권의 책, 『천로역정(The Pilgrim's Progress)』 (존 버니언의 순례 이야기. 17세기에 나온 설교집으로 성경만큼이나 기독교 고전으로 읽히는 책)을 읽고, '우리도 우리식으로 순례를 하자!'고 작정한

97

다. 크리스마스에는 이웃을 위해 각자 희생할 것을 한 가지씩 정하는가 하면, 녹음의 계절에 큰 나무 아래에서 진짜로 순례자처럼 복장을 하고 길 떠나는 연극 놀이를 한다. 난 그 장면을 참 부러워했다. 뭔가 해내려 길을 떠나는 자매들이 자아내는 분위기가 나에게도 간절했다.

책에는 별로 언급이 없지만, 시절은 미국의 남북전쟁(1861~1865) 중이었다. 아름드리나무들 사이로 아담한 목조주택들이 띄엄띄엄 서 있는 동북부의 전통적인 마을의 한 가정 이야기다. '홈 스위트 홈'이 뚝뚝 묻어난다. 든든한 아빠, 따뜻한 엄마, 사랑 듬뿍 받는 아이들, 아이들의 우애 속에 행복감, 자존감, 긍정, 사랑이 우러나는 스위트 홈. 정신적 멘토는 아빠이고 일상의 멘토는 엄마인데, 아빠가 종군 목사로 전쟁터에 나가 있는 동안 이 집은 완전 '여성 천국'이다. 가난하지만 자존감은 튼튼하다. 사치스러움은 그야말로 사치이지만, 정다움과 아름다움은 넘쳐난다. 서로에 대한 관심, 무슨 일이 생기면 달려갈 수 있다는 믿음, 기꺼이 도와주려는 마음, 같이 놀고 싶어 하는 마음, 그리워하는 마음, 돌아가고 싶은 마음 등 우리가 가족과 집에 대해서 바라는 그 모든 감정들이 담겨 있다.

나는 삽화가 있는 꽤 두툼한 책으로 읽었다. 나중에 알고 보니, 원작은 어린 시절, 청년 시절, 성년 시절을 다룬 총 3부로 되어 있단다. 내가 읽은 책에는 청년 시절의 사랑 이야기까지 나왔다. 자매들의 우애 깊은 놀이뿐 아니라 각자의 실수, 콤플렉스, 싸움, 베스의 죽음, 진학, 해외여행, 조의 작가 수업, 그리고 연애와 결혼 에피소드까지.

'키다리 아저씨' 같은 인물도 등장한다. 고대광실 같은 옆집에 사는 무서운 할아버지가 의외로 키다리 아저씨의 면모가 있고, 그 손주 '로리'는 부잣집 도련님이지만 아주 싹수가 있다. 잘생겼지만 자신이 그런 줄도 모른다. 부모 잃은 아픔을 삼키는 아이인 로리는 엄한 할아버지 밑에서 예의 바른 신사 예법을 익혔고 여자들에게 속을 털어놓을 줄도 안다. 그렇게 로리는 네 자매와의 관계 속에서 쑥쑥 성장하는 모습을 보여준다. 여자들이랑 잘 놀면 근사한 남자로 클 가능성이 높은 게 아닐까?

어릴 적에 내가 가장 흥미진진해했던 대목은 조가 로리의 청혼을 거절하는 대목이었다. '아니 이 근사한 남자의 사랑을 거절하다니? 대체 친구와 연인의 차이가 뭐기에?' 하는 마음이었다. '사랑보다 먼, 우정보다는 가까운'이라고 흐르는 피노키오의 「사랑과 우정 사이」 노래가 떠오르는 대목이다. '좋아하지만 사랑하지는 않는다'를 어떻게 아는 것일까? '이 사람을 사랑한다'는 것을 어떻게 아는 것일까? 어린 나는 헤아릴 수가 없었다.

딸 자매 이야기인 『작은 아씨들』은 해피엔딩의 고전이 되었는데, 아들 형제 이야기가 그런 고전이 된 경우가 없다는 건 신기한 일이다. 형제의 이야기는 감동적인 스토리들조차 대개는 비극적으로 그려진다. 예컨대, 영화 「가을의 전설」에서는 우애 깊은 세 형제가 각기 한 여자를 사랑하면서 비극이 이어지고, 「흐르는 강물처럼」에서는 낚시를 같이하고 주먹다툼도 곧잘 하는 형제애를 보여주지만 결국 서로 다른 길을 간다(이 두 영화는 소설을 원작으로 했다). '형제의 성장스토리는 그런 건가? 해피엔딩을 꿈꾼다면 역시 딸이 좋다!' 나는 이렇게 아전인수를 해본다.

'톰보이'라도 오케이다!

작가의 페르소나라고 할 수 있는 둘째 조는 수많은 질문을 해댄다. 속으로 삭이는 것도 아니고 혼자 중얼거리는 것도 아니고 질문을 입 밖으로 던진다. "왜 여자는 얌전해야 하는데? 왜 여자는 밖에 나가서 마음대로 못 다니는데? 왜 여자는 말을 못타는데(요즘 버전으로는 '왜 여자는 오토바이를 못타는데?'일지도 모르겠다)? 왜 여자는 읽고 싶은 책을 마음대로 못 읽는데? 왜 여자는 항상 치마를 입어야 하는데(스케이트를 탈 때도 치마를 입고 탄다고 상상해보라!)? 왜 여자는 다소곳이 있다가 때 되면 결혼해야 하는데?"

『작은 아씨들』이 나온 후 백오십여 년이 지났어도 대부분의 소녀들이 어릴 적에 알게 모르게 한 번씩은 다양한 버전으로 겪는 의문들이다. 조는 질문을 했고 토론을 했고 돌파를 했다. 가장 마땅했던 것은 혼자 뉴욕으로 가서 공부하며 일하던 모습이다. 집을 떠나는 모험, 여자에게 가장 큰 모험이 아닐까? "넌 가장 좋은 세상에서 살아가. 난 가장 시끌벅적한 세상에서 살 테니." 조는 그의 말대로 세상으로 나갔다.

『작은 아씨들』에서 내가 얻은 것이라면? 가장 확실한 것은 '톰보이도 오케이야!'였다. 나 역시 조처럼 딸로는 둘째다. 별로 안 생겼다. 다만 조와 달리 나는 어릴 적 말괄량이도 아니었고 씩씩하지도 못했다. 오히려 몸 약하고 심약하고 수줍음 많은 아이로 여겨졌다. 다만 그것은 마음속 상처를 덜 받기 위해서 밖으로는 입을 꽉 다물었던 나의 가면이었을 뿐이지만 말이다. 그 과정을 통해 나는 나 혼자 속으로 자존감을 세울 수 있게 됐고 마침내 세상에 나왔을 때 씩씩할 수 있었다.

"여자도 씩씩해도 돼. 톰보이라도 오케이야. 그래도 매력적일 수 있어. 남자 친구도 생기고 사랑도 해. 직업도 가질 수 있어. 훨씬 재미나게 살 수 있어!" 이런 어린아이다운 생각을 했지만, 그게 어디인가? 나는 꽤 행복해할 수 있었다. 적어도 나도 괜찮게 살 수 있다는 희망을 갖게 된 것이다.

유쾌한
앤

『빨강머리 앤』 • 루시 모드 몽고메리

『다시 동화를 읽는다면』이라는 책을 낸 출판사가 나에게도 한 편을 골라 써달라고 했을 때 나는 주저하지 않고『빨강머리 앤』을 골랐다. 그만큼 가장 인상적이고 가장 여러 번 읽었고 인생의 단계가 바뀔 때마다 '앤 이야기 시리즈' 열 권 중에서 골라가며 읽어 왔다. 앞으로도 계속 또다시 읽을 것 같은 책이다.

'빨강머리 앤'을 모르는 아이들은 아마 없을 것이다. 동화 버전, 만화 버전, 애니메이션 버전까지 끊임없이 새롭게 나온다. 왜 그렇게 좋아할까? '빨강머리'라는 강렬한 설정 때문 아닐까? '정말 빨강머리라는 게 있어?' 나도 이렇게 의문했다. 자기 머리가 빨강색이라면 어떤 기분일까? 금발의 블론드가 아니더라도, 갈색의 브루넷이 아니더라도, 반지르르한 흑발이 아니더라도 좋으니 빨강머리만큼은 다들 싫다고 할 것 같다. 지금이야 '빨주노초파남보'

무지개 색으로 염색하는 시대지만, 태어나기를 빨강머리로 태어 난다면, 글쎄, 자신이 없기는 하다.

그런데 빨강머리는 진취적인 여성을 표현하는 스타일로 등장하기도 한다. 영화 「제5원소」에서 지구를 구원하는 순수한 외계인 여성 '릴루'의 머리 색깔은 타오르는 빨강이었다. 「걸스 저스트 원트 투 해브 펀(Girls Just Want to Have Fun)」이라는 발칙한 제목의 노래를 부른 가수 신디 로퍼가 새빨갛게 염색한 머리를 산발하고 나왔을 때 여자들은 열광했다. '빨강머리 앤'의 영향일지도 모르 겠다.

빨강머리 앤은 왜 그리 매력적일까? 왜 그리 우리를 사로잡을까? 『다시 동화를 읽는다면』에도 썼지만 나는 이렇게 생각한다.

"어떤 소녀든, 어떤 여자든 앤에게 금방 친밀감을 느끼고 동질감까지도 갖게 되는 이유는 분명하다. 앤의 콤플렉스에 절절하게 공감할 수밖에 없으니까 말이다. 홍당무 빨강머리, 얼굴 가득한 주근깨가 아니더라도 외모 콤플렉스를 갖는 것은 모든 소녀의 '권리'이기조차 하지 않은가. 어느 하나 내세울 것 없다는 심정, 누구도 날 좋아해주지 않을 듯한 외로움, 하고 싶은 말을 마음껏 하지 못하는 답답함 등 앤의 열등감과 고독감과 불안에 공감하지 않을 소녀가 이 세상에 어디 있단 말인가. 게다가 앤은 고아이기까지 하니 말이다. 그럼에도 불구하고 앤의 그 빵빵한 자존심에 매혹되지 않을 소녀가 또 어디 있으랴. 적극적으로 자신의 자존심을 표현하는 방식에 공감하고, 자존심을 내

세우는 용기에 박수를 보내고 나도 그렇게 해보리라는 격려를 받게
된다."

_『다시 동화를 읽는다면』에서

다들 공감하리라. 앤의 콤플렉스는 우리의 콤플렉스와 통하고,
앤의 빵빵한 자존심은 우리가 갖고 싶은 자존심과 통한다. 콤플렉
스는 우리의 힘, 자존심은 우리의 힘인 것이다.

그 천방지축 앤은 어떻게 자라났을까? 커서도 그렇게 좌충우돌
했을까? 여전히 빨강머리였을까? 여전히 삼라만상에 이름을 붙이
고 갖은 대화를 했을까? 여전히 사과 꽃이 피는 봄이 되면 그렇게
두근두근했을까? 자기를 홍당무라고 놀렸다고 차갑게 대했던 길
버트와의 화해 후에 둘은 어떻게 됐을까?『빨강머리 앤』을 덮고
나면 떠오르는 궁금증이다.

다행히도 그 궁금증은 마음껏 풀 수가 있었다. 중학생이 되어
10권짜리『앤 이야기』를 다 읽은 것이다. 이 10권에 앤의 일생이
다 담겨 있다. '빨강머리 앤, 아반리 마을의 앤, 앤의 청춘, 앤의 결
혼, 앤의 꿈의 집, 어머니가 된 앤, 노변장의 앤, 무지개 골짜기의
아이들, 앤의 이웃들, 앤의 친구들'까지.『앤 이야기』전 10편은 나
의 궁금증을 완전히 풀어주었다. 그 천방지축 소녀가 처녀가 되고
아내가 되고 엄마가 되고 이웃이 되고 선생님이 되고 작가가 되
고 할머니가 되는구나! 인생엔 가지가지 일도 많구나, 온갖 갈등
이 있구나! 그 길어 보이는 인생도 지는구나! 사람은 가도 삶은 이

어지는구나! 이 책 덕분에 나는 인생이란 꽤 긴, 끊임없이 다른 문제, 다른 과제들에 부딪치는 과정이라는 의식을 일찍부터 가질 수 있었던 것 같다. '앤 이야기'의 가장 큰 덕목이다.

앤 이야기가 다른 사람들에게보다 내게 더 특별했던 점을 꼽는다면, '집'에 대한 무한한 사랑이다. 내가 건축과를 택한 데에는 '앤 이야기'의 영향도 있었을까? 무의식 속에서 그랬을 것 같기도 하다. 고아라서 더 그랬겠지만 앤은 유독 집에 대한 애착이 강하다. 마릴라 아주머니와 매튜 아저씨의 그린게이블스 집에 흠뻑 반하는데, 사실 집 자체로 보면 그리 특별하다고 할 집은 아니다. 그린게이블스(Green Gables), 우리 말로 초록색 지붕 집은 그 지역에서는 흔한 집들 중 하나일 뿐이다. 그런데 소녀 앤에게 그 집은 어떤 의미로 다가왔는가? 살고 싶은 집, 내가 속하고 싶은 집, 다시 돌아오고픈 집, 지키고 싶은 집이다.

앤이 인생을 통해서 만나는 집마다 갖은 상상력을 동원해서 붙이는 이름들은 아주 재미나다. 이름을 붙이고 이름을 불러줘야 비로소 존재하게 된다던가. 신혼 시절 살던 작디작은 '꿈의 집'에서부터 대가족을 이뤘던 시절에 포플러 나무들이 주르르 서 있던 '노변장'까지. 심지어 앤은 잠깐 하숙생으로 살던 집에서도 애틋한 이야기를 만든다. 아반리 마을의 교사 생활을 뒤로 하고 레드먼드 대학을 다니던 시절이다. 벽난로 옆을 지키는 도자기 개 인형 두 마리 '고구'와 '마고구'에 홀려서 그 집에 꼭 살고 싶어 한다. 집주인이었던 독신 할머니들은 그 사연에 끌려서 집을 빌려주었을 뿐 아니라 나중에 앤에게 이 도자기 인형을 유산으로 남겨주기 까지 했다. 집과 사물에 이야기를 부여하면 그것은 각별한 사연이 되고 추억이 된다.

콤플렉스와 함께
살아가는 지혜

앤이 결혼할 때 마릴라 아주머니가 집에 대해서 한 말은 아주 멋지다. "집은 탄생, 죽음, 결혼으로 완성된다지. 이 집에서 죽음도 있었고, 아기도 태어났고, 이제 네가 결혼식을 한다. 그린게이블스가 이제 드디어 집으로 완성되는구나!" 이 뜻이 너무도 좋아서 나의 책 『이 집은 누구인가』에 인용하기도 했다. 내가 사는 집에서도 결혼식이 있으면 좋겠고, 아가들이 태어나면 좋겠다. 그리고 내가 오래 살던 집에서 눈을 감을 수 있다면 얼마나 뜻깊겠는가?

앤은 삼라만상에 이름을 붙이는 데 각별한 재주가 있다. 활짝 꽃 핀 사과나무를 면사포에 비유하는가 하면, 가지가지 오솔길에 비밀 이름을 붙이고, '구부러진 다른 길'을 꿈꾸고, 친구 다이애나와 숲속 큰 나무 아래서 요정 놀이를 하고, 프린스 에드워드 섬의 얼어붙은 겨울 바다를 묘사하는, 그 솜씨는 정말 매혹적이다. 나는 앤의 공간 감각과 이름 짓기 감각이 부러워서 나도 이야기 가득하던 이화여중·고 곳곳에 이름을 짓고, 다니던 골목길, 언덕길,

모퉁이, 가게에 별명을 붙여주는 버릇이 생겼다. 덕분에 나의 공간 감각과 이름 짓기 감각도 꽤 발달했거니와 지금도 이 버릇은 계속되고 있다.

사고뭉치 앤의 공부, 사랑, 결혼 이야기 이상으로 내가 좋아했던 것은 앤의 아이들이 자라는 이야기였다. 아들 셋, 딸 셋이 벌이는 가지각색 사건 사고들은 다채롭고 생생했다. 큰아들 젬이 개와 이별하는 사연은, 내가 나중에 개를 키우고 하늘나라로 보낸 후에 더욱 각별해졌다. 그 외에도 어릴 적 친척 집에 보내졌을 때 받는 충격과 자기가 친자식이 아닐지도 모른다는 불안을 겪는 아이, 용돈을 모아 엄마 생일 목걸이를 사줬는데 가짜임을 알고 자책하는 아이 등 참 아이들은 얼마나 진지하고 정직하고 순수한가? 어떻게 그런 어린아이의 마음을 헤아려줄까? 어떻게 그런 어린아이의 마음을 간직할 수 있을까?

앤 이야기가 정말 그럴싸했던 것은, 앤의 그 콤플렉스가 나이 들어서도 여전했다는 점이다. 붉은 색이 엷어지기는 했지만 여전히 앤의 머리 색은 열등감의 원천이고, 남편 길버트와 어릴 적 가까이 지냈던 금발의 옛 여자친구의 등장과 그녀와 함께 웃는 길버트의 모습에 질투를 느끼고, 더 이상 남편이 자신에게 끌리지 않는다는 생각에 괴로워하고, 자신을 절대로 인정하지 않는 이웃과 친척들 때문에 마음을 끓이는 등 완벽하지 못한 앤의 모습이 오히려 진정 인간답다. 우리는 콤플렉스를 이기는 것이 아니라 콤플렉스와 함께 살아가는 지혜가 늘어가는 것일 뿐이다.

"누구나 콤플렉스가 있다. 누구나 나이를 먹는다. 삶은 계속된다. 인생은 문제투성이다. 힘들고 외로워도 인생에는 의외로 멋진 순간들이 있다. 그 멋진 순간을 잘 찾아낼 줄 아는 사람은 훨씬 더 행복하다. 집은 소중하다. 어디에서 살든 나의 집, 우리 동네로 만들고 싶다. 나무와 숲과 강과 바다와 바람과 골짜기, 자연은 보물 창고다. 상상의 유쾌한 힘은 인생을 크게 키운다. 사람 이야기에는 끝이 없다." 내가 '앤 이야기'에서 찾은 배움들이다.

"내 이름은 e가 달린 앤이에요!"라고 강조하던 앤의 심정을 다시 떠올려본다. 그 어느 하나 내세울 것 없다고 생각될 때 앤의 콤플렉스를 떠올리고, 세상에 그 어느 하나 특별한 것이 없다고 느낄 때 앤의 자존심을 다시 떠올리리라. 찾아보면 나에게도 매력이 있고, 잘 가꾸면 그 매력은 커질 테니까. 남들이 알아주지 않더라도 여전히 나는 나에게 가장 소중한 존재니까. 유쾌하게 내가 가진 것을 즐겨보자! 그 유쾌한 앤처럼.

꿋꿋한 제인

『제인 에어』 • 샬럿 브론테

빨강머리 앤이 분홍색, 초록색, 하늘색 등 야리야리한 파스텔 컬러를 연상케 한다면 이제 우리는 메마른 회갈색 평원에 검은 돌풍이 불 것만 같은 이야기로 들어간다. 좀 더 회의적이 되고 의심도 많아지고 현실적인 모드가 찾아오는 시절에 꼭 맞는 이야기다. 아름답지만도 정답지만도 않다. 사랑 이야기를 담지만 로맨틱 코미디도 아니고 멜로도 아니다. 고통과 시련과 유혹과 결단 속에서 성장하는 한 인간의 이야기다.

나는 영국을 떠올리면 잡풀이 무성한 평원과 태고부터 거기에 있는 듯한 바위, 그리고 그 울퉁불퉁한 바위들 사이로 안개가 피어오르는 장면이 떠오른다. 이런 이미지에는 브론테 자매 작가의 힘이 절대적으로 작용했을 것이다. 그들이 묘사한 그런 장면들이 너무도 강렬한 인상을 주기 때문이다. 에밀리 브론테(Emily

Bronte)의 『폭풍의 언덕』에서 캐서린과 히스클리프 사이의 그 광기와 같은 사랑에 매혹되면서도 그런 사랑은 내 것이 될 수 없을 것 같았고, 나는 그런 '전쟁 같은 사랑'은 못할 것 같았다. 캐서린의 철딱서니 없고 비겁한 행태도 어이가 없었거니와 히스클리프의 악마적인 복수가 이어지는 그 집요한 사랑도 견디기 힘들었다. 아무리 운명의 사랑이 그런 거라 해도 그것은 소설 속에만 있으면 되었다. 폭풍처럼, 벼락처럼 몰아치는 그 악마적 에너지는 나를 태워버릴 것만 같았다.

하지만 샬럿 브론테(Charlotte Bronte)의 『제인 에어』는 내 이야기가 될 수도 있을 것 같았다. 아무리 평범한 사람에게도, 아무리 가진 것 없는 사람에게도, 아무리 볼품없는 사람에게도 그 어떤 계기는 분명 찾아오지 않겠는가? 제인 에어는 평범하고 가진 것 없지만 마음속에 불을 지닌 여자에게 힘을 주는 캐릭터다.

제인 에어는 빨강머리 앤처럼 고아다. 제인이 훨씬 더 불운했던 점이라면 앤이 열 살 무렵 마릴라 아주머니 집에 와서 드디어 '내 집'이라 부를 수 있는 곳에서 살게 된 것과 달리 제인은 열 살부터 열여덟 살까지 마치 수용소 같은 자선학교에서 지낸 것이다. 금욕과 절제와 청빈을 윤리적 덕목으로 강조하지만 소녀들의 인간적 본능을 억누르고 완고한 규율에 꽉 묶어두는 억압적 환경이 얼마나 지옥 같았겠는가. 게다가 제인은 앤과 같은 활력은 전혀 없는 캐릭터다. 앤의 생명력이 마치 봄볕에 피어나는 사과나무 꽃 같다면, 제인 에어는 언제나 침착하게 바깥의 겨울 세상을 가만히 응시하는 흐린 유리창 같다. 제인이 열정이 없는 것은 아니다. 다만 그 내향적인 열정은 분출되기를 기다리는 휴화산 같을 뿐이다.

오직 그 지옥 같은 자선학교에서 벗어나기 위해서 제인은 '가정교사'직을 택한다. 수녀가 되지 않는 한, 그 시대 여자가 진출할 수 있는 직업이라면 가정교사 또는 귀족층이나 부자들을 위한 개인 비서, 딱 두 가지다. 남자들은 그나마 군인이나 목사를 택할 수도 있지만 여자에게는 다른 탈출구가 없었다. 오랜 시간 덜컹거리는 마차를 타고 황량한 들판을 지나 도착한 저택, 거기에서 그 집 주인인 로체스터 백작과의 운명이 펼쳐진다.

버지니아 울프는 『자기만의 방』에서 만약 여자가 저 넓은 세계로 나갈 수만 있다면 얼마나 엄청난 세계를 개척하겠느냐면서 브론테의 소설에서 여자는 저 먼 들판을 바라보거나 그 황량한 들판을 가로질러 간다고 썼는데, 정말 그렇게 보인다. 제인이 자기만의 시간 동안 홀로 황량한 들판의 풍경 속을 소요하는 모습은 개척자의 모습이다. 떠나고 싶으나 감히 떠나지 못하는 심정으로 걷고 또 걷는다. 로체스터 백작은 그런 제인을 보고 안개 속에서 홀연히 나타나 마법으로 자기가 타고 가던 말을 쓰러뜨려버렸다며 '요정'이라 부른다.

결혼식장에서 막 서약을 하려는 순간 로체스터 백작의 과거가 드러난다. 저택의 탑에 광인이 되어버린 전처가 갇혀 있다는 사실마저 알게 됐을 때, 제인은 면사포를 벗어두고 다시 황량한 들판으로 자신을 스스로 쫓아낸다. 아무도 자기를 모를 때까지, 미래는커녕 현재로부터 자신을 끊어내기 위하여 멀리 멀리 황야로 사라져가는 제인은 이제 개척자가 아니라 도피자다. 거짓으로부터의 도피, 거짓 약속으로부터의 도피, 안온한 따뜻함으로부터의 도피, 사랑하는 남자로부터의 도피, 연민으로부터 도피, 유혹으로부터의 도피. 제인은 그렇게 자신을 거친 황야로 내몰아버림으로써 궁극적으로 자신을 구원한다.

이 책에서 가장 마법적인 장면은, 제인이 '사랑은 없어도 봉사는 가능하다'는 생각으로 사촌 선교사와 함께 이국으로 떠나려 할 때 어디선가 들려오는 자기를 부르는 소리다. "제인, 제인!" 이 장면은 영화에서 더 극적으로 묘사됐는데, 간절한 목소리가 들판을 가로질러 회색 구름 사이로 들려오는 것이다. 마치 '신탁'과도 같은 소리다. 로체스터 백작은 그의 업보를 치렀다. 저택에 불을 낸 전처를 구하려다 지붕에서 떨어져 눈이 멀고 화상으로 얼굴이 일그러진 남자에게, 제인은 그제서야 기꺼이 다가간다. 간절함으로, 아픔으로, 보람으로, 평등한 사랑으로!

냉정과 열정 사이,
절망과 희망 사이

제인 에어 이야기에 왜 그리 빠져들게 될까? 버려진 이야기, 좌절의 이야기, 자기연마의 이야기, 독립을 갈구하는 이야기, 흔들리지 않으려는 이야기, 자기 속의 열정을 부인하는 이야기, 전혀 모르고 있던 자기의 심장을 찾는 이야기, 자신을 버리는 이야기, 궁극적으로 용서의 이야기, 구원의 이야기, 드디어 사랑의 이야기로 이어지는 고독하지만 힘 있는 분위기 때문일까? 아니면 우리 모두 속에 있는 '냉정과 열정 사이, 절망과 희망 사이, 저버림과 구원 사이 그리고 비움과 얻음 사이'에서 흔들리는 그 수많은 갈등을 떠올리기 때문일까? 이 굴욕감에 지지 않으리라, 살아남으리라, 나도 가치가 있으리라, 나의 가치를 찾으리라, 이 시련을 이겨내리라, 힘을 내리라, 사랑하리라, 나도 사랑 받으리라!

사랑받으리라고는 한 번도 생각해보지 못한 인간, 자신이 어떤 가치가 있다고 생각해본 적이 없는 인간, 초라하더라도 폐는 안 끼치겠다며 자존감을 키운 인간, 고통을 감수하는 인간, 시련을 감내하는 인간, 사랑의 힘을 평등하게 나눠줄 수 있는 인간, 나도 그렇게 될 수 있지 않을까? 인간은 꼭 신앙적이지 않더라도 '믿음(faith)'을 가질 수 있는 것 아닐까?

『제인 에어』는 1847년에 발표되어 선풍적인 인기를 누렸다는데, 많은 사람들이 작가가 남자일 것이라 생각했다. 여자 작가임을 알고 실망이 대단했다고 한다. 여자가 자기 이름으로 작품을 발표하기 너무도 어려웠던 시대였다. 실제로 브론테 자매 셋은 첫 공동작품으로 시집을 낸 적이 있는데 남자 이름의 가명으로 발표했다. 브론테 자매는 원래 다섯이었는데, 둘이 죽고 샬럿이 맏이 역할을 했다. 제인 에어처럼 오랜 시간 기숙학교에서 자랐고 독립하기 위해 애썼던 이 세 자매는 어떤 삶을 살았을까? 독신으로 특별한 수입도 없이 어떻게 자신의 열정을 글쓰기로 풀어낼 수 있었을까? 에밀리 브론테는 『폭풍의 언덕』을 발표한 이듬해 서른에 결핵으로 죽고, 샬럿 브론테는 『제인 에어』를 발표하고 몇 년 후 서른아홉에 결혼하고 9개월 후 임신 중에 병으로 죽었다. 막내 앤 브론테(Anne Bronte)마저 스물아홉에 결핵으로 죽었다.

그 당시 현실에서 작가는 '제인 에어'와 같은 해피엔딩을 만들지는 못했던 것이다. 그러나 책을 통해 그 후의 수많은 '제인 에어'에게 꿋꿋하라고 격려해줬다. "억울해, 정말 억울해!" 사촌을 괴롭혔다는 누명을 쓰고 숙모에게 갇힌 방에서 제인은 소리쳤다. 기숙학교에서 처음으로 우정을 나눈 헬렌이 죽어가는 침대에서 제인은 친구를 꼭 껴안고 잠들었다. 오직 이 소녀만 나의 전부인 것처럼, 나를 좋아해주는 단 한 사람인 것처럼. 제인의 심정을 알겠다. 그것이 작가의 심정이었고, 우리의 많은 작은 여인들이 겪는 심정일 것이다. 여전히, 지금도!

홀로 걷는
엘리자베스

『오만과 편견』 • 제인 오스틴

남과 여의 관계는 '오만과 편견' 사이에서 빗나가는 게 당연한 건지도 모른다. 자기 긍지가 너무 강해서 감정을 솔직하게 드러내지 못하거나 상대의 자존심을 건드리고, 상대가 오만하다는 편견이 눈을 가로막아서 상대의 본질과 진심이 보이지 않는 것이다. 이 어긋남이 그렇게 남녀관계를 끝없이 복잡하게 만드는 건지도 모른다. 사실은 모든 인간관계를 어긋나게 만드는 것이 오만과 편견일 것이다. 인간 세상에서의 불평등은 현실이고 재력과 지위와 권력의 차이 때문에 생기는 오만과 편견, 그 때문에 생기는 소원함과 오해가 서로에게 인간 대 인간으로 다가가지 못하게 하는 것이다.

제인 오스틴(Jane Austen)은 공히 '로맨틱 코미디'의 원조 작가다. 후대에 나온 수많은 사랑 이야기, 특히 로맨틱 코미디 장르의

영화와 드라마는 엘리자베스와 다아시와의 관계의 변주곡이라 해
도 좋을 것이다. 21세기가 되어도 우리는 그 티격태격, 좌충우돌,
밀고 당기기, 알콩달콩하는 모습에 빠져들곤 한다. 웃음 가득한
로맨스, 곡절을 겪지만 사랑에 골인하는 로맨스가 자신의 삶에서
도 일어나기를 바라면서 말이다. 그런데 그 원조가 나왔던 시기가
무려 200여 년 전, 1813년이다. 『제인 에어』가 나오기도 30년 전
의 일이다.

　『오만과 편견』의 첫 대목은 그야말로 머리를 '쾅' 친다. '재산깨
나 있는 독신 남자에게 아내가 꼭 필요하다는 것은 누구나 인정
하는 진리다.' 나는 책에 대해서 전혀 모르고 읽기 시작했는데, 제
목 때문에 꽤 심각한 책일 거라고 여겼다가 이 첫 대목을 읽고 실
소와 함께 온갖 궁금증이 발동하기 시작했다. 그리고 내 궁금증은
제대로 보상받았다. 남녀관계뿐 아니라 사회의 본질과 인간관계
의 본질을 표현하는 게 너무도 재미있었다. 명쾌한 통찰과 정곡을
찌르는 표현과 냉소 섞인 따뜻함이 같이 갈 수 있다니, 얼마나 흥
미로운가?

　이 집, 베넷 가에는 무려 다섯 자매가 있다. 딸밖에 없다. 『작은
아씨들』의 집보다 하나가 더 많고 우리 집보다는 하나가 적다. 딸
들의 특질 역시 생생하다. 큰딸은 우아하고 아름답고 조용하고 따
뜻하다. 둘째 딸 리즈(엘리자베스)는 자존심 강하고 독립적이고 말
발도 좋다. 셋째 딸은 성경과 교과서적 교본과 스파르타식 피아노
치기를 고집하는 외통수다. 넷째와 막내는 아직도 천방지축, 예

쁜 옷을 먼저 갖겠다고 싸우고, 파티에 가서 춤추겠다고 고집 부리고, 군대 오빠들 보겠다고 퍼레이드에 가겠다고 우기는, 아직은 어린 소녀들이다. 첫째와 둘째가 가깝고, 셋째는 홀로에 만족하며, 넷째와 다섯째가 가깝다. 터울이 지기 때문이기도 하겠지만 서로 극단적으로 다른 엄마와 아빠의 유전자가 그렇게 섞인 것인지도 모른다.

엄마는 속속들이 속물이다. 딸들의 결혼에만 목을 매고, 사랑 따위에는 관심도 없고 오직 사윗감의 재산에만 관심이 있다. 중매를 위한 사교 파티에 혈안인 데다 눈독들인 남자와 딸을 엮기 위해서라면 못할 일이 없다. 심지어 큰딸이 일부러 비를 맞게 해 감기 걸리게 만들어서 남자의 저택에 며칠 머무르게 할 정도로 꼼수를 쓰기도 한다. 왜 안 그렇겠나, 본인 자신이 그렇게 했을 게 분명하니 말이다. 아빠는 냉소적인 '신사'의 이미지다. 미모에 홀려 제대로 된 대화 한마디 못하는 여자와 결혼한 것에 후회막급을 하지만 체념하고, 자신의 서재에 틀어박혀 책을 보거나 사교에만 목을 매는 아내를 놀려대거나 말이 통하는 둘째 딸 엘리자베스와 대화하는 재미에 살 뿐이다.

19세기의 영국 소설을 읽으면 깜짝깜짝 놀랄 때가 많다. 그렇게 야만적이었나 싶을 정도로 사회구조가 불합리했다. 딸은 아예 상속권이 없다. 돈 있는 남편을 구하는 이유다. 딸은 결혼할 때 지참금을 가져갈 수는 있다. 돈 많은 아내를 구하는 이유다. 이 집이 문제가 되는 것은 딸 다섯만 있기 때문이다. 지참금을 들려 보낼 재산까지는 없는 집에서 아버지의 약소한 재산조차 물려받을 아들이 단 하나라도 있었더라면, 엄마가 그렇게까지 안달을 부리지는 않았을 것이다. 아들이 영지와 집을 상속받으면 그래도 아들이 딸들을 챙겨줄 거라 기대할 수 있기 때문이다. 그래서 그 엄마는 베넷 가의 상속권을 승계할 권리를 가진 남자 조카 목사와 리즈와의 결혼에 그렇게 목을 맸던 것이다. 우리를 좀 살려달라고!

재산뿐 아니라 계급 차도 있었다. 바야흐로 신 중산층이 나오는 시대이고 신 부자계급과 귀족계급과의 혼인도 잦았지만 여전히 '레이디스 앤 젠틀맨(ladies and gentlemen)'의 위력은 크다. '신사 숙녀 여러분'의 그 '신사'는 상속 영지를 가진 남자 귀족이고, 그 '숙녀'는 그런 귀족 집안의 여자다. 그래서 '레이디 캐서린'은 그렇게 공작처럼 온갖 폼을 잡았고, 그런 '젠틀맨'인 다아시는 상대적으로 리즈 집안을 낮게 본 것이다. 별 재산 없는 낮은 '신사' 계급 아버지와 별 교양 없는 중산층 엄마 사이에 난 딸이라서 처음부터 주저하게 된 것이다.

그럼에도 불구하고 다아시가 엘리자베스에게 강렬하게 끌리는 모습은 남녀 간의 핑퐁 게임 경험이 있는 독자에게는 너무도 익숙하고 자연스럽다. 돈과 화장과 옷과 파티 얘기만 하고 남자를 유혹하는 게임에만 익숙한 여자들만 보던 다아시에게 엘리자베스는 얼마나 신선했을까? 자기에게 주눅 들지 않을 뿐 아니라 자신의 말을 받아치고 자기 소신을 밝힐 줄 아는 데다 너와 내가 달라도 상관없다는 태도이니, 이건 완전히 새로운 경험이었을 것이다.

놀랍고 호기심이 가고 설레고 기대되고 두근두근해지고 자꾸 보고 싶어지고, 아무리 그 이끌림을 부정하려 해도 온통 엘리자베스에게 끌리는 자기 자신에게 다아시는 얼마나 당황했겠는가?

그런데 다아시가 전혀 몰랐던 것은, 엘리자베스의 마음이 실제로도 그러했다는 것이다. 첫 만남부터 다아시에게 모욕을 당했다고 여겼고, 가족의 지위를 업신여기는 듯한 다아시의 태도가 싫었다. 사랑하는 언니의 연애를 방해한 것도 용서할 수 없었고, 귀족의 지위로 '갑질'까지 했다고 단단히 오해까지 했으니 리즈의 마음은 돌덩이다. 그런데 그것도 모르고 다아시는 사랑 고백에 청혼까지 했다. 모든 조건을 완벽하게 갖춘 자기가 사랑을 고백하면 당연히 여자는 기껍게 따라올 것으로 생각했던 것이다. 오만해도 그렇게 오만할 수가 없다.

"아무리 아니라고 해도 당신에게 끌리는 마음을 어쩔 수가 없다. 사랑한다, 사랑한다." 책에서도 이 고백은 두근거리게 만드는데, 영화에서는 더 말할 것이 없다. 다아시로 분한 남자 배우가 이 장면에서 보이는 폭발적 감정은 모처럼 나까지 두근거리게 만들었다. 사실은 책에서 이 장면을 봤을 때 내 어릴 적 반응은 '되게 웃긴다. 아니 무슨 사랑한다, 사랑한다로 고백을 해?' 였다. 그 시대 남자들은 여자에게 자신의 마음을 표현할 때 '사랑한다, 사랑한다'로 했던건지 궁금했다.

여하튼 섣부른 청혼에 단칼로 거절당하고, 엘리자베스의 깊은 오해까지 알게 된 다아시는 어떻게 해야 했을까? 그 시대 신사답게, 다아시는 '명예'를 택한다. 좋은 선택이었다. 편견의 색안경을 끼고 있던 자존심 강한 여자에게 가장 잘 먹히는 전략이었고, 인간으로서도 아주 괜찮아 보여서 독자들로 하여금 더욱 응원하게 만들었으니 말이다. 사랑과 명예 사이에서 선택을 한다면, '명예'가 먼저다. 아니, 그게 '오만'인 걸까? 책을 읽던 나는 이런 의문에 사로잡혔는데, 살아보니 역시 인생에서 그런 의문이 실제로 다가올 때가 있음을 이제는 잘 알고 있다.

몰입하고 있는 주체적 여인의
찬란한 순간

엘리자베스는 책을 읽는 여자였다. 책을 읽는 여자의 아름다움을 묘사한 인상적 장면들이 무척 많지만, 책을 읽으며 전원 속을 홀로 걷는 리즈는 참으로 출중하게 아름답다. 영화에서 그 아름다움은 더욱 두드러졌다. 리즈로 분한 키라 나이틀리가 책을 읽으며 걷는 장면에서 영화는 시작하는데, 흡인력이 대단했다. 녹음을 배경으로 햇빛이 부서지며 여자의 약간 흐트러진 머리칼에 후광을 드리운다. 깊은 눈망울은 책을 응시하고 손가락은 단단히 책을 잡고 있다. 얼굴은 발그레하고 입술은 살짝 벌어져 있다. 두터운 갈색 표지의 책에는 북마크가 무심하게 꽂혀 있다. 심플한 라인의 드레스가 우아한 목선과 어깨선을 드러내며 발치에 떨어진다. 몰입하고 있는 주체적인 여인의 찬란한 순간이다.

책을 읽을 때 나는 리즈가 직업을 가지려 노력하지 않는 게 너무 이상했고, 뭐 이렇게 딸들이 매일 놀기만 하는지 이상했다. 하는 일이라고는 바느질하기와 피아노 치기와 시 읽기와 책 읽기, 머리하기와 옷 갈아입기, 파티 가기, 산책하기뿐 그 외는 온통 수다. 상류층은 아니더라도 귀족계급이라 그런지 밥도 제 손으로 하지 않는다. 결혼하기 외에는 온통 백수들이라 할까? 이해되지 않았다.

그 와중에 리즈가 전원 속에서 혼자 걷기를 하는 것만은 아주 마땅해 보였다. 자매가 없어도, 친구가 없어도, 애인이 없어도, 자연 속을 홀로 걷는다는 것은 주체적인 여성, 생각하는 여성, 자유를 갈망하는 여성을 상징한다고 할까? 그렇게 홀로 걸으며 키운 생각이 궁극적으로 리즈를 구원한 것 아닐까?

결국 리즈와 다아시 커플뿐 아니라 언니 커플까지 해피엔딩으로 끝난다. 베넷 엄마가 졸도하지 않은 게 다행일 정도다. 아빠는 그 시니컬한 말투로 그러나 눈물을 글썽이면서 리즈가 진정으로 다아시를 사랑하는 것을 기뻐한다. 영화는 이 장면으로 끝나지만, 소설 속에서는 '에필로그'가 있다. '리즈와 다아시는 영원히 행복하게 아주 잘 살았답니다'식으로 이 결혼의 성공을 깨알같이 묘사하는 것이다. 리즈가 얼마나 현명한지, 다아시는 얼마나 복 받았는지, 둘은 신사·숙녀답게 또 얼마나 주변을 잘 다독이며 살았는지 단 한 페이지에 구구절절하게 담았다. 나는 이 대목에서 또 엄

... Bond on ...
... will be ready to be
... st write to you to
... shall be delivered a ...
... d not read from me a
... write, but I shall ... the
... tell you that I have
... on wednesday I received a la
... three lines from Henry ... or the
... I sent a 3d by the Coach ... on
... I was least eager ... deliver
... ture to beg for ring further let
... Houston Friday Jan 9.
...
...
... received my little pa...
... & that you ... he
... for ... that I ...
...

청나게 웃었다. '재산깨나 있는 독신 남자에게 아내가 필요하다는 것은 누구나 인정하는 진리다'로 책을 시작하더니만, 과연 그 작가답다.

연애와 결혼에 관한 이야기를 기막히게 잘 써낸 제인 오스틴은 평생 독신으로 살았다. 성사되지 못한 혼담이 두 번 있었단다. 한 번은 가진 것 없는 여자가 남자 가문에 의해 거부되는 경우, 다른 한 번은 조건은 좋지만 사랑 없는 결혼에 대한 여자의 거부. 그녀가 남긴 단 6편의 작품들은 하나같이 연애와 결혼에 관한 주제로 서로의 지위가 다름으로 인해서 생기는 오해와 갈등과 그 해소에 대한 이야기가 주를 이룬다. 그렇고 그럴 것 같은 이야기들이 또 하나같이 설득력 있게 다가오는 게 제인 오스틴 작품의 매력이다. '로맨틱 코미디'에도 격이 있는 것이다. 세상사에 대한 풍자와 인간 심리에 대한 통찰이 스며들어 있으면서도 비틀고 자조하고 조롱할 줄 아는 영국 문화 특유의 품위라고나 할까?

제인 오스틴이 오래 살았다는 '바스(Bath)'라는 런던 교외의 도시를 가본 적이 있다. 로마 시대에 만들어진 도시이고 이후 온천 휴양도시로 아주 유명한데, 정말 제인 오스틴이 엘리자베스처럼 우아하게 책을 읽으며 사분사분 소요했을 것만 같은 작은 타운이다. 전원풍의 언덕과 사르르 흐르는 천과 꽃 가득한 천변, 도시 곳곳에 깔린 푸른 잔디밭, 그 사이 사이에 서 있는 특유한 스타일의 건물들. 마치 그 시대의 '강남'일 것 같은 이 환경 속에서 그 여자 그 남자, 그 딸 그 아들, 그 엄마 그 아빠들은 자기들만의 통속적인 세계를 만들며 살았을 것이다. 그 분위기에서 소외될 수도 있었던 작가가 근사하게 자기만의 세계를 소설에 구축한 것이 얼마나 다행인가?

이 책의 첫 줄인 '재산깨나 있는 독신 남자에게 아내가 필요하다는 것은 누구나 인정하는 진리다'를 한번 바꿔보라. 이 시대에 통하는 진리를 만들 수 있을지도 모른다. '재산깨나 있는 여자에게 남편이 필요 없다는 것은 누구나 인정하는 진리다?' '살기 힘든 이 시대에 재산 있는 남녀가 인기 있다는 것은 누구나 속으로 인정하는 진리다?' '흥미 만점의 독신 남자에게 생활력 있는 아내가 필요하다는 것은 누구나 인정하는 진리다?' '사랑은 필요해도 결혼은 필요 없다는 것은 어떤 남녀도 인정하는 진리다?' 어떤 진리로 이 시대의 연애 이야기, 결혼 이야기를 꾸며낼 수 있을까? 절대 끝나지 않을, 영원한 진리 게임이다.

현실적인
스칼렛

『바람과 함께 사라지다』 • 마거릿 미첼

'스칼렛 오하라는 미인이 아니었지만, 남자들은 그 사실을 제대로 깨닫지 못했다'라는 문장으로 시작해서 깜짝 놀라게 만드는 책이다. 그러다가 '초록색 눈동자'라고 나와서 또 깜짝 놀란다. '오, 에메랄드처럼 녹색 눈동자가 있다고?'

스칼렛 오하라는, 한마디로, 참 싫은 여자다. 같은 학교에 다닌다 해도 나와는 절대로 친구가 될 리도 없거니와 말도 섞기 싫을 것 같은 여자다. 속물 중에서도 속물이다. 세상에 자기만 아는 이기적인 여자에다가 버르장머리라고는 손톱만큼도 없고, 일생을 통틀어 읽은 책이라면 다섯 손가락도 못 채울 것 같고, 겸손과 절제는커녕 허영과 사치에만 빠져 있고, 도덕은커녕 춤추기에만 빠져 있는 여자다. 남자의 마음을 휘저어놓는 자기의 매력을 너무도 잘 알고 있는 데다가 갖은 애교와 교태를 능수능란하게 뽐내는 여

126

자다. 불과 열일곱 살에 말이다. 게다가 어리석고 고집스럽기까지 하다. 이 소설에 등장하는 남자, 레트 버틀러가 자주 하는 말마따나 '당나귀처럼' 어리석고 고집스럽다.

그래서 그런지 스칼렛은 그 많은 구애 남들을 놔두고 자기와는 완전히 다른 스타일의 신사 애슐리 윌크스에게 직선적으로 사랑을 고백한다. 애슐리가 자기 사촌 멜라니와 결혼할 거라고 하자 따귀를 올려붙이고는 바로 돌아나와서 멜라니의 오빠를 유혹해 먼저 결혼을 해버린다. 남편이 남북전쟁에 자원하고 전투에 한 번 참여도 못하고 훈련받다가 죽자, 검정 상복이 싫다고 통곡을 하고 춤추고 싶다고 떼를 쓴다. 기분전환 하라고 엄마가 뉴올리언스 시댁으로 보내주자 상복을 입은 몸으로 무도회에서 춤까지 춰서 장안의 화제를 만든다.

그리고 한 남자가 등장한다. 먹이를 찾는 듯한 눈으로 여자를 바라보는 동물적인 남자, 보수적인 사교계에서 완전히 매장당한 남자, 그러다 남북전쟁이 터지자 유럽에서 모자란 물자를 구해와서 영웅 대접을 받는 남자, 깍듯한 예의를 갖추지만 스칼렛에게만큼은 완전히 본색을 드러내는 남자, 그리고 스칼렛에게 본색을 감추지 말고 살라고 부추기는 그 남자, 레트 버틀러다. 스칼렛으로서는 아주 껄끄러운 남자다. 자신의 첫사랑 고백 장면을 목격한 남자이기 때문이다. 전쟁 동안 스칼렛과 레트 사이에는 연애도 우애도 구애도 아닌 진기한 관계가 이어진다.

한편, 스캔들이 생길 때마다 온 마음으로 방어해주는 사람은 스칼렛이 그리 싫어하고 질투해 마지않는 멜라니다. 그러나 여전히 애슐리를 마음속에 담고 있는 스칼렛, 이것만큼은 순정이라 해야 할까? 물론 어리석은 순정이다. 패배한 전쟁에서 돌아온 애슐리가 전혀 도움이 안 되어도 여전히 곁에 두고 걷어준다. 북부 점령군에 의해서 농장에 엄청난 세금이 나오자 스칼렛은 돈을 구하려고 엄마 커튼을 뜯어서 새 옷을 해 입고 나선다. 레트가 돈 꿔주기를 거절하자 불같이 화를 낸 후 그녀가 하는 일이란 여동생의 애인을 거짓말로 꼬여서 결혼해버리는 짓이다. 대체 이 여자, 스칼렛을 어떻게 하면 좋은가?

스칼렛은 여기서 그치지 않는다. 순진한 남편의 목재상을 가로채 직접 장사에 나서는가 하면 흑인 노예를 공장에 고용하고 착취하는 악덕 사장이 되어 돈을 긁어모은다. 길에서 봉변을 당한 스칼렛의 명예를 구하기 위해 비밀리에 출동한 남편이 총알을 맞고 죽은 와중에도 스칼렛은 남편 안전은 관심도 없이 애슐리가 부상당했다고 슬피 우는 여자다. 신기한 건, 그 꼴을 다 보고도 레트 버틀러는 상중의 스칼렛에게 청혼을 한다. 이유는? "그냥 놔뒀다가는 언제 금방 또 다른 남자와 결혼할지 몰라서."

레트는 애인 같은 남편일 뿐 아니라 환상적인 아빠로도 다시 태어났다. 스칼렛의 표현 대로 '놀 때도 일할 때도, 언제나 어른'인 매력적인 상남자다. 그런데도 왜 스칼렛은 애슐리를 향한 집착을 버리지 못하는가? 왜 바보같이 멜라니가 죽자 비로소 자기가 애슐리를 사랑한 게 아니라 애슐리가 상징하는 사랑을 사랑했을 뿐이라는 것을 깨달았을까? 이 바보야, 그러니 레트가 얼마나 질렸 겠는가? 그러니 아무리 매달려도 레트가 "난 상관없다오(I don't give a damn)!"라고 차갑게 내뱉고 떠난 것 아니겠는가?

그런데 이 와중에도 스칼렛은 한 수 더 뜬다. 떠나지 말라고, 사랑한다고, 다시 시작하자고, 행복할 수 있다고, 눈물콧물 흘리며 애걸복걸 하더니만 레트가 정작 떠나버리자 바로 그 자리에서 하는 말이라고는 "내일 생각할 거야! 어떻게든 그를 찾아올 방법을 생각해낼 거야! 여하튼 내일은 또 다른 날이잖아(After all, tomorrow is another day)!"이다. 스칼렛에게 나는 손들어버렸다. 졌다. 너의 생존력에, 너의 생존 본능에, 너의 투철한 낙관에, 너 중심적인 사고에, 너의 현실 투쟁력에, 바람과 함께 사라져버렸음을 절대로 인정하지 않는 너에게 나는 졌다.

인정하지 않을 수 없는
생존을 향한 투지

『바람과 함께 사라지다』는 '생존'에 대한 이야기이다. 생생한 활기로 매력적이지만 어리석고 고집스런 한 여자의 생존을 통해서 남부의 생존 또는 바람처럼 사라진 남부의 전통을, 그리고 새롭게 등장하는 미국의 생존을 그린다. 스칼렛은 정말 미국적인 특질을 고대로 가졌다. 전통 같은 것은 개의치 않고 개척에 나서고, 개척적인 것 같으면서도 은근히 보수적이고, 성경 글귀 하나 못 외우지만 지옥에 갈까 봐 겁내고, 자신의 욕망과 관련되지 않은 것에는 관심 따위 전혀 없고, 품위와 품격은 거추장스러워 하지만 체면과 지위는 엄청 밝히고, 명예와 덕목 따위는 걷어차버리고 돈과 성공을 밝히고, 평소에 겁이 많지만 위기에 닥치면 본능적으로 용맹스러워지고, 자기의 감정에 대해서는 무지하지만 속세의 현물 세계는 빠삭하게 잘 알고 있다고 스스로 자부한다.

스칼렛을 열정적으로 사랑하다가 결국 떠나간 남자 레트 버틀러는 남부의 오래된 관습을 깨고 나왔으나 다시 그 명예를 찾아 나서고, 스칼렛이 순정을 다 바쳐 사랑한다고 생각했던 허상의 남자 애슐리 윌크스는 영예로웠던 남부의 광채가 사라져버렸음을 슬퍼하는 소심한 신사다. 오히려 스칼렛은 그리 싫어했지만 그녀의 목숨과 아이를 구해줬던 멜라니는 어떤 위기에서도 스칼렛을 지켜주는 여성의 역할을 하고 남편 애슐리와 레트 버틀러에 대한 배려를 잃지 않는 명예로운 남부 숙녀를 상징한다. 모두가, 모든 것이, 바람과 함께 사라져버렸다.

『바람과 함께 사라지다』의 덕목은 남북전쟁 이전과 이후의 미국 남부의 풍경을 남부 사람의 눈으로 그려냈다는 점이다. 박경리가 거제도에 있는 외가에 갔다가 벼가 익은 너른 논이 황폐하게 변한 것을 보고 영감을 받아 소설 『토지』를 구상했다고 하는데, 마거릿 미첼(Margaret Mitchell)은 남부에서 자라면서 외할아버지의 남북전쟁 참전, 외할머니의 전쟁 참화와 혼란에 대한 이야기를 구전으로 듣고 작품을 구상했다고 한다. 온전하게 전쟁에 진 남부의 시각으로, 자존심을 지키려는 남부 사람들을 통해 남부의 생존을 그린 작품이 전쟁이 끝나고 칠십여 년이 지난 1936년에 쓰인 것이다.

이 책이 그리는 남북전쟁 전후의 남부의 풍경은 세밀하다. 뜨거운 오후의 햇볕처럼 느리게 흘러가는 남부 사회, 흑인 노예들의 노동 위에 반석처럼 쌓아올려진 부와 사치, 남부가 주장하는 명분과 북부에 대한 무작정의 멸시, 전쟁 준비도 없이 승전을 확신하고 전쟁터로 달려가는 무모한 젊은이들, 속속 들어오는 전사자 명단, 이어지는 패전, 마취도 없이 팔다리를 잘라내는 생지옥이 벌어지는 병원, 도시 한가운데 공터를 가득 채운 부상자들, 화약이 폭발하는 도시의 불지옥, 점령군의 약탈에 텅 비어버린 농장들, 굶주림으로 삐쩍 말라가는 사람들, 북부에서 온 '양키 따라지들'에 대한 경멸, 해방된 노예들이 겪는 혼란, 이윽고 이어지는 전후 부흥과 도박과도 같은 돈벌이 등.

그 와중에 스칼렛의 생존을 위한 투지는 인정하지 않으려야 않을 수 없다. 내가 아무리 싫어하는 여자라 하더라도 말이다. 임신한 멜라니를 지켜주겠다는 약속을 지켰고, 전쟁터의 불지옥을 건너 간 고향 타라에서 엄마의 시신을 마주하면서도 혼이 나간 아버지와 동생들을 먹여 살렸고, 손을 찢겨가며 직접 목화를 키우며 몰수되기 일보 직전의 농장도 지켜냈고, 전후의 시장터에서 사업도 일구어낸다.

스칼렛의 본능적 생존력은 남부의 붉은 흙을 닮았다. 땅을 찾아, 먹을거리를 찾아 미국으로 이민 온 아일랜드계 아버지 오하라는 끊임없이 땅의 생존력을 강조한다. 타라 농장을 재건하려고 사투를 벌이는 스칼렛은 부지불식간에 아버지의 신념을 따라간다. 하얀 목화 꽃이 피는 타라의 붉은 흙을 볼 때마다 스칼렛의 생존력은 회복된다. 붉은 흙을 쥐고 스칼렛은 손을 불끈 쥐며 맹세한다. "다시는, 다시는, 배고프지 않으리라!"

이 책이 끝날 때 스칼렛은 불과 스물여덟 살이다. 남북전쟁이 터지던 열일곱 살 파티에서부터 불과 십이 년 동안의 일장춘몽이다. 첫사랑의 꿈은 무너졌고, 전쟁의 지옥을 겪었고, 농장을 지키려 살인도 했고, 전쟁에 지면서 자존심까지 무너져 내렸고, 당장 먹을 게 없어 자존심을 내려놓았고, 농장을 위해서라면 레트의 정부가 되리라는 각오도 했고, 농장을 지키려 거짓 결혼도 했다. 호화로운 집에서 떵떵거리고 살게 되었으나 곁에 있던 모든 사람들은 떠났다. 살아남은 불과 스물여덟의 스칼렛, 나는 그녀를 체질적으로 싫어했지만 그녀의 생존 본능과 현실을 헤쳐 가는 투지만큼은 잊지 않는다.

진지한
니나

『생의 한가운데』 • 루이제 린저

　미국 남북전쟁을 가로질러온 진홍색의 '스칼렛'에서 2차 세계
대전을 거쳐 성장하는 검은 색깔의 '니나'로 넘어가는 것은 무척
진기한 대비다. 전쟁의 폭력과 비참함은 마찬가지지만, 그 과정에
서 한 여자가 '인간으로서의 생존'을 쟁취해낸다면 다른 여자는
'인간으로서의 성장'을 추구한다.

　요즘 청년기를 보내는 젊은 친구들을 보면 안쓰럽고 미안하다.
시대가 그들 스스로를 더 초라하게 느끼도록 만들기 때문이다. 젊
음의 특권이란 시대가 던져주는 무거움을 실제 무게보다도 더 무
겁게 받아들이는 데 있으련만, 그런 젊음의 특권을 박탈해버리는
이 시대의 경박함과 천박함, 경제적 억압과 생존의 도구화는 참으
로 갑갑하다. 역사의 무거운 시대를 통과하는 젊은이들은 그 무게
를 짊어지느라, 피하느라, 선택하느라 어쩔 수 없이 자신을 '존재'

의 시험대 위에 올려놓지만, 물질적 풍요와 기술적 비약을 추구하는 지금의 시대는 한 인간이 자존감을 지키기에 오히려 더 불리한 환경이 아닌가 싶다.

『생의 한가운데』는 그 제목 자체에서 느껴지는 무거움이 있다. 밀란 쿤데라의『참을 수 없는 존재의 가벼움』이 주는 묵직함과는 또 다른 묵직함이다. 삶의 한가운데가 아니라 생의 한가운데다. '생(生).' 생이란 죽음을 생각하지 않으려야 않을 수 없는 조건에서 시작되고 진행되는 과정이다. 죽음이 얼마나 가까우면, 죽음이 얼마나 흔하면, 죽음이 얼마나 불가피하면, 이렇게 '생'을 강조하겠는가? 이때의 '생'이란 몸의 죽음뿐 아니라 정신의 죽음, 마음의 죽음과도 통한다.

한나 아렌트가 나치 독일의 거세 표적인 유대인으로서 그 광기의 시대를 견디며 인간에 대한 절망에 빠지지 않고 어떻게 전체주의를 예방하느냐, 어떻게 세계에 대한 사랑을 지킬 수 있느냐를 고민하였다면, 루이제 린저(Luise Rinser)는 독일인으로서 나치 독일의 광기를 목격하며 어떻게 하면 자신의 자존감을 잃지 않으며 존재를 이어갈 수 있느냐를 고민했을 것이다. '여기엔 뜻이 있을 것이므로'라고 생각하면서도 '과연 그 뜻이 무엇일까?'라는 의문에서 벗어나지 못했을 것이다.

독일의 지식인들은 가해자로서의 독일에 대해서 얼마나 무거운 죄책감을 가졌을까? 현대의 독일이 나치 독일의 역사를 잊지 않고 후대의 독일인들에게 역사 교육을 강조하고, 혹시 모를 전체주의적 움직임에 끊임없이 쐐기를 박고, 전쟁 피해를 당한 주변국과 홀로코스트 피해자들에 대해 계속적으로 사과를 하는 것은, 나치의 악몽이 얼마나 그들에게 무서웠던가를 보여준다. 폭력의 20세기의 한가운데를 통과했던 젊음들은 고통 자체가 고통스러웠을 뿐 아니라 인간의 폭력성에 대한 절망으로 인간 자체에 대한 희망을 잃을 위기에 있었다. 죽음의 시대였다. 니체가 선언했듯 신만 죽었을 뿐 아니라 신을 대체하려는 인간의 욕망이 인간마저 삼켜버린 시대다. 하지만 그 속에서도 인간은 성장한다. 괴로워하며, 피곤해하며, 생을 버릴 생각도 하고, 도망가야 하느냐 싸워야 하느냐, 사랑해야 하느냐 피해야 하느냐, 선택의 기로에서 어떤 기준으로 선택해야 하느냐, 진지하게 고민하면서 성장한다.

주인공 '니나'는 너무도 진지한 여자다. 모든 것 앞에서 진지하다. 고등학생 소녀일 때도 진지했고, 가계가 몰락해서 가족과 뿔뿔이 흩어져 죽어가는 친척 할머니 집 가게 일을 봐주면서도 진지했고, 대학에서 공부할 때도 진지했고, 남자와 사랑할 때도 진지했고, 운명 같은 사랑에 빠질 때도 진지했고, 유대인들의 도피를 도와주면서도 진지했다. 남편이 감옥에서 자살용 독약을 부탁하자 그것을 식빵 속에 숨겨서 갖다 주는 여자인가 하면, 전후에 우연히 만난 어떤 남자가 성 불능으로 괴로워하자 스스로 섹스의 대상이 되어주는 여자다. 그런데 이런 불굴의 의지를 가진 듯한 니나도 운명 같은 남자를 스스로 떠나려고 할 때는 이루 말할 수 없이 괴로워한다.

어떤 순간에도
온통 자신을 열어놓는 자유

이 책에는 두 명의 '관찰자'가 나온다. 한 사람은 고등학교 시절부터 니나를 관찰하고 사랑해온 슈테판이라는 의사이고, 또 한 사람은 외국으로 망명해서 상대적으로 편히 살아왔던 니나의 언니다. 수십 년 만에 만난 동생 니나의 활기찬 생을 관찰하는 언니는 죽은 슈테판이 남긴 니나에 대한 관찰 일기를 읽으면서 현재의 니나를 만들어온 궤적을 알아간다. 그러면서 자신은 진정 '생의 한가운데서' 살지 않았음을 뼈저리게 자각한다.

오래 짝사랑을 할 수 있지만, 이 슈테판 의사의 짝사랑이 신기하기는 하다. 인간 탐구적인 짝사랑이자, 닿을 수 없는 여자라는 거울에 자신을 비추는 사랑이기 때문이다. 나는 그 대목이 아주 흥미로웠다. 글을 쓰기 시작한 니나가 보내온 원고를 앞에 두고 슈테판이 갈등하는 모습을 보인다. '내가 생각했던 그 니나가 아니면 어떡하나' 하고 걱정하는 것이다. 여자에 대한 사랑과 인간에 대한 존중이 같이 가기를 바라는 그 심리를 그려낸 것을 나는 이해할 수 있었고 마땅해 보였다. 사랑과 존경이 같이 갈 수 있느냐는 결코 끝나지 않는 주제이기 때문이다.

슈테판의 사랑 고백에 대한 니나의 답은 자유에 대한 완벽한 태도였다. "나는 자유롭게 있어야만 한다는 것밖에는 아무것도 분명히 알고 있지 않습니다. 나는 몇 백 개의 가능성이 내 속에 들어 있는 것을 느낍니다. 모든 것은 나에게 있어서 아직 미정이고 아주 시초에 놓여 있습니다. 그런데 어떻게 내가 무엇에 나를 고정시킬 수가 있겠습니까. 나는 나를 아직 모릅니다." 그렇게 정신의 자유, 영혼의 자유란 지키기가 어렵다. 그렇게 자유를 갈구하는 니나는 슈테판의 도움도 뿌리치고 친척 할머니의 가게를 돌봐주며 그녀를 씻어주고 먹여주며 죽음의 순간까지 같이한다. '죽음의 순간이 무언가 극적일 거라고 생각했는데, 그냥 마침표일 뿐이었다'는 니나의 독백은 아주 인상적이었다. 어떤 순간에도 온통 자신을 열어놓고 전체를 느끼고자 하는 태도가 나는 아주 좋았다.

니나의 이야기는 생의 한가운데에서 진지할 권리, 심각해질 권리, 무거움을 무거움으로 받아들일 권리, 죄의식을 가지고 살 권리, 부채의식을 가지고 살 권리, 내가 아닌 우리를 고민할 권리, 공공의 책임을 물을 권리, 여전히 방황할 권리, 흔들릴 권리, 괴로워할 권리, 그리고 자유로울 권리를 최대한 누리고 뜨겁게 살아가라는 메시지 아닌가 싶다. 다행스럽게도 내가 지금 살고 있는 시간은 그 폭력의 시간도 아니고 인간의 존엄성이 송두리째 부정되는 시간은 아니지만, 여전히 루이제 린저가 제기한 의문은 남는다.

청년이란 시대에서 비껴나지 못한다. 사실 어떠한 인간도 시대에서 비껴나지 못한다. 이 시대를 살아가는 청년들, 인간들은 어떤 의식을 가지고 어떤 행위를 선택해야 하는가?

꼿꼿한
윤씨부인

『토지』 • 박경리

『토지』에는 수많은 여인상이 나온다. 자존심 드높은 독한 아름
다움이 서려 있는 주인공 최서희, 남편을 버리고 딸을 버리고 정
인과 함께 도망갔던 외로워서 슬픈 별당아씨, 서희의 소꿉친구이
자 몸종이었다가 길상에 대한 연정을 접고 기생이 되는 봉순이,
운명의 사랑을 그대로 받아들이는 무당의 딸 월선이, 월선이를 못
잊는 남편 용이의 서러운 아내 강청댁, 용이의 아들을 낳고 본처
행세하는 생존력 투철한 임이네, 최치수의 아들을 낳아 팔자 고치
려고 다른 남자의 씨를 품는 음모를 꾸미는 귀녀 등. 간도에서 돌
아와 해방 시간까지를 그리는 3부 이후에는 각기의 기구한 팔자
와 운명적인 슬픈 사랑과 풀지 못한 한을 가진 신여성들이 등장한
다. 당시 신여성들이 선택하는 삶과 사랑에 대한 박경리의 각별한
연민과 사랑이 느껴진다.

그런데 『토지』에서 단 한 여인을 꼽으라면 나는 윤씨부인을 꼽고 싶다. 최치수의 어머니이자 최서희의 친할머니이자 환(구천이)의 어머니이자 별당아씨의 시어머니인 그녀다. 젊은 과부로 어린 아들을 보호하기 위해 안방마님과 대감마님 역할을 같이 맡으며 몰락해가는 나라 한가운데에서 집안을 지키는 그녀. 식솔들에게는 엄하면서 자상하고, 동네 사람들에게는 믿음직한 대들보 역할을 수행하는 윤씨부인이다.

그러나 윤씨부인의 가슴속은 말 그대로 생지옥이다. 여자로서 그는 과연 어떤 선택을 할 수 있었겠는가? 죽은 남편의 명복을 기도하려고 묵었던 산사에서 그녀에게 미혹된 동학수령에게 겁탈을 당한다. 목숨을 끊으려 했지만 주변 사람들이 그를 살린다. 뱃속의 아이는? 산사에서 아이를 낳고 집에 돌아온 윤씨부인은 죄책감에 아들 치수의 손길을 뿌리친다. 그 자책감을 모르는 어린 치수는 엄마의 쌀쌀한 모습에 상처를 받는다. 산사에 맡기고 온 아들 환(구천)이 어머니를 찾아왔을 때 그녀는 무엇을 할 수 있을까? 여기서도 죄인, 저기서도 죄인일 뿐이다.

그런데 그 구천이가 자신의 며느리와 야반도주를 하다니, 이 무슨 운명의 장난인가? 잡혀온 남녀를 보았을 때 그리고 몰래 풀어주었을 때 윤씨부인의 마음속에는 무엇이 지나갔겠는가? 아들 치수가 포수꾼을 고용하며 도망간 남녀를 추적하겠다고 할 때 무슨 말을 할 수 있었겠는가? 그러던 아들이 하녀와 동네 건달들의 음모로 죽임을 당했을 때 무슨 말을 할 수 있었겠는가? 여자들만 있는 집안을 얕보고 양아치 같은 친척 남자가 들어서더니 아귀 같은 가족들까지 끌고 오고, 그것도 모자라 일제의 권력을 등에 업고 최씨 집안을 아예 통째로 먹으려들 때 윤씨부인은 얼마나 억장이 무너졌겠는가? 그 대들보 같던 윤씨부인, 평사리 마을의 버팀목 같던 윤씨부인이 마을을 휩쓴 역병으로 기어코 쓰러지고 만다. 끝까지 서희를 지키고자 했던 윤씨부인이 할 수 있었던 것은 무엇일까?

일생을 절제로 살아온
여인의 뜻

『토지』는 부계 혈통이 몰락한 집안에서 모계(母系)로 이어지는 생명력을 다룬다고 하지만, 정확히는 '여계(女系)'라 해야 하는 게 아닐까? 윤씨부인은 공식적으로 최가 성을 가진 사람은 아니니 말이다. 꽤 나중에 내가 강렬한 모계 집안을 그린 영화 「안토니아스 라인」 「강철 목련」 「프라이드 그린 토마토」를 보았을 때 나는 항상 윤씨부인이 떠올랐다. 윤씨부인이 좀 더 개방적인 시대를 살았더라면, 좀 더 여자 동료들이 주변에 있었더라면, 그토록 지체 높은 양반가가 아니었더라면, 훨씬 더 많이 웃고 훨씬 더 자신을 표현하고 훨씬 더 생기 있고 활력 있게 살 수도 있었으련만, 그의 후생을 기려보고 싶다.

윤씨부인은 말이나 표정이 아니라 몸 전체로 기를 뿜어내며 사람들과 내면의 대화를 나누었다. 그 도도한 괴로움이 나의 기억에 강렬히 남아 있다. 목숨을 끊는 것을 말렸던 산사의 스님과 이승의 업을 주제로 선문답을 나누는 모습, 이미 많은 비밀을 깨닫고 있었으나 여전히 깍듯하게 예를 갖추는 아들 최치수와 윤씨부인이 나누는 한스러운 문답, 젖도 물려보지 못하고 떼어내버린 아들 환이와의 갈망과 한이 넘치는 대화. 이런 내면의 대화들은 일생을 절제로 살아온 한 여인이 내뱉는 피맺힌 절규였다.

그리고 떠오른다. 온 마을 사람들, 온 집안사람들이 역병으로 쓰러져가고 있는 가운데, 반질반질 잘 길든 대청마루 위에서 하얀 치마저고리를 입고 죽음을 기다리며 서희에게 말없이 숨겨놓은 재산을 가르쳐주던 윤씨부인의 뜻을. 그것은 마치 윤씨부인이 평생 가슴에 품어온 은장도와도 같았다. 평생 가슴에 은장도를 품고 사는 한 여인의 그 꼿꼿한 마음을 나는 배우고 싶다. 거기엔 뜻이 있을 것이므로.

다시,
내 마음속 캔디

『캔디 캔디』• 미즈키 교코, 이가라시 유미코

나는 삼십 대에야 『캔디 캔디』를 읽었는데 단숨에 매료되어버렸다. 그렇게 유명한 만화인지 모르고 봤다. 유학 중에 여름방학을 빌어 한국에 왔을 때였다. 띠동갑 동생이 추천해준 만화다. 1권에서 벌써 캔디의 응원꾼이 되어, 8권 내내 캔디가 꿋꿋하기를, 사랑에 성공하기를 바랐다. 나는 일본 만화인지도 몰랐다. '배경도 미국이거니와 나오는 사람들도 다 미국 사람들인데, 무슨?' 하는 식이었다.

만화로 서사의 왕국을 쌓아올린 일본이다. 과연 '망가의 제국' 다웠다. 『알프스의 소녀』나 『성냥팔이 소녀』 『빨강머리 앤』 정도의 만화화로는 성이 차지 않았던 모양이다. 직접 자신들의 소녀 캐릭터를 만들어냈으니 말이다. 『캔디 캔디』를 읽은 후에 나는 『베르사이유의 장미』 『바벨 2세』 그리고 『바람계곡의 나우시카』

『공각기동대』 등으로 이어지는 일본 만화와 애니메이션의 고전들까지 다 찾아봤다.

『캔디 캔디』에는 앤이나 제인 에어처럼 고아 소녀 캔디가 나온다. 주근깨 가득하고 별로 예쁘지 않다는 점에서 비슷하고, 정답고 유쾌하고 씩씩한 캐릭터도 비슷하다. '키다리 아저씨' 캐릭터도 아주 발전된 모습으로 나오고, '첫사랑 안소니'는 그야말로 장미의 정원처럼 아름답게 그려지고, 첫사랑의 갑작스런 사고사도 나오고, 그 유명한 테리우스의 '백허그'도 나온다. 양 머리를 질끈 동여매고 큰 리본을 장식한 캔디의 촌스런 헤어스타일조차 멋지게 보일 정도다.

아픔도 슬픔도
나의 방식으로

"외로워도 슬퍼도 나는 안 울어!"라는 만화영화 캔디의 노래는 나도 흥얼거릴 정도가 되었다. 가사가 신파적이지만 그 노래를 들으면 씩씩한 기운이 솟아오르는 게 신기할 정도다. 이 시대의 캔디가 되고 싶은 것은 모든 소녀들, 모든 여자들의 로망 중 하나일지도 모른다. 남자들도 그 로망을 알고 재미있어 하고 놀리기도 하고 즐기기도 한다. TV 프로그램 이름처럼 「내 마음속 캔디」가 남자의 로망이 되기도 하는 것이다.

하지만 캔디를 오해하지 말자. 캔디는 남자의 마음속 첫사랑,

첫 여자친구, 첫 멘티일 뿐만이 아니다. 캔디는 공감력과 관찰력과 배려심 높은 인간이자 자존감으로 자신의 길을 선택하는 주체성 강한 여성이다. 캔디는 테리우스의 마음을 헤아렸고 그를 사랑하는 스잔나의 마음을 헤아렸다. 캔디는 드디어 나타난 '키다리 아저씨'의 존재에 감사하면서도 자신이 자란 고아원으로 돌아가서 자신의 일을 택한다.

"외로워도 슬퍼도 나는 안 울어!"의 의미는 결코 울지 않는다는 뜻이 아니다. 흔들리고 아프고 슬퍼서, 눈물 흘리고 왕왕 울고 평평 울지만, 그 아픔과 슬픔의 의미를 자기식으로 받아들이고 자신의 인생에서 뜻깊게 만드는 것이다.

내가 『캔디 캔디』를 읽으면서 평평 운 장면이 있다. 스테아의 전사 소식을 듣고 캔디가 큰 나무 위로 올라가 하늘을 바라보는 장면이다. 책에서 가장 마음이 가던 스테아였다. 같이 뛰어노는 친구로, 마음을 털어놓는 친구로, 언제나 믿을 수 있는 친구로서 최고의 남자였다. 그 '훈남'이 전쟁터에 나가서 평생 좋아하던 비행기의 조종사가 되어 맹활약을 하지만 마지막 순간까지도 적에 대한 신사도를 발휘하다가 다른 비행기 대신 총격을 받고 하늘에서 떨어지는 그 장면, 그리고 캔디가 하늘을 바라보며 눈물을 뚝뚝 흘리는 장면에서 나도 같이 뚝뚝 울었다.

"그래 캔디야, 스테아는 언제나 너와 함께 있을거야! 그리울 땐 오르골을 틀어! 외롭고 슬프면, 그냥 울어!" 그렇게 토닥여준다. 나 자신도 토닥여준다.

나의
캐릭터는
단 하나

내가 읽은 여덟 캐릭터 중 몇몇은 독자의 마음속에도 있을 것이다. 이들 여덟은 나의 캐릭터를 고민했던 시절에 나타났기에 아주 강렬하게 남아 있다.

어릴 적엔 모든 체험이 강렬하다. 모든 것이 첫 경험이기 때문이다. 아멜리 노통브가 쓴 『이토록 아름다운 세 살』이라는 소설에서는 세 살 아이가 모든 첫 경험을 거치는 이야기가 나온다. 그토록 생생할 수가 없다. 사물의 색깔, 소리, 형상, 크기, 변화하는 계절과 시간 속의 변화, 사람들의 표정과 일어나는 사건 하나하나에 존재의 본질이 강렬하게 드러나는 것을 묘사한다.

우리는 그 세 살 아이처럼 관찰력과 통찰력을 갖추지는 못해서, 첫 경험에서는커녕 여러 번 경험을 해도 무슨 뜻인지 모르겠고 수차례 실패를 해도 여전히 또 실패를 반복한다. 특히 자기 자신을 아는 데에는 인생 내내 성공보다는 실패가 많다. 소크라테스가 왜 "너 자신을 알라"라고 한지 알 듯도 하다. 쉽게 말하자면, '내가 나를 모른다'는 것만 알고 있어도 충분할 것이다.

그렇게 나는 나를 잘 모르기에 다른 사람들의 삶을 보고 궁리를 해본다. 이 여덟 캐릭터들은 나에게 여러 꿈을 심어주었다. 나는 '조'처럼 씩씩하고 싶었다. 나는 '앤'처럼 깊은 콤플렉스에도 불구하고 유쾌하게 살고 싶었다. 나는 '제인'처럼 나를 시험하는 어떤 역경에도 꿋꿋하고 싶었다. 나는 '리즈'처럼 나를 무시하는 오만에 맞서면서도 편견에 사로잡히고 싶지 않았고, 같이 걸을 사람이 없더라도 나만의 시간을 즐기면서 길을 걷고 싶었다. 나는 '스칼렛' 같은 속물을 무척 싫어했으나, 그녀의 타고난 그리고 키워낸 생존력만큼은 갖추고 싶었다. 나는 '니나'처럼 세상과 시대에 대하여 세심하게 관찰하며 행동하고 싶었고, 무엇보다도 언제나 자유롭고 싶었다. 나는 '윤씨부인'처럼 숙명이라는 나락에 떨어진다 하더라도 희생자로서가 아니라 대적자로서 자존심을 지키면서 꿋꿋하게 살고 싶었다. 나는 지금도 또 죽을 때까지 내 마음속에 '캔디'를 간직하고 싶다.

그런데 지금의 나에게 이들 여주인공 캐릭터들은 어떤 형태로 남아 있을까? 어떻게 진화했을까? 어떻게 융합됐을까? 사라져버렸을까? 씨앗만 남아 있나? 아니면 새로운 돌연변이가 일어나기도 했을까? 이들 캐릭터들은 어떤 '원형(原型)'적인 성격을 가지고 있어서 그 어떤 부분이 나에게 있을 것은 분명하다. 살아오면서 수시로 생각했고, 다시 떠올렸고, 인생의 어떤 순간에는 더욱 강렬하게 떠올렸던 캐릭터들이다. 그 이후로 수많은 다른 여자 주인공들의 이야기를 만나면서 나름 비교하고 다른 각도로 생각해봤지만, 여덟 캐릭터는 나에게 일종의 원형적 캐릭터다.

하지만 나는 나다. 나라는 캐릭터는 그 모든 캐릭터를 합한 것일 수도 있고 그 어느 캐릭터와도 다른 것일 수도 있다. 어딘지 비슷한 점이 있을 수도 있고 어쩐지 비슷한 느낌이 들 수도 있다. 하지만 나는 나 하나다. 이럴 때 참으로 생명체의 오묘함을 느낀다. 비슷하게 보이는 나무가 하나도 똑같지 않고 비슷하게 보이는 지문이 다 다른 것처럼, 사람은 하나하나 다 다르다는 것이 얼마나 오묘한가? 그렇게 단 하나밖에 없는 나이기 때문에 우리는 더욱 소중하게 나 자신을 정의하고 발전시켜보려고 노력하는 것이다. 그 과정에서 닮은 척도 해보고, 닮아보려 하고, 또는 절대로 닮지 않겠다고 반면교사로 삼기도 하고, 그 사람이라면 어떤 선택을 할까 상상도 해보면서 사람은 자라는 것이다.

어릴 적에 어떤 책을 읽느냐, 어떤 캐릭터의 주인공을 만나느냐는 인생에서 꽤 중요한 영향을 준다. 영화나 드라마 등 영상 속의 캐릭터란 설핏 지나가는 경우가 많은 반면 책 속에서 만나는 캐릭터는 길게 남는다. 왜? 영화는 휘리리 지나가는 반면, 책은 그보다 긴 시간 동안 수시로 대화하면서 캐릭터를 알아가기 때문이다. 영화란 캐릭터 자체보다 사건에 집중하게 하는 반면, 책은 사건이라는 배경 속에서 캐릭터를 더욱 뚜렷하게 부각시키는 경향이 있다.

역시 '사람'이 남는 것이다.

부모의 입장, 선생의 입장으로 생각해본다면, 어릴 적에 책을 읽고 책에 나오는 캐릭터들에 대해서 논해보는 것은 아이들의 성장에 꽤 도움이 될 것 같다. 잠깐 스치는 이야기에서 나오는 공감, 평가, 비판을 통해서 아이들은 무럭무럭 자라니 말이다. 내게 인상적이었던 캐릭터들은 대개 사회 계층적으로 별 배경 없는 사람들이 대부분이다. 그 글을 썼던 작가들이 그러했을 것이고, 나 자신도 그러했기 때문이다. 그렇게 별 배경이 없기에 더 의문이 많고 호기심이 많고 안간힘을 썼을 것이다. 자신의 존재에 대한 의문이 많았고, 자신이 어떤 가치가 있는지 회의도 많았고, 자신의 독립을 위해 애썼고, 자신의 명예를 지키기 위해서 노력했고, 인간의 존재에 대한 고민을 했던 캐릭터들이다.

이것이 나의 성향일 것이다. 내 개인적으로는 위인전을 읽어본 적이 별로 없다. 아니, 읽기는 했으나 마음에 깊이 와 닿지 않는 경우가 너무 많았다. 내 개인적으로 이른바 공주과, 왕자과, 선남선녀 스토리를 별로 즐겨본 적이 없다. 매력이 없어서, 인생의 도전이 별로 없어서 재미가 없었다. 이것도 나의 성향이다.

나는 '캐릭터론'을 아주 좋아한다. 그것을 나는 다음과 같이 썼다.

'닮고 싶은 소녀 캐릭터' 삼총사를 꼽는다면, 단연 『빨강머리 앤』의 앤, 『작은 아씨들』의 조, 만화 『캔디 캔디』의 캔디일 것이다. 다들 별로 예쁘지 않고, 씩씩하고, 유쾌하고, 개성적이고, 자존심 강한 캐릭터들이다. '신데렐라, 백설공주, 오로라, 소공녀'처럼 너무 아름답고 특별한 신분이 아니라 보통 사람들이 닮고 싶고, 닮을 수 있다는 희망을 주는 캐릭터들이라서 더 마음이 간다.

흥미롭게도 이 소녀 캐릭터들은 다들 남자 복이 터진다. 앤의 길버트 블라이스, 조의 로리와 미스터 베어, 캔디의 안소니와 테리우스와 스테아. "이야기 속에서나 그럴 뿐 현실에서는 예쁜 여자가 대세야!"라는 미모 우세론이 내 소녀 시절에도 무성했고 지금도 완강하지만, 나는 그렇게 생각하지 않았고 지금도 그렇게 생각하지 않는다. "너무 아름다운 여자는 가까이 하기에는 멀게 느껴져. 완벽하게 예쁜 여자는 괜히 부담스러울 뿐이야. 말이 통하는 여자가 매력적이지. 말이 통해야 관계가 생기고 친구도 많아지고 오래가지!" 앤 이야기를 읽으면서 나는 이렇게 자기 최면을 걸었고, 이러저러한 경험들이 쌓인 지금 나는 더욱 굳게 '캐릭터론'을 믿는다. 지나치게 예쁘지 않고, 씩씩하고, 유쾌하고, 개성적이고, 자존심 확실한 캐릭터들이 남자와 훨씬 더 잘 지낼 수 있다. 콤플렉스를 갖고 있어야 사람이 사람다워지고, 사람 맛이 나고, 사람 사는 맛이 더해진다. 서로의 콤플렉스를 보듬어주는 관계가 친구 관계이고 오래가는 남녀관계다. 외모론보다 매력론에 확신이 선 것이다.

_『다시 동화를 읽는다면』에서

이것이 내가 살아남은 비결이자 살아가는 비결이기도 하다.

3장

섹스와 에로스의 세계를 열다

'앎'은
자유의 조건

섹스와 에로스는 생의 가장 큰 축복 중 하나다.
축복을 축복으로 누리기 위해서 본능 이상의 앎이 필요하다.
수상하게만 여기지 말고 선정적이라고만 여기지 말고
당신의 궁금증을 풀어가라. '앎'은 비로소 자유를 준다.
성과 에로스에 대한 앎을 통해 삶은 진정 풍요로워진다.

당당히 말할 권리,
정치와
섹스

여자에게 가해지는 암묵적인 금기들이 많지만 그중 딱 두 가지만 이야기한다면, '정치와 섹스'를 들 수 있다. 적어도 공적인 자리에서는 '모르는 척, 없는 척, 수줍은 척' 하라는 것이다. 물론 이 금기는 깨지고 있다. 적어도 공식적으로는. 하지만 사적으로도 과연 그럴까? 아니, 과연 공적으로도 깨졌다고 볼 수 있을까?

'정치'란 국가나 기업의 권력 게임이나 권력 다툼에 대한 것만을 가리키는 것이 아니다. 정치란 '올바른 것이 무엇이냐, 공정한 것이 무엇이냐, 불편한 것이 무엇이냐를 따지고 바로잡는 과정'을 말한다. 자기 의견을 당당히 말할 권리, 문제를 제기할 권리, 그 때문에 불이익을 받지 않을 권리, 불이익을 걱정하지 않을 권리를 보편적으로 인정받느냐 아니냐가 정치 행위의 기본 조건이다.

'섹스'는 누구나 다 안다고 생각하지만 훨씬 더 복잡하다. 성적

파트너 사이의 성교뿐 아니라 그에 이르거나 따르는 관능, 파트너를 찾고 고르고 이끌고 유혹하고 맞추는 온갖 과정과 방식에 대한 것들을 아우른다. 또한 '섹스'는 기본적으로 '생식과 번식'과 관련되므로 이에 대한 이야기들도 포함되고, 나아가자면 섹스에 관련된 폭력에 대해서 어떤 의식을 갖느냐까지도 포함된다.

'정치와 섹스'라는 주제와 관련해 남자와 여자에게 어떤 잣대가 적용될까? 뭉뚱그리자면, 남자들은 '올바른 것이 무엇이냐?'를 따지지 않는 대신에 권력 게임에 익숙하기를 허락받는다. 그 과정에서 남자들은 쉽게 기존 정치의 논리에 순치되곤 한다. 권력을 좇고 권력에 약하고 권력에 밝은 '그들이 사는 세상'이 만들어지는 것이다. 뭉뚱그리자면, 남자들은 섹스에 대해서 무한 자유를 허락받는 줄 알거나 허락받은 '척' 한다. '길들여지지만 야수성은 남아 있다'는 식이다. 어디까지나 '척'이다. 남자는 진정한 섹스의 기쁨에 대해서 섬세하고 정교하게 따지지 않는 대신에 '동물적 본능과 욕구'에 사유를 대거나 핑계를 구하는 성향이 다분하다.

그런가 하면 여자들은 꽤 미묘하다. 정치에 대해 모르는 척하고 관심 없기를 요구받다 보니 '권력 게임의 역학'에 대해 무지하게 키워지는 경우가 많다. 그러나 어떤 계기가 생기면 '올바름이 무엇이냐?'에 대한 의식이 커지며 훨씬 더 치열하게 정의를 추구할 가능성이 높아진다. 섹스에 대해서는 어떨까? 섹스 대신 로맨스에 치우쳐서 환상을 키우며 자라다가 무지한 상태가 될지도 모르고, 섹스에 대한 자신의 입장에 대해서 흔들리게 될 위험도 크며,

이른바 여자가 취해야 한다는 '수동성'이라는 덫에 걸려서 '성'에 대한 주체성이 흔들리는 경우도 적지 않다. '성'에 대한 주체성, 능동성, 자발성에 눈을 뜨고 자신의 가치관으로 만든다는 것은 그리 쉽지 않은 과제인 것이다.

왜 '정치와 섹스'라는 금기를 같이 이야기 하는가? 이 두 가지 금기는 서로 맞물려 있는 이슈이기 때문이다. 정치의 조건에 따라 섹스에 대한 사회의 태도가 무척 달라진다. 섹스에 대한 태도가 정치의 조건을 직접적으로 결정하지는 않더라도 기성 정치의 완고함을 강화하거나 또는 그 완고함을 완화하는 경우가 적지 않다.

왜 이런 이야기부터 쓰는가 하면, 어릴 적의 나는 이러한 역학을 전혀 몰랐기 때문이다. 의문이 들고 의심이 가는 대목은 많은데 혼자서 끙끙 앓고 있었다고나 할까? 자라서 또 공부해서 좋은 것은 적어도 이러한 역학에 대해서 확실하게 알게 되었다는 점이다. 어릴 때, 자라면서, 어른이 되어서도, 그리고 지금도, 나는 이러한 금기에 대해서 끊임없이 깨닫고 깨우치려는 노력을 하면서 산다. '성'이란 인생에서 아주 중요한 주제 중 하나이고, 부디 억압받지 않고, 자유로워지고, 신중하면서도 평생토록 즐기면서 살기를 바라기 때문이다.

이 장에서 나는 성에 대한 어릴 적 나의 궁금증과 무지와 호기심, 그리고 자라면서 책을 통해 알게 되었던 자투리 같은 지식들의 모자이크, 이러저러한 깨달음, 그리고 드디어 성에 대해서 자유스러워지게 된 데에 책이 얼마나 중요한 역할을 했는지 이야기해보려고 한다.

어렸을 때 궁금한 것들은 무지 많다. 일단 어디서 동생이 오느냐는 가장 자연스러운 의문이다. 왜 남자와 여자는 성징이 다른가? 왜 남자아이는 여자아이의 치마 들추는 것을 재미로 하는가? 왜 여자아이는 그럴 때 수치심을 느껴야 하는가? 사춘기의 2차 성징이 나타나기 시작하면 훨씬 더 복잡해진다. 소년에게는 '사정'이라는 아주 직접적인 자극이 충격적인가 하면 소녀에게 다가오는 생리와 부푸는 가슴은 좀 더 미묘한 충격을 준다. 이런 2차 성징이 나타나는 나이가 점점 일러지기도 하려니와 점점 더 선정적이 되어가는 미디어 환경에서 아이들은 말 못 할 그 무엇이 있다는 것을 일찍부터 알게 된다. 요즘은 성교육이 활발한 편이니 섹스에 대한 궁금증은 곧 풀릴지 몰라도 에로스에 대한 호기심은 풀리지 않는다. 아마도 영원히 풀리지 않을지 모른다.

'로맨스와 섹스'의 역학을 이해하고 '에로스와 포르노'의 차이를 구별할 줄 알게 되고, '섹스(sex, 생물학적 의미의 성)와 젠더(gender, 사회적 의미로서의 성)'에 대해서 건강한 의식을 갖게 되면 하나의 인간은 비로소 건강한 성 의식을 갖게 될 것이다. 그러나 그게 그렇게도 어렵다. 건강하게 자신의 성과 성 욕구를 알고 인정하고, 상대의 성과 성 욕구를 알고 인정하기가 그렇게도 어렵다. 부디 여성뿐 아니라 남성도, 성에 대해서 지혜로워지고 자유로워지고 적극적이 되고 풍요로워지기를 바란다.

'성(性)'은
인간 이야기의
본질

『그리스 로마 신화』

나는 일찍이 '성'에 눈 뜬 편이다. 그 이유 하나는 신기하게도 책 한 권 때문이었고, 다른 하나는 놀라운 외도 편력을 자랑하던 큰아버지의 존재 때문이었다.

나는 열 살 무렵 집 안에 굴러다니던 『그리스 로마 신화』를 수십 번 읽어서 이미 달달 외울 정도였다. 그런데 하필 그 책이 '성'에 대해서 수상한(?) 관심을 갖게 만들었다.

『그리스 로마 신화』는 근대기에 들어와서 대중적인 책으로 다시 태어났음에도 불구하고 그중 상당 내용은 부도덕하고 패륜적이라는 비판을 받았다. 실제로 그렇다. '19금' 또는 '15금'은 해야 하지 않을까 싶도록 강간, 근친상간, 살인, 살육, 근친살인까지 수시로 등장한다. '강간'은 지나칠 정도로 자주 나와서, 입이 떡 벌어질 정도다.

내가 어렸을 때 읽은 두꺼운 책에는 도대체 이해가 안 되는 대목투성이였다. 제우스는 올림포스 신중의 신이라는데 왜 그리 난봉꾼인 건가? 신들은 여신이든 요정이든 인간이든 가리지 않고 왜 그리 겁탈을 많이 하는가? 게다가 벗고 있는 여자, 벗고 있는 남자들은 왜 그리 많이 나오는 건가?

열 살 아이에게는 이해 불가한 세계였다. 사춘기가 오기도 전에 나는 온갖 성 이야기에 노출된 셈인지라 누구에게 물어볼 수도 없고 커다란 수수께끼를 안고 살았다.

차츰차츰 이야기를 소화해가는 와중에 나의 생각도 커지기 시작했다. 사랑 이야기는 꽤 그럴듯해 보였다. 예컨대, 불을 켜지 말라는 경고를 무시하고 등불로 큐피드(Cupid)의 잠든 얼굴을 비추는 바람에 큐피드와의 사랑을 잃어버린 '프시케(Psyche)'는 충분히 이해가 갔다. 자신이 누구인지 모르고 사랑만 하라는 남자의 요구는 너무 심하지 않은가? 호기심은 사랑보다도 더 강렬한 유혹인지도 모른다. 아니 그 사랑이 호기심을 더 키웠고, 그 호기심이 사랑을 더 키웠을지도 모른다. 이런 식으로 나는 해석을 넓혀갔다.

태양의 신, 아폴론(Apollon)의 구애를 피해서 나무로 변하는 '다프네(Daphne)' 이야기는 섬뜩했다. 화가 난 큐피드가 아폴론에겐 사랑의 화살, 다프네에게는 혐오의 화살을 쏘는 바람에 벌어진 사건인데, 정말 아폴론같이 태양처럼 빛나는 상남자가 열렬히 구애를 하더라도 내가 싫으면 그렇게 싫은 건가? 이 이야기는 아주 좋은 교훈이 되었다. 이를테면, '지나치게 잘생긴 남자는 조심하자!' 같은 거였다.

그러다가 나는 어떤 패턴을 발견했다. 남자 신이 여자 신 또는 여인에 꽂히면 꼭 아이가 생기는 것이었다. 특히 제우스(Zeus)의 경우에는 확률 백 프로였다. 그것도 주로 사내아이가 출생했다. 그 아이는 자라서 '영웅'이 되고 그 영웅은 나라를 구하거나 괴물을 물리치거나 여인을 구하고 사람들의 열광적인 지지를 받는다. 그 과정에서 신들의 다양한 도움을 받는 것은 물론이다. '헤라클레스(Heracles)'도 그러하지만, 메두사(Medusa)의 목을 친 '페르세우스(Persus)'가 대표적이다. '다나에(Danae)'라는 여인의 아버지는 외손자가 자기를 죽인다는 신탁을 듣고 딸을 탑에 가둬놓는데, 제우스가 황금 비로 나타나 다나에랑 교접하고 페르세우스를 낳는 것이다.

이런 패턴에 대한 나의 어릴 적 의문은 나중에 신화의 구조를 분석한 이론을 배우면서야 풀렸다. 모든 신화란 자신이 속한 민족, 도시, 국가에 신화적인 상징성을 부여함으로써 '선택받았다'는 메시지를 강화하는 아주 강력한 수단이다. 이왕이면 막강한 신이 배출한 자손의 후예라면 더 말할 나위 없이 좋다는 믿음을 심어주는 것이다. 그러니 신중의 신 제우스는 아무리 부인 헤라(Hera)의 강짜가 심하더라도 난봉꾼이 되지 않으려야 않을 수 없는 것이다.

그렇다면 큰아버지의 끝없는 외도는 어떻게 봐야 할까? 우리 집에서 '큰아버지의 존재와 행위'는 말하지 않아야 하는 금기이자 어린아이들은 그런 소문조차 모르는 척해야 하는 존재였다. 마치 제우스의 난봉처럼 말이다. 그런데 금지하면 더 알고 싶고 더 이야기하고 싶어지지 않은가? 집 곳곳에서의 '수군수군'은 결코 그치지 않았다. 내가 알고 있는 것만 해도 큰아버지의 공식 첩이 셋이었고, 그 외에도 수없는 여자들에 대한 소문이 끊이지 않았고 내 눈으로 목격하기도 했다. 나는 못 볼 꼴을 본 것처럼 고개를 돌렸고 그런 장면을 본 자체가 죄를 지은 것만 같고 불결하다는 생각도 했다. 큰어머니는 우리 집에 왕래가 잦아서 신세한탄을 자주 하셨는데 위의 아들 넷이 역병으로 다 죽고 딸 넷만 남았다. 아들이 없어서 남편의 외도를 합리화해주셨던가? 그렇게라도 합리화하지 않으면 도저히 살 수 없어서 그러셨던가? 외도로 낳은 아들들이 여럿 있었고, 그중 둘을 큰어머니가 키우셨다.

큰집에서 일어나는 온갖 크고 작은 스캔들과 에피소드들은 우리 집안의 끊임없는 골칫거리였는데, 나는 그 와중에 가장 이상했던 것이 큰아버지의 권위를 여전히 인정하는 우리 아버지와 작은아버지의 태도였다. 이 삼 형제 사이에는 내가 모르는 뭔가가 있는 건가? 꽤 건강한 남편으로 보이는 우리 아버지와 작은아버지는 은근히 큰아버지를 부러워하기라도 하는 건가? 큰집의 네 딸들이 큰아버지에 대해서는 눈치 보며 방관하는 태도를 보이고, 큰어머니에 대해서는 은근히 무시하고 괄시하는 듯한 태도를 보였는데, 나는 그런 태도가 이상해 보였고 또 기분 나쁘기도 했다.

일상에서 목격했던 이 기묘한 관계가 자아내는 어색한 풍경과 신화에서 읽는 남신들의 난장판 사이에서, 나는 아직 정확히 말할 수는 없지만 뭔가 심상치 않은 함수를 읽어냈던 것 같다. 이른바 섹스와 권력화, 섹스와 정치의 함수, 또는 섹스의 정치학이라고 할까? 말로 하지 못하겠는 이 수상함의 정체는 대체 뭘까? 내가 느끼는 이 진득진득한 느낌의 정체는 뭘까? 왜 나는 이런 이상한 느낌을 누구에게도 물어보지 못하는 걸까? 어린 나에게는 풀지 못할 수수께끼였다.

요즘에 신화를 읽는 아이들은 어떤 생각을 할까? 궁금하다. 어린이용 신화 책들이 나와 있고 그 책들이 신들의 불장난을 적나라하게 담고 있지는 않지만 여전히 의문의 씨앗은 담고 있는데 말이다. 아이들이 물으면 다 '사랑'으로 포장해서 설명할까? 그런데 아무리 사랑으로 설명한다고 해도 의문은 남지 않을까? 사랑이란 전지전능한 걸까? 신의 사랑은 언제나 무결점일까? 사랑은 잠시만 지속되는 건가? 사랑은 시시때때로 변하는 걸까? 그 어떤 여자, 그 어떤 남자에게 반한다 해도 사랑이라는 이름으로 다 용서될 수 있는 것일까? 어린 나의 궁금증은 이런 식으로 커져갔다.

연애소설과
에로소설 사이에서

'사랑'이라는 엄청난 주제가 인생에 본격적으로 들어오는 단계가 바로 사춘기다. '성'을 이야기하기 힘든 이유도 사랑이라는 변수가 개입되기 때문이 아닌가 싶다. 성 대신 사랑으로 치환해버리는 것이다. 더구나 신화에서는 섹스와 에로스 자체에 대해서 직접적으로 이야기하지 않고 대부분의 과정이 생략된다. 말하자면 남녀 사이에서 일어나는 만남과 반함과 구애와 아름다움과 열정과 그리움과 밀고 당기기와 괴로움에 대해서 축약시켰기 때문에, 더욱이나 스킨십과 섹스 그 자체에 대한 얘기는 거의 없기 때문에 그 과정을 이해하기란 쉽지 않다. 그 모자란 구석을 채우기 위해서는 다른 책들이 필요하다. 역시, 소설이다.

나 역시 '사랑'에 빠져버리고 말았다. 그 누구에게나 마찬가지겠지만, 나의 십 대는 사랑에 대한 호기심과 열망과 선망이 잠재해 있던 시절이었다. 사랑에 대한 자극은 곳곳에 있었다. 문학, 드라마, 영화, 노래 등 아무리 무거운 주제를 담더라도 사랑 이야기를 피해갈 수는 없는 것으로 보였다. 사랑이 없으면 이야기는 존재하지 않고, 인생은 아무 의미가 없는 것처럼 보였다. 사랑만이 인생에서 추구할 가치가 있고, 사랑만이 우리의 보잘 것 없음을 구원해줄 것처럼 보였다.

황순원의 『소나기』를 읽으면서 '소년, 소녀를 만나다. 소녀, 소년을 만나다'의 설렘을 느끼지 않는 소년 소녀란 없을 것이다. 도대체 이 설렘의 정체가 무엇일까? 앞 장에서 이야기했던 성장 스토리 중에서도 사랑 이야기는 가장 주요한 관심거리가 되곤 한다. 누굴 만나지? 누가 누구를 좋아하지? 짝사랑인가? 서로 호감이 있나? 어떤 계기가 있나? 어디에서 불꽃이 붙지? 어떻게 사랑을 깨닫지? 어떻게 상대가 나를 사랑한다는 것을 알게 되지? 서로 사랑을 하면 스킨십은 자연스러운 건가? 언제 키스를 하지? 키스는 자연스러운 것이고 포옹은 너무도 좋고 같이 손잡고 걷기도 너무 좋지만, 그다음엔 그냥 결혼으로 가는 건가?

누구나 자신의 사랑을 찾기 전에 자신에게 맞는 사랑 스토리를 찾아 헤맬 것이다. 하지만 대부분의 사랑 스토리 안에 성 자체에 대한 이야기는 아주 드물다는 것이 나의 관찰이었다. 앞 장에서 들었던 여덟 가지의 성장 스토리 중에서 '섹스의 오묘함'을 담은 책이라면 『바람과 함께 사라지다』와 『생의 한가운데』 정도다. 스칼렛은 레트 버틀러와 키스하면서 '아랫배가 딴딴해진다'고 토로하는데 나는 그 느낌이 무언지 궁금해졌다. 다른 남자들과의 키스도 많았건만 왜 레트와의 키스는 그런 느낌을 줬을까? 레트와 밤을 지낸 스칼렛이 종달새처럼 지저귀며 행복하게 깨어나는 장면이 있다. 나는 나중에야 알았다. '아, 그 느낌이 이른바 오르가슴이란 거구나!'『생의 한가운데』의 니나는 연애하는 남자친구가 있음에도 불구하고 다른 남자와 보냈던 하룻밤을 이렇게 표현한다. "나는 완벽하게 한 송이 꽃으로 피어나는 것 같았어." 그 느낌이란 것이 어떤 것일까? 사춘기의 나는 아주 궁금했다.

그런데 어디에서 어떻게 이런 궁금증을 푼단 말인가? 나의 시대에도 섹스 이슈와 스캔들을 다루는 대중잡지들이 있었지만 주로 매매춘과 성병을 다루는 식이었고 내가 어린 시절 큰집에서 겪었던 것과 비슷한 스캔들만을 주로 다루어서 내 궁금증과는 무관했다. 말하자면 사랑과 섹스의 조화를 잘 다룬 책들은 별로 없었던 것이다.

이 지점에서 이른바 연애소설과 에로소설의 차이에 대해서 알게 되는 때가 온다. 어떻게 알게 되는지는 모르겠으나 모든 청소년들이 어떻게든 알게 되는 게 신기할 정도다. 요즘에야 인터넷을 통해서 지천에 정보들이 있지만, 그런 게 없던 나의 시대에는 어떻게 알게 되었을까? 남학생들은 서로 정보를 교환한다지만 여학생들은 그런 정보 교환을 별로 하지 않는데 말이다. 여하튼 누구나 어떻게든 알게 되는 모양이다. 아니, 사실은 그렇지도 않다. 성과 에로스에 대해 아무 노출 없이 사춘기를 보내는 청소년들도 적지 않고 이들이 나중에 겪는 충격에 대한 일화들도 적지 않으니 말이다.

내 경우에는 집 안에 굴러다니던 에로소설, 음란소설의 존재가 큰 변수가 되었다. 이른바 '삼촌 문화, 형 문화, 오빠 문화'의 흔적이 집 안에 굴러다녔던 것이다. 내가 일생을 통틀어 읽어본 음란소설 중에서 가장 에로틱했던 소설이 그때 읽은 것이었다. 특히 충격적이었던 점은, 그게 우리의 옛날이야기였다는 사실이다. 옛날이야기라면 정절과 윤리만 있고 도덕을 강조해서 고리타분하고 재미없을 거라는 나의 선입견을 완전히 깨뜨려준 계기였다. 마치 영화 「음란서생」을 수십 년 전에 본 것처럼, 나는 우리 문화 속의 에로티시즘과 음화에 대한 호기심을 진즉 경험한 셈이었다.

물론 나는 에로티시즘으로 유명한 명작 소설을 찾아서 읽었다. 발표되었을 때는 '외설'이라고 비난받고 한동안 금서가 되었다가 몇십 년이 지나서야 금지가 풀리고 이제는 명작의 반열에 오른 책들이다. D.H.로렌스의 『채털리 부인의 연인』이나 헨리 밀러의 『북회귀선』은 당연한 도서 목록이었다. 그 당시에는 여성 작가가 쓴 에로소설을 발견하지는 못했으나 꽤 시간이 흐른 후에 아나이스 닌의 『헨리와 준』, 에리카 종의 『허공에 뜬 나의 맨발』 등을 읽기 목록에 추가하기도 했다.

이들 책 속의 성애 묘사는 직접적이면서도 언제나 상상을 자극한다는 점에서 그 격이 다르다. '아, 이 작가들 역시 나처럼 자신이 어떻게 느끼는지, 왜 그렇게 느끼는지, 상대와의 어떤 만남, 어떤 접촉, 어떤 터치에서 어떤 특별한 느낌이 생기는지 정말 궁금해했구나!' 나는 이렇게 생각했다. 정말 그렇다. 성애에 대한 발견은 자신에 대한 발견이고 상대에 대한 발견이자 관계에 대한 발견이다.

로맨스란? 에로스란? 포르노란?

요즘 시대에 에로 소설은 '로맨스소설'이라는 이름으로 분류되는 것이 웃긴다. 왜 로맨스일까? 에로소설이라 붙이기에는 낯 뜨거워서일 테고, 로맨스란 영원히 사람들을 유혹하는 주제이기 때문일 것이다. 그들 대부분이 로맨스와 거리가 멀다는 것을 우리는 모르지 않는다. 로맨스를 가장한 섹스이고, 에로티시즘을 가장한 포르노그래피라는 것을 모르지 않는다. 그런데 미묘하기는 하다. 어떻게 로맨스와 에로스와 포르노를 구별하지? 로맨스란 에로스를 생략한 연애이고, 에로스란 섹스 속의 로맨스이고, 포르노란 에로스 없는 섹스일까? 아, 참 어렵다.

음란 소설을 논하다 보니 내 논점이 빙빙 돌고 있는 것 같지만, 인생에서 이름 없는 음란 소설 역시 거쳐야 한다고 나는 얘기하고 있는 것이다. 포르노 영화를 거치는 것과 비슷하다. 누구도 포르노 영화의 제목을 기억하지 않듯이 음란 소설의 제목 역시 별로 생각나지 않는다. 하지만 아주 직접적인 성의 묘사에 대한 그 어떤 이미지는 남아 있기 마련이다. 나에게는 포르노 영화의 이미지는 거의 남아 있지 않지만 어린 시절 읽었던 우리 전통의 음란 소설의 강렬한 이미지는 고대로 남아 있다. 에로틱 소설과 음란 소설들은 에로스를 생략한 신화나 연애소설에서 비어 있던 부분을 나름 채워주었다.

탐색과 경험을 해보고 난 후에 나는 다음과 같은 결론을 내렸다. '야동이나 포르노 영화보다는 에로틱 영화가 훨씬 더 낫다(동물적이 아니라 인간적이고 적당히 감춤으로써 훨씬 더 알고 싶어지게 만들기 때문이다). 에로틱 영화보다는 에로틱 소설이 더 좋다(시각적으로 드러나는 영화보다 상상하게 만드는 묘미가 더 에로틱하다. 게다가 순간적인 심리 묘사까지 해주니 해석하기도 좋다). 아주 괜찮은 소설이라면 에로스를 완벽하게 연상하게 만든다(요즘 소설에서는 성과 에로스를 직접적으로 묘사할 때가 많은데, 그렇다고 해서 그들이 에로틱한 것만은 아니다. 신기하다).

여자들이라고 해서 포르노와 야동, 에로틱 영화와 에로틱 소설로부터 떨어져 있는 존재는 아니다. 소외된다고 하면 더욱 문제일 것이다. 우리는 인간이다. 배우는 인간이다. 체험하는 인간이다. 알아갈 수 있는 인간이다. 알자, 느끼자 그리고 배우자!

그 속의 '성'은
다채로웠다

『토지』 · 박경리

　흥미롭게도 박경리의 『토지』는 나에게 '성'에 대해서 가장 다채로운 풍경을 펼쳐줬다. 그 전에 여러 경로로 접했던 성에 대한 이야기, 사랑에 대한 이야기들이 하나의 줄거리 속에서 얽히고 엮이면서 머릿속에 큰 그림이 완성되었다고나 할까? 뇌리에 박힐 만큼 여러 번 읽기도 했지만, 너무도 다양한 사랑 이야기들이 나와서 사랑의 조화를 깨닫기 좋았다. 더구나 섹스가 개입된 사연들이 적지 않았기 때문에 충격이기도 했고 또 인간 이야기의 향방을 좌지우지하는 성의 위력을 새삼 깨닫기도 했다.

　가장 충격적이었던 것은, 앞 장에서 잠깐 언급하기도 했던 윤씨 부인이 당한 겁탈이다. 기구하고 슬픈 인연들을 만들어낸 원죄적인 사건이기도 하다. 아름다운 과부가 치성 드리러 갔던 산사에서 자신에 대한 연모로 끓어오른 동학수령 김개주에게 겁탈을 당하고 잉태를 한다. 그 아이를 낳자마자 젖조차 물리지 않고 절에 맡긴다. 다 큰 아이가 어미를 찾아온다. 윤씨부인은 마치 제우스에게 겁탈당한 인간 여인과도 같고, 그 사연은 마치 그리스의 비극과도 같은 전개다.

게다가 이 사건은 불륜과 패륜이 얽힌 사건으로 비화된다. 버려졌던 아들은 어머니 집에 찾아와서 머슴 노릇을 하다가 아버지가 다른 형의 아내인 별당아씨를 연모하는 감정에 빠지는 것이다. 기어코 둘은 야반도주를 하고 전국을 도망 다녔고, 별당아씨는 묘향산에서 병에 걸려 죽는다. 비극 중의 비극이다. 인간 세상의 법도로서는 도저히 용서할 수가 없다. 그런데 이게 또 그렇게 아름다운 사랑일 수가 없다. 그 안타까움과 애처로움과 참을 수 없는 연모와 애끓는 사랑과 슬픈 이별이 그렇게도 아름답게 그려질 수가 없다. 나도 이런 사랑의 감정에 빠져보고 싶을 정도로 아름다웠다. 불륜이기에, 패륜이기에 더욱 어쩌지 못하는 열정에 빠지게 된 것일까? 정말 어떤 여자, 어떤 남자의 만남은 그렇게 운명적으로 이끌리게 되는 것일까? 큐피드의 화살은 그렇게 강력한 걸까?

사랑과 관계,

성에 얽힌 수많은 사연들

책 전체를 통해서 서희와 길상의 관계, 그 정체에 대한 의문도 나에게는 계속해서 떠올랐다. 대체 어떤 것일까? 서희는 길상을 사랑하긴 한 걸까? 서희에 대한 길상의 감정은 사랑인가, 연민인가, 충정인가? 아무리 신분제가 뿌리째 흔들리는 일제강점기라고 하더라도 머슴과의 혼인이 오명이 되리라는 것을 모르지 않는 서희는 복수를 위해서 '계약 결혼'도 마다하지 않는 철두철미하게 계산적인 여인이었을까? 충성심 높은 길상이를 자신에게 붙잡아 두고자 하는 자기중심적인 여인이었던 것뿐일까? 봉순이와 다른 여인들로부터 길상을 뺏고자 하는 심사였을까? 독한 성깔을 부리다 까무러치기까지 하는 서희를 어릴 적부터 보호해온 길상은 의무감으로 결혼에 응한 걸까? 서희의 바람을 이루어주는 것이 바로 사랑이라고 생각한 걸까? 이루어질 수 없다고 생각했던 관계를 자기도 한번 이루어보고 싶다는 생각이었을까? 아무리 서희와 길상의 결혼을 운명적이라 보려 해도 이 결합은 '결혼, 결혼의 서약, 결혼의 조건, 결혼의 계약성' 자체에 대해 이모저모 의문하게 만드는 것만은 확실하다.

이루어지지 못하는 사랑에 대해서는 또 어떠한가? 눈물을 뿌리게 만드는 월선과 용이의 사랑은 이루어지지 못할 사랑이고, 이루어지지 못했기에 더 강해졌던 것은 아닐까? 이루어질 수 없다고 생각하기에 더 애틋해졌던 것은 아닐까? 언제나 쉬운 사랑보다는 어려운 사랑이 더 끈질기게 이어지고, 사랑을 이루지 못하게 하는 장애물이 높을수록 사랑은 더 깊어지는 듯하다. 월선과 용이의 성애 장면은 그토록 슬프게 묘사된다. 섹스란 슬프기도 하구나! 섹스란 절망 속에서 발생하는 처절한 몸부림이구나!

『토지』에는 성폭력 장면들이 적지 않다. 내가 박경리 작가에게 놀랐던 점이기도 하다. 그보다 훨씬 전에 읽었던 『김약국의 딸들』에서는 시아버지가 며느리를 성추행하는 장면까지 나와서 나를 놀래켰는데, 그 작가가 맞구나 하는 심경이었다. 특히 부부 성폭력을 묘사한 장면, 최치수를 죽인 평산이 집에 돌아와 아내 함안댁을 성폭력하는 장면은 지옥 그대로였다. 오직 최치수의 씨를 배겠다는 일념으로 귀녀가 동네 양아치 칠성과 몸을 섞는 장면은 추하고 더러웠다. 내게 흥미로웠던 심리는, 여자만 더럽다고 느낄 뿐만 아니라 남자도 스스로 당했다고 느끼는 것이었다. 성적 욕망으로서의 성도 아니고 재물을 차지하기 위한 욕심으로 벌어지는 성, 성의 도구화란 바로 그런 것일 게다.

사랑 없는 섹스에 대한 장면도 적지 않았다. 월선이 마을을 떠나버리고 난 후에 용이는 조강지처 강청댁과 섹스가 되지 않는 괴로움을 겪는다. 그런데 몸을 파는 임이네에게 격정적 성욕이 순간적으로 몰아친다. 그 한 번의 섹스로 아이까지 밴 임이네의 생명력에서, 성이란 것이 정말 몰염치하다는 생각도 들었다. 충동적인 섹스의 후폭풍은 얼마나 큰가?

박경리 작가는 어떤 경험과 배움과 상상으로 성에 얽힌 그 수많은 사연을 그렸을까? 나는 궁금했다. 그 역시 어릴 적 아버지의 외도로 깨진 집안과 어머니가 겪는 수모를 목격하면서 일찍부터 성의 조화에 대한 궁금증을 겪었을까? 그는 결혼해서 딸 하나와 아들 하나를 낳았지만 이십 대라는 젊은 나이에 남편과 아들을 잃었다. 나는 박경리 작가에게서 윤씨부인의 풍모를 보곤 했는데 그 꼿꼿함 속에서 폭발해 나올 듯한 에너지 때문이었다. 그 에너지를 문학으로 폭발시킬 수 있어서 박경리는 스스로를 다스릴 수 있었던가?

여하튼 나는 『토지』에서 마치 『그리스 로마 신화』에서와 같이 '성'이 사건의 발단이 되는 점을 신기하게 봤다. 그것이 박경리라는 한 여성 작가에 의해 창조되는 사건이라는 점에서 더욱 신기했다. 다만 나는 한 가지 점을 참 이상해했다. 아름다운 사랑에서는 왜 성애의 장면이 그려지지 않고, 폭력적인 장면에서는 왜 성의 장면이 적나라하게 그려지는 것일까? 특히 두 주인공 서희와 길상의 성적 긴장에 대해서는 묘사가 거의 없다. 왜 그래야만 했을까? 이 두 남녀가 품고 있는 더 큰 긴장 코드 때문에 성이라는 자체가 큰 이슈가 되지 않았던 걸까? 서희의 결혼 전의 첫 연정, 결혼 후의 연모에 얽히는 감정이 그리 크지 않은 것이었을까? 내가 이런 의문을 가졌던 것은, '결코 그럴 리 없을 텐데'라는 나의 전제가 있기 때문이었음은 물론이다. 성이 그리 간단한 이슈였을 리 만무하지 않은가?

성과
에로스와
자유

『우리 몸, 우리 자신』

'성과 에로스'에 대해서 내가 드디어 자유스러워진 것은 이 오묘한 조화를 과학적으로 이해하고 난 후였다. 과학적이라 함은 나의 몸이 왜 어떤 갈구를 하고 어떤 반응을 하는지, 내 마음을 움직이는 조화는 무엇인지, 몸의 메커니즘에 대해서 합리적인 근거를 가지고 이해한다는 뜻이다. 물론 '사랑'에 대해서는 여전히 잘 모르겠고 자유스럽지도 않다.

아쉽게도 그 깨달음은 삼십 대가 되어서야 왔다. 둘째를 낳을 준비를 하던 때였다. 그 전에는 여기저기 자투리 지식이나 주워들은 이야기 정도에 불과했다. 불행히도 나의 사춘기에는 성교육을 제대로 받지 못했다. 난자와 정자, 수정, 태아, 분만을 배우기는 했으나 고등학교 생물 시간의 딱 한 시간이었다. 수업 내용보다는 말발 세던 친구들의 농담들과 얼굴 붉어지며 열심히 설명하던 남자 선생님의 표정만 기억에 남는다.

첫 아이를 낳을 때까지만 해도 나는 무지하기 짝이 없었고 무작스럽기조차 했다. 우리 엄마가 열 아이를 낳을 정도로 다산의 상징이었던 것이 나를 더 그렇게 만들었는지도 모른다. 대부분의 여자들이 그렇듯, 생식과 생리보다는 사랑에 대해서 더 관심을 쏟았기 때문일지도 모른다. 아이는 때가 되면 나오는 것이라고 생각했던 셈이다. 엄마를 닮아서 몸이 무쇠처럼 튼튼했던 것도 핑계가 됐다. 임신 중 오는 불편함도 거의 없었고 씩씩하게 일하러 다녔고 배불뚝이가 되어도 별 문제 없었다. 그래서 병원 검진도 제대로 받지 않다가 아이를 낳으러 갔다. 스물다섯 살의 젊음 덕분이었는지도 모른다.

다시 6년이 흘러서 둘째를 낳을 때는 나의 태도가 달라졌다. 노산까지는 아니었지만, 피임에 신경 써왔던 세월과 둘째를 낳느냐 마느냐에 대한 선택의 고민까지 겹쳐서 훨씬 민감해져 있었다. 유학 중이었던 때라 미국의 병원 진료도 완전히 새로운 경험이었다. 솔직히 병원에서 너무 들들 볶는다고 생각하기도 했다. 정기적으로 때맞춰 가야 했고, 의사들은 질문을 왜 그렇게 많이 하는지 귀찮아했고, 남편과 함께 분만 교실도 참여해야 했다.

첫 아이 임신 때와는 너무도 달랐다. '하나의 인간으로서 하나의 인간을 낳는다'는 책임과 권리를 완전히 느꼈다. 알아야 할 것도 많고 체크해야 할 것도 많고 느껴야 할 것도 많고 준비해야 할 것도 많았다. 아이의 건강을 바란다면 나의 건강을 돌봐야 한다는 책임과 권리도 느꼈다. '인간다운 대접'을 받는다는 느낌을 제대로 가져봤다고 할까? 분만할 때는 더욱 그러했다. 열여섯 시간여의 진통 시간 동안 고통 자체보다 내가 짐짝처럼 다뤄진다는 느낌, 그냥 하나의 동물로 다뤄지는구나 하는 느낌이 너무 싫었던 첫째 분만과는 달리, 둘째를 분만할 때는 분만 여성의 고통을 덜어주려고 하는 의료진의 서비스 덕분에, 분만교실에서 배운 호흡법이 제법 효과를 발휘해준 덕분에, 특히 '아빠 사람'이 계속 옆에 있어준 덕분에 '내가 하나의 인간으로서 하나의 인간을 낳는 숭고한 일을 하는구나' 하고 느낄 수 있었다.

그 두 번째 임신 때 읽은 책이 바로 『우리 몸, 우리 자신(Our Bodies, Ourselves)』이다. 일반적인 책 크기보다 훨씬 더 크고 글씨는 깨알 같고 사진과 도표, 일러스트까지 풍성하게 들어 있어 보고서나 논문, 교재나 참고서처럼 보이는 책이다. 여러 저자들이 협력해서 쓴 것으로 '보스턴여성건강서공동체(Boston Women's Health Book Collective)'에서 만들었다. 나는 이 책을 1985년에 원서로 읽었고 그때 이미 나온 지 십 년이 되었지만 여전히 스테디셀러였다. 그리고 그 후에도 끊임없이 개정판이 나왔다.

여성들이 여성을 위해 쓴 여성 책

이 책은 정말 쿨하게 여자의 건강을 위한 모든 설명을 하고 있

information inspires action

OUR BODIES OURSELVES

A BOOK BY AND FOR WOMEN

TAKE BACK OUR BODIES

Activism: Sexual and Reproductive Health

다. 남녀의 성징, 월경, 성 호르몬, 섹스와 관계, 피임, 임신, 불임, 분만의 과정, 모유 수유와 돌봄, 유방암과 자궁암, 폐경, 안전한 섹스와 성병 예방, 성 지향성과 젠더, 성적 감수성과 관계 감수성, 성폭력과 성 학대 등 그야말로 여자가 자신의 몸과 관련하여 겪을 수 있는 모든 것을 망라하고 있다. 생소한 단어들이 많이 나와서 영어 사전을 찾아가면서 이 두툼한 책을 차근차근 읽는데, 마치 나는 신천지의 지도를 획득한 것 같았다. 그동안 알고 있던 조각조각 지식들, 생물 시간에 배우던 것, 대중 잡지의 Q&A 코너에서 건진 것, 소설 속에서 읽던 것, 영화 속에서 상상하던 것, 내가 경험했던 것들이 한꺼번에 꿰어지면서 체계화되고 다양한 사례를 통해 풍부해지고 나의 경험에 비춘 검증까지 되었다.

당연하게 생각하는 내 몸이 그렇게 오묘하다는 것, 월경이 그런 진화과정을 거쳐 생겼다는 것, 내 가슴을 뛰게 만드는 정체가 호르몬의 작용 때문이라는 것, 성의 기쁨을 위해서 자신과 상대의 욕구와 반응을 잘 관찰하고 시도해봐야 한다는 것, 아이의 건강을 위해서 내가 꼭 해야 할 것이 있다는 것 등을 확실히 이해하게 되었을 뿐 아니라 설명까지 할 수 있게 됐다. 소설 속에서 그리 많이 나오던 충동적인 성의 위험성이 얼마나 큰지에 대해서 새삼 경계하고 방비하게 되었음은 물론이다. 사회적 성으로서의 '젠더'에 대한 확실한 의식이 생겨서 성차별, 성 구분에 대한 오래된 좌절을 나름 치유할 수도 있었고 성 학대, 성폭력에 대한 분노를 되새김질하기도 했다.

독특한 매력으로 당당하기 짝이 없는 배우 줄리앤 무어가 이 책을 "여성의 건강을 위한 최고의 책"이라고 예찬했다고 한다. 이 책은 30여 개 언어로 번역되었고 우리나라에서도 2005년에 출간됐다. 나는 이 보고서 같고 참고서 같고 논문 같고 교재 같은 '여성들이 여성을 위해 쓴 여성 책'이 우리 사회에서도 고전이 되었으면 좋겠다. 물론 우리가 쓰는 우리 몸과 우리 자신의 책들이 더 많아졌으면 좋겠다.

이 책을 읽고, 둘째 아이를 낳고, 삼십 대가 되어서야 나는 완전히 자유로워졌다. 자유는 '앎'에서 비롯된다. 그 조목조목 과학을 다 알고 나서도 우리는 여전히 인간일 수 있다. 아니, 훨씬 더 인간적일 수 있고, 훨씬 더 인간답게 살 수 있고, 훨씬 더 인간살이의 기쁨을 구가할 수 있다. 물론 아직도 모르는 것은 많다. 성과 에로스는 책에 있는 것이 아니라 나의 삶, 나의 몸속에 매 순간 존재하는 것이니 말이다. 나를 알기란 그렇게도 어렵다. 너를 알기란 참으로 어렵다. 그리고 다시 강조하지만, '사랑'은 여전히 모르겠다. 그러나 확실한 것, 성과 에로스에 대한 앎은 나를 자유롭게 해준다는 것이다.

아무렇지도 않은 성이란
결코 없다

'성'은 평생을 통해 우리를 들뜨게 하고, 설레게 하고, 괴롭게 하고, 행복하게 하고, 불행하게 한다. 여자 남자에게 모두 절대적인 관심 사안이기도 하다. 물론 성 에너지의 차이에 따라 개인마다 정도가 다르겠지만 성은 인생의 행복을 좌우하는 주요 변수이자, 행복지수에 영향을 미치는 변수다. 스트레스의 원인이 되기도 하고, 불행의 씨앗이 되기도 하며, 때로는 인생을 비극으로 이끌기도 한다.

우리 사회의 행복지수가 낮은 데에는 우리 사회의 남녀들이 충분히 서로 사랑하지 않는 것도 큰 원인 중 하나라고 나는 생각한다. 사람 사는 맛 중에 가장 맛깔진 것이 '관계의 맛'인데, 관계가 흔들흔들하면 행복할 수가 없는 것이다. 그리고 그 깊은 속에는 성에 대한 잘못된 태도, 모자란 앎, 왜곡된 상업주의, 억압적인 사회 분위기가 적잖이 작용한다고 나는 생각한다.

'섹스, 섹시'라는 말이 일상에서 흔히 쓰는 어휘가 되었다고 해서 우리 사회의 성 문화가 건강하고 자유로운가 하면 그렇지 않다. 소녀의 생리, 소년의 발기가 훨씬 일찍 시작된다고 해서 아이들의 성 의식이 건강해지는 것도 아니다. 몸의 건강, 마음의 건강, 정신의 건강은 같이 가야 하는 것인데, 우리 사회가 건강한가 하면, 그렇게 믿음직하지는 못하다.

나는 어릴 적에 『그리스 로마 신화』를 읽고 성에 대해 수상하게 생각하면서 속으로만 끙끙 앓았다. 청소년기 중에는 궁금하지만 풀리지 않는 수수께끼를 안고 답답하게 살았는데, 지금의 청소년들도 그리 다르지 않을 것이다. 나는 삼십 대가 되어서야 '성과 에로스에 대한 앎'을 통해 비로소 자유롭게 되었고 진즉 이 앎이 자연스럽게 이루어졌으면 얼마나 좋았을까 생각하지만, 나만 해도 행운에 속하는 셈이다. 성에 대해서 아직도 모르고, 의식하지 못하고, 깨닫지 못하는 경우가 더 많다. 여전히 성에 대해 많은 사람들이 고민하고 있는 것이다.

앞에서 성과 에로스에 대한 '앎'이 얼마나 중요한지 강조했지만, '앎'이란 자유의 조건이 될 뿐이다. 이때의 자유가 어떠한 의미일까? 방종할 자유, 흐트러질 자유, 막 나갈 자유를 의미하는 것은 아니다. 자신이 선택하는 성에 대해서 권리와 책임을 갖는다는 것, 자기 몸의 조화에 대해서 이해하고 인정하고 즐길 줄 안다는 것, 자신이 원하는 에로스와 상대가 원하는 에로스를 알고 적극적이 된다는 것, 그 어떤 상황에서도 자신의 선택에 대해서 권리와 책임을 갖는다는 것, 다른 사람의 자유를 인정한다는 것 등 자유의 기본 원리와 다르지 않다. 이 모든 자유가 '앎'에서부터 시작될 수 있다.

박완서 작가의 저작 중 『그 남자네 집』이라는 소설이 있다. 못 이룬 첫사랑을 되짚는 이야기다. 설레고 두근두근한 끌림을 아름답고 안타깝게 묘사했지만 무엇보다도 작가가 남자에 대한 끌림, 여자에 대한 끌림의 실체가 성과 에로스의 끌림이었음을 솔직하게 되짚는 대목이 무척 인상적이었다. 젊은 시절에는 차마 인정하지 못하고 깨닫지 못하던 실체를 나이 지긋해서야 깨닫고 인정하는 작가의 솔직담백한 모습에 나는 혼자 웃었다.

성과 에로스에 대해서 건조하게 생물학적으로만 얘기할 수도 없고, 생식과 번식으로만 얘기하기도 그렇고, 그렇다고 자극과 끌림과 유혹과 즐거움으로만 얘기하기도 어설프다. 그러나 여자 남자의 성과 에로스에 대해서 솔직하고 싶고, 알고 싶고, 느끼고 싶고, 축복하고 싶다. 가슴이 설레고, 심장이 뛰고, 손잡고 싶고, 안고 싶고, 뽀뽀하고 싶고, 스킨십하고 싶고, 몸과 몸의 결합을 이루고 싶어 하는 인간의 오묘한 몸을 나는 예찬한다.

책과 나,
    스무 가지
키워드

책에 대한 책을 쓰는 나는 어떤 성향의 독자일까?
책과 나와의 관계에 대해서 키워드로 정리해본다.
독자로서의 성향이자 저자로서의 성향이다.

문자
중독증

나는 책벌레에 '속하는 편'이다. 책벌레라고 말하지 못하는 것은, 첫째, 책을 꽤 읽는 편이긴 하지만 둘째, 책에 빠지지만은 않는 성향 때문이다. 문자중독증은 확실히 있다. 무엇인가 항상 읽고 있고 문자로 된 그 무엇이 주위에 없으면 허전해한다. 오래된 버릇이다.

읽고
또 읽기

나는 좋아하는 책은 읽고 또 읽는다. 어릴 적엔 수십 번씩 읽어서 아예 달달 외우는 책도 있었다. 지금은 그렇게까지는 못하지만 여전히 좋아하는 책은 읽고 또 읽는다. 전후좌우가 궁금해서다. 다시 읽으면서 확인하고 안심되는 그 느낌도 좋고, 다시 읽으면서 새로운 생각이 떠오르는 건 더 즐거운 경험이다. 이렇게 '인생의 책'이 쌓인다.

세 권의 책 읽기

나는 항상 '세 권의 책 읽기'를 권한다. 하나의 주제에 대해서 세 권을 동시에 읽는 것이다. 특히 쟁점적인 주제에 대해서는 꼭 그렇게 해야 한다. 마치 '정·반·합'처럼. 또한 관점과 팩트 사이의 균형 감각을 갖기 위해서다. 지적인 주제에 대해서는 서로 다른 관점의 세 권을 읽을 때까지는 아직 읽지 않았다고 생각하라. '비판적 책 읽기'의 기본이다.

아날로그 책이 좋다

나는 전자책을 선호하지 않는다. 사각사각 책장 넘어가는 소리, 손가락 끝이 종이에 닿는 느낌, 책장 넘기는 그 설렘, 책 여백에 끄적끄적 적는 기쁨을 놓치기 싫다. 이 세상에 남은 몇 안 되는 평화의 순간이다. 인류가 멸망하더라도 책은 남으면 좋겠다. 어림도 없는 꿈이겠지만 말이다. 하지만 책은 사라져도 그 안의 생각은 사라지지 않는다.

책 괴롭히며 읽기

나는 책을 괴롭히는 편이다. 내가 읽은 책은 유독 더러워진다. 남편이 나를 엄청 비판하지만 고치지 못하는 버릇이고 또 고치고 싶지 않은 버릇이다. 여백에 메모하기, 밑줄 긋기, 접기 등 책을 적극적으로 괴롭힌다. 그래서 빌려 읽다가도 내 책이 되어야겠다는 판단이 들면 돌려주고 사서 읽는다. 나의 '책 사치'다.

필사냐 기억이냐

정말 좋아하는 책은 필사를 하라는 권고들이 있지만 한 번도 하질 못했다. 그래서 그런지 '인용구'를 쓰는 글쓰기를 잘 못한다. 책을 '잘' 읽으면 머리 한 편에, 나의 느낌 속에, 내 몸의 기억으로 남는다는 믿음이 있다. 책아, 그래, 내 몸에 들어와서 내 세포, 내 가슴, 내 머릿속, 내 문화 유전자에 깊이 각인되렴!

공간 마다 책을 둔다

나는 일상 공간 곳곳에 여러 책들을 놓아두고 같이 보는 스타일이다. 베갯머리에 놓아두는 책, 소파 곁에 놓아두는 책, 책상 위에 있는 책, 화장실에 놓아두는 책 등. 그러니까 대개는 최소한 네 권은 동시에 읽는 셈이다. 그 공간에 가면 그 책의 세계가 떠오른다. 여러 세계들을 동시에 살아보는 비법이기도 하다.

창문을 가린 책장

책이 하도 많아져서 결국 마루 큰 창문 앞에 책장을 설치했다. 창문 앞에 책장을 둔 사람은 세상에 나 하나밖에 없지 않을까? 강한 햇빛은 책을 망가뜨리니 좋은 방식은 아니다. 대신 블라인드로 햇볕을 가려줬다. 책은 최고의 인테리어 요소다.

'내 인생의 책' 코너

내가 읽고 또 읽는 책들은 책장 한 코너에 모아둔다. 꼭 다시 읽지 않더라도 그 코너 앞에 서면 여러 생각들이 떠올라서 좋다. 책 제목들만 봐도 느낌이 다시 온다. 슬럼프에 빠졌을 때, 다시 용기가 필요할 때, 나를 가라앉혀야 할 때 이 코너 앞에 선다.

소설 사랑

내가 꼽은 책에서도 드러나듯 나의 소설 사랑은 깊다. 사회생활로 너무도 바쁠 때 소설을 거의 읽지 않고 지내던 시절이 있었는데, 쓸쓸했다. 그때 다시금 내 소설 사랑을 불러일으켜주었던 것도 역시 소설이었다. '픽션'은 '논픽션' 이상으로 세상과 사람에 대해서 알려준다. '문학(文學)'이라는 말의 함의가 좋다.

추리
소설
마니아

나는 추리소설 마니아다. 열 살 때 『괴도 루팽: 기암성』에 반했던 이후 이어지는 애착이자 때로는 중독증에 가깝다. 심리 추리, 범죄 추리, 탐정 추리, SF 추리, 과학 추리 등 가리지 않는다. 내가 쓸 수 있는 유일한 소설 장르가 추리소설이라 생각하고, 죽기 전에 추리소설 한 권쯤은 꼭 쓰겠다고 작정한다.

만화책
마니아

나는 '만화가게' 세대다. 초·중·고 그리고 대학시절에도 방과 후 시간 중 평균 10퍼센트는 만화가게에서 보냈다. '내 인생 공간' 중 하나다. 어릴 적 꿈 중 하나가 만화가였고 나름 습작도 꽤 했는데, 대신에 건축과 도시 작업을 하게 됐다. 글과 그림이 같이 가며 좌·우 뇌를 연결하고 온갖 상상력을 촉발하는 만화가 좋다. 만화책도 책이다!

잘
안 읽는
책도
있다

나는 여자들이 좋아한다는 '고딕소설, 청춘소설, 연애소설'을 썩 즐기지 않는다. 남자들이 좋아한다는 '무협소설, 에로소설, 호러소설'도 별로다. '대하소설'도 내 취향은 아니다. 다만 다 거쳐보긴 했다. 취향과 기질에 맞는지 안 맞는지는 시도해봐야만 알 수 있는 일이다. 내 편식을 이겨보려고 가끔씩 다시 시도하기도 한다.

책
취향

나 역시 책에 대해서 편식을 한다. 이른바 규수문학, 고딕소설, 순정만화, 로맨스소설 같은 데는 잘 빠지지 못한다. 나 자신 에세이와 자기계발 책을 여럿 썼음에도 남들이 쓴 에세이와 자기계발 책은 덜 읽는 편이다. 위인전 같은 형식은 질색하는 편이다. 회고록은 선별적으로 읽는다. '인물 탐구'적인 것보다 '인간 탐구'적인 회고록을 선호한다.

어릴 적 마구잡이 책 읽기

나는 이십 대까지 마구잡이로 책을 읽은 셈이다. 책 길라잡이도 없이 걸리는 대로 읽었다. 마침 '전집 시대'라서 집에 들여놓은 온갖 종류의 고전 전집을 흡입하듯 읽어대는 가운데 내 성향을 발굴한 셈이다. 그들이 어떤 보석들인지는 아주 나중에서야 구슬을 꿸 수 있었다. 이 방식이 나쁘기만 한 것은 아니지만 그리 좋은 방법은 아닐 것이다.

'지식의 나무'를 깨쳤다

책의 계통, 지식의 계보, 문학의 줄기를 파악하게 된 것은 나름 체계적으로 공부했던 유학 시절 이후였다. '도서 분류' 체계를 이해하게 된 것도 그때이고, 체계적 책 읽기의 위력을 체화한 것도 그 시절 이후다. 책 길라잡이는 분명 도움이 된다. 구조를 파악하고 전체를 그리고 맥락을 파악하면 핵심을 놓칠 위험이 줄어든다.

책 읽기에서 책 쓰기로

나의 책 읽기 사랑은 결국 책 쓰기 사랑이 되었다. 삼십 대 말에 첫 책을 내면서 "일년에 한 권씩 내볼까?" 했던 농담이 현실이 됐다. 혼자 쓴 책만도 서른 권을 훌쩍 넘는다. 어렸을 적엔 꿈만 꾸던 일이다. 꿈을 자꾸 꾸면 이루어질 확률이 높아지는 건 확실하다.

'책 운명'은 있다

책은 언제나 어디에나 있지만 그 어떤 책과의 만남에는 운명이 작용한다. 어떤 책을 고르느냐는 물론 중요하다. 하지만 더 중요한 것은, 어떤 심리 상태에서 어떤 책을 만나느냐다. 준비되지 않은 상태에서 만나는 책이 인상적으로 다가오기는 힘들다. 사람과의 만남과 마찬가지로 책과의 만남에도 운명이 있는 것이다.

책으로 얽힌 남과 여의 불꽃을 믿는다

여자와 남자 사이의 불꽃이 성 호르몬만으로 튀는 것은 아니다. 아니, 지적 호기심은 성 호르몬을 자극한다. 책 읽는 남자는 섹시하다. 책 읽는 여자는 섹시하다. 궁금증을 불러일으킨다. 그 세계에서 불러오고 싶고, 무슨 세계인지 알고 싶다. 책 읽는 여자, 책 읽는 남자는 각기 자신의 세계가 소중하므로 서로를 귀찮게 하지 않을 것임에 분명하다.

책은 사람이다

책은 결국 사람이다. 사람은 필멸하기에 기록하고 교류하고 키우고 남기고 싶어 한다. 그 무수한 인간 행위들 중에서 책은 가장 쉽고도 가장 영향력이 높은 존재다. 책을 통해 사람은 성장하고 책을 통해 인류는 성장한다. 책은 불멸의 기억이 된다.

4장

'디어 걸즈'와
연대감을
나누며

'시스터푸드'가 주는 힘

동병상련하는 사람이 필요하다.
같이 마음 아파하고, 같이 마음 고파하고,
같이 걱정해주고, 같이 분석해주고,
같이 화내주고, 같이 궁리해주고,
같이 웃어주고, 때로는 같이 울어주는 사람.
그래서 우리에게는 '디어 걸즈'가 절대적으로 필요하다.
더 나아가 디어 걸즈와의 '시스터푸드'가 필요하다.

우리에겐
동병상련하는 사람이
필요하다

사람들은 나를 여자로 잘 보지 않는다. 외모와 스타일도 그러하려니와 똑바로 바라보는 눈빛과 직선적인 어투, 낮은 목소리도 한몫을 할 것이다. 나도 인정한다. 우리 사회의 통념적인 잣대로 본다면 그럴 수 있다.

이런 선입견이 생기는 데에는 '일 중심적'인 또는 '주제 중심적'인 나의 태도가 가장 크게 작용했을 것 같다. '피도 눈물도 없을 것 같다'는 소리를 들어본 적은 없지만, '절대 포기하지 않는다, 같이 일하면 숨차다' 같은 얘기는 꽤 들어봤다. 핵심에 바로 다가서는 버릇, 질문을 해대는 버릇, 직설적으로 답변하는 버릇, 할 일을 바로 정의하고 요청하는 버릇은 어쩔 수 없는 내 시그니처 중의 하나다. 추진력, 논리력, 설득력 같은, 이른바 남성적이라 여겨지는 특질이 은연중에 나타나는 것이다. 아무리 감추려 해도 나타나는 것, 그것이 특질이다.

그렇게 나에게서 이른바 남성적인 특질이 완연히 느껴지기에, 사람들은 나의 인생에 '여성'이라는 주제가 빠져 있을 것으로 지레 짐작하곤 한다. 본인이 별로 여성답게 보이지 않으니 여성다움이나 여성성에 대해서 별로 신경 쓰지 않고, 주로 남자들과 일하고 남자들과 어울려 놀 것이라 여기는 것이다. 남자들은 내가 페미니즘 이슈에는 별 신경도 안 쓰리라 생각하고, 더 나가서 남성 편을 들어줄 것이라 은근히 기대하기도 한다.

나는 절대 그럴 수가 없다. 1장에서 이야기했듯이 자라난 환경 자체가 그러했다. 내가 어렸을 때 느꼈던 모든 못마땅함이, 그때는 몰랐지만, 기실 '페미니즘' 이슈였다. 그래서 저도 모르는 채 어릴 적 잔뜩 찌푸리고 살았던 것이다. 게다가 '시스터후드(sisterhood, 자매애)'와는 떨어지려야 떨어질 수 없는 환경이었다. 나는 1남 6녀의 집에서 주로 '언니' 소리를 듣고 자랐다. 우리 집뿐 아니라 큰댁 작은댁도 다들 딸이 무성한 내력이라 여자들의 왕국이라 해도 다름없었다. '누나'라 불려본 적도 별로 없다. 초등학교 시절에는 남학생들과도 같이 공부하고 놀러 다녔지만 중고등학교 6년 동안 남자와의 직접 접촉은 거의 없었다. 그러니 가장 역동적인 성장기에 시스터후드의 세계 속에서 페미니즘의 씨앗을 품고 자랐던 것이다.

대학에 가서 수천 명의 남자들을 매일매일 보게 된 것은 그 자체로 문화적 진기함이었다. '발에 차이는 게 남자들'이라고 농담을 할 정도로 대학 생활 이후에 주로 남자들과 어울리게 된 것은 새롭고 신기하고 도전 가득한 나의 현실이었다. 동료로서, 선후배로서, 사회 친구로서, 때로는 꽤 터놓는 친구로서 남자들은 꽤 쓸모가 있다. 이 세상에는 목이 뻣뻣한 남자, 거드름 피우는 남자, 가르치려 드는 남자만 있는 것은 아니라는 게 적이 안심이 되는 순간이다.

많은 남자들이 기대하는 바대로 나는 남자들 편을 들어주는 경우가 많다. 남자들의 힘듦, 아픔, 고통, 성장통, 자존감 이슈들을 가까이에서 보았던 체험에서 우러나오는 것일 게다. 남자들은 일을 통해 만나는 여자 동료들에게 적이 신뢰감을 갖는 경우가 많다. 나 역시 그런 신뢰감을 토대로 남자들이 토로하는 꽤 깊숙한 이야기들을 들을 수 있었다.

그럼에도 불구하고 여자로서 내가 겪는 심적, 심리적 괴로움까지 남자들과 공유하기란 쉽지 않다. 일단 삶의 궤적이 다르거니와 무엇보다도 입장이 다르다. 그것이 성적 긴장감이든 심리적 긴장감이든 어떤 긴장감이 존재하는 것도 사실이다. 그렇다고 해서 다른 성의 인간과 완전한 교감을 이루는 것이 불가능하다는 뜻은 아니지만, 가능성의 측면에서 확률이 떨어지기는 한다.

그래서 외로워진다. 일을 하면서 외로움은 수시로 찾아든다. 정말 아무도 없어서 외롭고, 내 속을 확 털어놓을 사람이 없어서 외롭고, 그냥 마음을 헤아려주는 사람이 없어서 외롭다. 일중독이 만만치 않은 나를 잘 아는 엄마는 항상 "일 좀 그만해. 먹고 일해!"같은 말로 무조건적인 위로를 건네주지만 내 속사정까지 털어놓기란 어렵다. 피로 얽힌 자매들은 서로 아이들 이야기, 남편 이야기, 시댁 이야기, 옛이야기들을 주고받으면서 마음을 푸근하게 해주지만, '동료의 마음'까지 공유하기란 쉽지 않다.

그래서 동병상련하는 사람이 필요하다. '동병상련(同病相憐)'이란 참으로 요긴한 마음 상태다. 그냥 나와 같은 처지에 있는 사람이라는 사실 자체만으로도 스르르 풀어지는 것이다. 방어 기제도 풀리고 공격 기제도 풀린다. 같이 마음 아파하고, 같이 마음 고파하고, 같이 걱정해주고, 같이 분석해주고, 같이 화내주고, 같이 궁리해주고, 같이 웃어주고. 때로는 같이 울어주는 사람이 될 수 있는 것이다. 같은 문제로 아파본 사람이라야 나의 아픔, 괴로움, 불안, 갈등, 그리고 쓸데없어 보이는 온갖 걱정까지도 이해해줄 수 있는 것이다.

지금도 많은 여성들이 수많은 현장에서 수없이 외로움을 겪고 있을 것이다. 나는 우선적으로 씩씩할 것을 주문한다. "외로움은 당연한 것이다. 외로움은 당신을 키워주는 자양분이다"라고 격려할 것이다. 외로움을 느낀다는 자체가 성장의 신호이기 때문이다. 하지만 나는 안다. 그 씩씩함 속에는 언제나 외로움이 있고, 그 외로움 속에는 그리움이 있다. 나 역시 다르지 않다. 내가 씩씩해 보인다면 그 속에는 수많은 외로움이 있고, 그 외로움 속에는 항상 그리움이 배어 있다는 사실을 인정하지 않을 수 없는 것이다.

그래서 우리에게는 '디어 걸즈'가 절대적으로 필요하다. 더 나아가 디어 걸즈와의 '시스터푸드(sisterfood, siterhood를 바꾼 말)'가 필요하다. 프롤로그에서 얘기한대로 '디어 걸즈(Dear Girls)'란 내가 자주 만나는 여자들에게 붙인 나의 애칭이다. 이 팀의 역사는 거의 사반세기가 되었는데, 줄었다 늘었다 하면서 크게는 삼십여 명 작게는 이십여 명 정도다. 서로 부담이 없다. 부담을 주지 않는 것이 기조다. 만나는 목적도 딱히 없다. 그냥 만나서 논다. 봄에는 화전놀이하고, 여름에 삼계탕 놀이하고, 가을엔 조개구이하고, 연말연초에는 양곰탕 파티도 한다. 가끔은 여행도 같이 간다. 주로 걷기 여행이다. 다 같이 움직이는 경우는 거의 없다. 대개 삼분지 일에서 사분지 일 정도의 사람이 모인다. 각기 자기식으로 이름도 붙인다. 누구는 '십 자매', 누구는 '선주 스쿨', 나는 '디어 걸즈'하는 식으로.

다양한 종류의 일을 하는 여자들이다. 소설가, 언론인, 한의사, 정신과 의사, 정치학자, 시민활동가, 여행가, 여성학자, 변호사, 영화평론가, 건축가, 화가, 가수, 배우, 방송인, 정치인 등. 각기 활동의 정점에 있는 사람도 있고 반 은퇴식으로 일하는 사람도 있고, 인생 제2의 일에 매진하는 여자도 있다. 사회 친구들이란 대개 같이 일하다가 배포가 맞아서 더 놀게 되는 경우가 많지만, 이 경우는 그저 만나서 놀다가 배포가 맞아서 더 놀게 된 경우다.

흥미롭게도 내가 나의 전문 분야를 벗어났을 때 동병상련 하는 디어 걸즈 친구들이 더 가깝게 다가왔다. 특별히 어떤 주제를 놓고 토론하거나 하지는 않는다. 주제는 계속 바뀌고 그 사이사이에 삶의 이야기가 끼어든다. 정치와 시사 이야기는 가장 자주 나오는 주제다. 페미니즘 이슈는 바탕에 깔려 있고 남자 이야기, 연애 이야기 역시 절대 빠지지 않는 주제다. 정색하고 자기의 일에 대해서 얘기하는 경우는 거의 없지만, 각자 겪는 문제에 대한 하소연은 사이사이 섞이기 마련이다. 모임 후에는 어느덧 스트레스가 풀려 있는 자신을 발견하곤 한다.

책에 대한 열정 또한 빠뜨릴 수가 없다. 가장 자주 올라오는 주제가 책과 글이다. 다들 말로 한가락하고 사는 여자들일 뿐 아니라 본격 작가가 아니더라도 글을 쓰는 여자들이 많다. 읽은 책과 칼럼, 발견한 책, 새로 발견한 저자, 근사한 대목, 감동적인 시, 멋진 칼럼에 대한 얘기가 자주 나온다. 아마도 이 여자들이 남자들을 평가하는 가장 특별한 기준은 '글'이 아닐까 싶다. 글을 쓸 줄 아는 남자의 기본 역량을 믿어준다고 할까? 물론 가장 냉철한 평가를 하는 대상이 또 '글'이다.

그러나 뭐니 뭐니 해도 가장 중심이 되는 주제는 '먹거리'다. 먹는 얘기가 나올 때의 그 열정은 놀라울 정도다. 완전히 무아지경에 빠져서 열변을 토하며 얘기하다가 그 끓어오르는 열기에 화들짝 놀라면서 서로 바라보며 와르르 웃는다. 먹기 자체뿐 아니라 요리하기에 대한 열정까지 들어 있고 먹거리 재료에 대한 열정까지 들어 있다.

디어 걸즈들은 각기 한 접시 만들어 오거나 맛난 것을 사와서 한바탕 축제를 한다. 가장 흥미로운 순간은 각기 만든 효소, 식초, 잼 같은 것, 밭에서 나온 토마토, 감자, 고구마 같은 것을 나누는 순간이다. 갑자기 화사한 기운이 좌중을 휩싼다. 그래, 바로 이 따뜻함이다. 디어 걸즈 중 한 명이 근사한 이름을 붙였다. 이것이 바로 '시스터푸드(sisterfood)'라고!

나도 일 년에 두세 번은 호스트를 한다. 몇 년 전 생긴 시골집 마당이 아주 맞춤 공간이 되기도 했다. 디어 걸즈들은 왔다 가면서 이렇게 얘기한다. "친정집에 왔다 가는 거 같아. 선배가 친정엄마 같다니까!" 그러면 나는 살짝 눈동자가 촉촉해진다. 다들 한가락 하는 씩씩한 디어 걸즈들도 모두 엄마를 그리워하는구나! '시스터 푸드'에서 바로 그 그리움이 채워진다.

'디어 걸즈'라 부르고 싶은
여성 작가들

이 장에서 나는 기꺼이 '디어 걸즈'라고 부르고 싶은 여성 작가, 같이 '시스터푸드'를 만들어 먹고 싶어지는 여성 작가들을 만난다. 나는 그들의 특별한 감수성 때문에, 그들의 남다른 표현력 때문에, 그들이 현실을 마주하는 남다른 능력 때문에 그들이 좋다.

무엇보다도 '끝까지 밀어붙이는 힘' 때문에 그들이 좋다. 씩씩하면서도 유쾌하고, 냉철하면서도 뜨겁다. 강철같이 달구어진 것 같으면서도 촉촉하게 젖어 있는 느낌이 좋다. 극한으로 밀어붙이면서 자신을 단련시키는 모습이 좋다. 내가 느꼈던 이런 느낌을 독자들과도 나누고 싶다.

현실이라는 것은 얼마나 끔찍한가? 자신을 낱낱이 들여다본다는 것은 얼마나 고통스러운가? 자신이 처한 상황을 냉철하게 들여다본다는 게 얼마나 힘든가? 비루한 나, 찌질한 나, 숨어 있는 나, 또 다른 나를 직면하는 것은 얼마나 힘든가? 추악하고 비열하고 잔인하기까지 한 현실을 직시한다는 것이 얼마나 힘든가? 그 힘듦을 마주 대하는 이 여성 작가들을 보면 신이 난다. 그 어려운 경지를 넘어가는 용기와 역량과 통찰력과 상상력과 창의성에 박수를 보내게 된다. 그들이 그려내는 작품들은 '시스터푸드'같이 영양가 높고 아름다운 요리 같다. 보기만 해도 뿌듯하다. 정말 맛이 있다. 이런 글을 써낸 이들을 나는 기꺼이 '디어 걸즈'라고 부르고 싶다. 이들과 기꺼이 '시스터푸드'를 만들면서 놀고 싶다. 연대감이다!

인간이란
나약하고
찌질하다

나에게 박경리 작가는 너무 크게 보였다. 그를 '큰 산'이라고 표현하지 않을 수 없는 이유다. 그런데 박경리와 거의 같은 세대임에도 불구하고 박완서는 내 곁에 있는 사람으로 보였다. 박경리가 완전함을 지향하는 인간이라고 한다면, 박완서는 우리의 부족함을 인정하는 인간이라고 할까? 박경리가 근대적 이상을 깨닫게 해주는 인간이라면 박완서는 나와 같이 흔들리며 소통하는 동시대의 현대적 인간이라고 해야 할까?

처음 박완서 작가를 알게 된 것은 신문에 연재되던 『휘청거리는 오후』 덕분이었다. 신문 연재가 소설의 최고 전파 수단이었던 시절이다(아마 작가의 안정적인 밥벌이 수단이기도 했을 것이고, 신문으로서는 최고의 마케팅 수단이기도 했을 것이다). 당대를 대표하는 작가들이 신문에 소설을 연재했고, 마치 만화연재 기다리듯 마음 가볍게 하루하루 그 짧은 일고여덟 매의 글을 기다리던 시절이었다. 나는 이 연재에 빠져들기 시작했다. 처음의 반응은 '뭐 이런 게 소설이야?' 하다가, '이런 게 소설이 될 수 있구나!'로 넘어가고, 드디어는 '아, 이게 바로 소설이구나!'로 진전되는 것이었다. 그리고 기쁘게도, '여성 작가'였다.

내가 살고 있는 바로 이 세상에 대한 이야기였다. 사람 사는 세상의 허위와 위선에 대해 곧이곧대로 이야기해도 아무렇지가 않았다. 헛웃음이 나왔고 쓴웃음도 나왔다. 가끔은 폭소도 터져 나왔다. 1970년대 중반이 배경이니까 사람들이 '돈, 돈, 돈' 하기 시작할 때다. 결혼을 앞둔 딸 셋의 완전히 다른 경로와 무기력한 아버지와 속물근성 투철한 엄마 사이에서 벌어지는 이야기가 이렇게 흥미진진하게 펼쳐지다니! 실생활에 담긴 우리 모습이 이렇게 천박하고 남루하고 비열하고 초라하다니! 자조인가, 조롱인가, 고발인가, 연민인가? 드디어 나는 여성 작가로서의 박완서에 대해 관심을 쏟기 시작했다. 박경리의 『김약국의 딸들』을 읽을 때의 슬픔과 처절함과 모멸감과 분노와는 전혀 다른 박완서의 『휘청거리는 오후』 속의 날렵한 듯 날카로운 이야기의 정체는 무엇인가?

박완서는 끊임없이 나의 현재를 두들긴다. 끊임없이 나의 속마음을 헤집는다. 끊임없이 허망한 욕망과 보상받지 못한다는 억울함과 깊숙이 자리 잡은 패배감과 소심한 복수심까지도 드러낸다. '그래, 이게 내가 사는 세상이야!' 소설 속에서나 있을 것 같은 이야기가 실제로 벌어지고 있는 데가 내가 사는 세상인데, 왜 이런 얘기가 소설 거리가 되지 않겠나? 그 자체가 통쾌하고 시원해서 그게 웃음이 나게 만든다. '소시민이라고? 우리 다 소시민인데, 뭘? 비겁하다고? 인간은 원래가 겁이 많은데, 뭐! 비열하다고? 인간들이 모이면 비열함이 나오는데, 뭐? 찌질하다고? 삶이란 원래가 찌질한 것인데, 뭐?' 이렇게 안심이 되면서 다시 내 속을 들여다보게 만들고, 우리 사는 세상을 들여다보게 만든다.

박완서를 이야기할 때 독자들은 각기 다른 책을 자신만의 기억의 책으로 떠올릴 것이다. 다작이기도 하거니와 하나같이 베스트셀러가 되었고 소설과 에세이를 넘나드는지라 그가 만드는 이야기와 그가 관찰하는 세상이 잘 버무려져 있다. 그가 쓴 책의 제목만 봐도 박완서가 드러난다. 『나는 왜 작은 일에만 분개하는가』 『꼴찌에게 보내는 갈채』 『부끄러움을 가르칩니다』 『그대 아직도 꿈꾸고 있는가』 『어른 노릇 사람 노릇』 『아주 오래된 농담』 『너무도 쓸쓸한 당신』 『엄마의 말뚝』 『그 여자네 집』 『그 남자네 집』 『그 많던 싱아는 누가 다 먹었을까』 『휘청거리는 오후』 등. 당신의 기억의 책은 무엇인가? 왜 그 책을 기억하는가?

그의 책을 읽을 때마다 현재의 나를 두들기는 박완서를 만나지만 나는 특히나 『휘청거리는 오후』의 분위기를 잊지 못한다. 왜 오후에 휘청거릴까? 기운이 빠진 저녁이 되어서 한잔 걸치고 들어가는 밤에 휘청거리면 모를까, 하루 중 가장 눈부신 시간인 오후에 왜 휘청거릴까? 이 세상이 눈부시게 보일 무렵, 나의 삶이 눈부신 행복으로 가득 찰 수 있다고 믿는 그 순간에, 아차, 우리는 발을 헛디디고 휘청거릴지도 모른다.

있는 그대로의 현실을
받아들인다는 것

어느 해의 어버이날에 나는 박완서의 『너무도 쓸쓸한 당신』을 시어머니께 선물한 적이 있다. 시아버지와의 관계로 인해 스스로 우울의 늪에서 빠져나오지 못하던 팔십 대 시어머니는 그 책을 읽으시더니 깊은 슬럼프에서 조금이나마 벗어나셨다. "어찌 그리 남자들을 잘 아는고?" "어찌 내 마음하고 똑같은고?" 아픔은 거리를 두고 이야기함으로써 조금 덜 아파진다는 지혜를 얻으신 것 같다.

박완서의 글에는 부족한 인간, 약한 인간, 비겁한 인간, 삶의 무거움 앞에서 쪼그라든 인간들이 그 모습 그대로 나온다. 그것을 감추려는 것이 아니라, 이겨내려는 것이 아니라, 의도적으로 극복해내려는 것이 아니라, 있는 그대로의 현실을 정교하게 또 냉철하게 보는 것만으로도 이미 인간은 용기를 가질 수 있다. 나 자신의 부족함을 유머의 소재로 받아들일 수 있는 것, 결벽증이나 죄책감으로가 아니라 있는 그대로의 현실을 받아들일 수 있는 것, 나의 경험을 리얼하게 느낄 줄 아는 것, 내 주변 사람들의 행동과 감정을 이해할 줄 아는 것, 그 속에 숨은 동기들을 통찰할 줄 아는 것, 이것들이 박완서의 힘이고 또한 우리가 갖출 수 있는 힘이다.

아이들을 재우고 난 후에 밥상을 펴고 글을 쓰는 박완서의 모습을 떠올리면서 우리 여인네들의 마음속 열망을 본다. 코를 찡긋거리고 귀엽게 웃는 젊은 박완서의 사진을 보면서, 그 소녀의 꿈을 같이 느껴본다. 우리 여인들의 찌그러진 현실을 보면서 그 밑에 숨어 있는 수많은 갈등을 본다. 너의 이야기를 하라! 박완서의 메시지다. 나의 이야기를 하리라!

어느 날 오후인가 인사동 거리에 앉아 있는데, 박완서 선생이 지나가셨다. 나는 저도 모르게 선생에게로 달려가 인사를 했다. 낯가림 있는 내가 평소 잘 못 하는 짓을 서슴없이 하고 있는 것을 깨달으면서 나 스스로 당황했다. 선생과 나눈 얘기는 기억 안 나고, 다만 그 코 찡긋하던 미소만 기억난다. 선생의 글을 보니 어린 시절 개성에 살던 집의 풍광을 기억하며 구리에 작은 집을 마련했다고 하던데, 그 집이 과연 기억 속의 집과 어떻게 같은지 어떻게 다른지도 알고 싶다. 영영 알지 못하게 되어버렸지만 말이다. 나는 살그머니 박완서가 떠나는 발인에 가서 그를 멀리서 배웅했다.

"당신을 보고 있으면, 당신의 글을 읽으면, 웃게 돼요." 이 말을 하고 싶다. 코 찡긋 하며 웃어도 좋다. 눈에 가득 웃음을 담으면 된다. 이 속물적인 세상도 나쁘지 않다. 비록 꼴찌들은 많고, 나는 쓸쓸하고 너도 쓸쓸하고, 우리는 서로의 쓸쓸함을 모르거나 모른 척하고, 우리는 비겁함을 숨기고, 작은 것에만 매달리고, 쓸데없이 고집스럽고, 속물적으로 굴지언정, 그래도 좋다. 여전히 우리는 웃을 수 있다. 인간은 어차피 찌질하다. 그래서 살 만하다.

왜 쿨해지기까지
해야 할까?

『나를 찾아줘』 • 길리언 플린

2013년, 2014년 영화계와 문학계에서 화제가 된 작품,『나를 찾아줘』. 원제는 'Gone Girl(사라진 여자)'인데, 나는 원제보다 우리 말 제목이 훨씬 더 강렬한 것 같다. 다중적인 의미다. 사라지면서 '나를 찾아줘!'라고만 하는 게 아니라 그렇게 내가 찾아지는 과정에서 스스로 나 자신을 찾고 싶다는 암시가 느껴지는 것이다.

영화로 이 작품을 본 사람이 훨씬 더 많을지도 모르겠다. 영화는 원작을 거의 100퍼센트 따라가고 있는데도 영화를 본 사람과 책을 읽은 사람의 인상은 무척 다르다. 영화를 본 사람들은 에이미라는 괴이한 사이코의 괴이한 복수극으로 기억하고 진저리를 친다. 그도 그럴 것이, 이런 복수극도 있을까 싶게 전개되기 때문이다.

한 젊은 부부가 고향인 소도시로 돌아와서 모범적인 남편, 이상

적인 아내의 모습으로 살아간다. 결혼 5주년 기념일에 난장판이
된 집에서 아내가 사라져버리는 것으로 사건은 시작된다. 남편은
아내가 남겨둔 쪽지 힌트를 따라가지만 세상은 그를 범인으로 지
목하기 시작한다. 남편의 외도 행적까지 적나라하게 까발려지면
서 결국 그는 체포되기에 이르는데, 그 바로 직전에 사라졌던 아
내가 갑자기 나타난다. 어떻게 전개될까? 이후에도 기상천외한 반
전이 또 기다린다.

책으로 이 작품을 접하는 느낌은 또 다르다. 괴이한 복수극이라
는 큰 흐름은 같지만, 여자의 입장에서 남자와의 관계, 결혼이라
는 관계에 대해 분석하고 남자의 입장에서 여자와의 관계, 결혼이
라는 관계에 대해 털어놓는 과정이 훨씬 더 흥미롭다. 그 와중에
인간관계의 치부가 잔인할 정도로 드러나는 게 훨씬 더 인상적이
다. 에이미의 일기에 쓰인 독백으로 전개되는 분석은 마치 연극무
대 위에서 독백으로 하는 고해성사와도 같다. 일기라는 독백도 모
자라 그 안에 다시 괄호를 쓰며 자기 속마음을 드러내는 문체는
외계인처럼 생물체 속에 또 다른 생물체가 들어 있는 것만 같다.
마치 그리스 비극 속의 '메데이아(Medea)'처럼 말이다. 아무리 스
스로 미숙해서 당한 배신이라 하더라도, 배신당한 여자가 뿜어내
는 괴력은 서릿발이자 천둥번개이자 화산의 폭발이자 자기 몸의
90퍼센트를 감추고 타이타닉을 두 동강 낸 빙산의 힘과도 같다.

'쿨하다'라는 말을, 특히 여자에게 '쿨'하기를 요구하는 세태를
이토록 잔인하게 묘사하는 문장을 나는 본 적이 없다. '남자에게

간섭하지 말고 매달리지도 말고 남자가 원하는 대로 좀 해줘!'라는 쿨한 여자 판타지를 꼬집는다. 쿨한 여자란 남자들이 원하는 여자에 맞춰 자신을 포장하는 여자일 뿐이라는 것이다. 에이미 자신이 그렇게 자신을 포장해왔음에도 불구하고, 그건 그런 요구를 하는 너희들 잘못이지 내 잘못은 아니라는 식이다.

그런가 하면, 자칭 타칭 '훈남'의 징글징글함을 이렇게 통렬하게 꼬집는 문장을 나는 본 적이 없다. 잘생겼고 미소 짓는 게 특기인 남자가 남편 닉이다. 더구나 여자들한테는 그저 웃는다. 친절하고 자상한 그 훈훈함으로 체면을 지키면서 잘 산다고 생각하는 남자다. 멀리 있는 여자들은 훈남이라고 열광한다. 그러나 같이 사는 여자는 죽을 맛이다. 능력 없고 결단 못하고 여자에게 기대려 든다. 쿨한 여자를 얻고자 온갖 부지런함을 떨 때는 그럭저럭 봐줄 만한데, 여자를 얻고 게을러지면서부터는 용서할 수 없는 남자가 되는 것이다. 자신을 괜찮은 남자라고 생각하는 이 세상 남자들이라면 머리가 쭈뼛해지지 않을까?

내 안에 있는
복잡 미묘한 심리

이 소설의 특징은 여자의 복수극이 전혀 통념적인 게 아니라는 데 있다. 여자가 스스로를 파괴하면서 남편에게 복수하는 것인데,

자살을 하거나 자해를 하는 것도 아니다. 남자가 스스로 무너지면 자기도 사라지겠다고 결심한다. 모든 계획된 사건이 그렇듯이 항상 돌발 변수가 나타나고 그 돌발 변수에 어떻게 대응하느냐에 따라서 사건은 의외의 방향으로 흘러간다. 책장을 덮은 후 남는 의문에 가슴이 철렁해진다. 책의 광고 문구처럼 '내 옆에 누워 있는 사람은 도대체 누구일까?'라는 의문에 빠져들고, '내가 아는 나 외에 내가 모르는 자아가 내 속에 또 있는 게 아닐까?'라는 갈등에 빠져든다.

에이미가 남편에 대해서 서술하는 방식은 면도날처럼 예리하다 못해 피가 철철 난다. 사이코패스의 자기중심적인 관찰력으로만 치부할 수 없는 것이, 모든 여자들의 마음속에 그런 감정, 그런 생각, 그런 순간들이 지나가기 때문이다. 남자에게 복수하고픈 생각을 한 번이라도 하지 않은 여자들이 있을까? 만약 완전범죄를 꿈꾼다면 어떻게 시나리오를 짤 것인지 한 번도 생각해보지 않은 여자라면 인생을 아직 제대로 살아보지 않았다고 해도 좋을 것이다. 그만큼 인생이란 배신감과 환멸감과 모멸감으로부터 자유롭지 않기 때문이다. 내가 실현하지 못한 생각, 오직 상상에만 있던 시나리오를 에이미는 감히 저지른 것이다.

이 책은 이 시대의 결혼 참고서가 되어야 마땅하다. 아니 인간관계 참고서가 되어야 마땅하다. 결혼을 앞두고 있는 딸에게 이 책을 권했다. 초반부를 읽어보더니만 더 못 읽겠단다. 웃음이 나왔다. "그래, 오직 아름다운 꿈을 꾸고 싶은 너는 지금 읽고 싶지 않겠지? 조금 더 기다려봐. 너 자신을 더듬어보고 싶을 때, 너 자신을 다스리고 싶을 때 읽어봐."

자애로운 여자, 희생적인 여자, 능력 있는 여자, 풍만한 여자, 날씬한 여자, 상냥한 여자를 원하는 것도 모자라서 이제 쿨한 여자까지 기대하는 남자들에게 그야말로 '빅 엿'을 날리는 작가, 그녀의 속에 어떤 이야기들이 더 숨어 있을지 궁금하다. 내 안에 있는 복잡 미묘한 심리를 파고드는 작가, 내 안에 스쳐 지나가는 복합적인 심정을 가지고 노는 작가, 나는 그녀가 좋다.

길리언 플린(Gillian Flynn)이라는 작가의 탄생에는 도대체 어떤 일이 있었을까? 궁금한 대목이다. 저널리스트 출신의 작가라는데, 일상에 숨어 있는 어둠을 어떻게 그리 예민하게 포착할까? 이 작가의 악마적인 진면모를 보려면 아주 짧은 단편『나는 언제나 옳다』가 아주 적합하다. 누구도 비밀이 있다. 누구도 자신을 포장한다. 누구도 '나는 옳다'라고 주장한다. 누가 옳은가?

끝까지
밀어붙이는
힘이 좋다

『7년의 밤』 • 정유정

"이 작가 도대체 누구야?" 했던 적이 있는가? 요즘은 미디어를 통해 작가가 너무 잘 알려지므로 책을 읽기도 전에 작가에 대해서 먼저 알게 되는 경우도 흔하다. 인터넷으로 베스트셀러 순위가 발표되고 작가 인터뷰가 나오고, 작가와의 만남 행사도 적지 않은, 이른바 마케팅 시대다. 그래서 그 작가의 작품보다 작가를 먼저 알게 될 때가 많다. 그러다 책을 읽게 되면 작가에 대한 인상이 앞을 가려 책을 제대로 읽지 못하게 되기도 한다.

정유정은 인터뷰를 통해 먼저 만나게 된 작가다. 소설을 읽지 않고 지냈던 때가 있었다. 그 기간 중에 우연히 그의 인터뷰를 접하고 호기심이 동했다. 집념과 힘과 악에 대해서 스스럼없이 이야기하는 작가의 말에 끌렸다. 그러고도 한동안이 지나고 소설에 대한 욕구가 다시 꿈틀거리고 차올랐을 때 나는 『7년의 밤』을 읽었다. 많은 독자들의 평처럼, 나도 말 그대로 밤을 새며 읽었다. 그 늪처럼 질척거리는 세계 속에, 물안개 피어오르는 사이로 언제 튀어나올지 모를 괴물들의 세상에, 무엇이 잠겨 있을지 모를 흐릿한 물 속의 세계에 나도 모르게 빨려 들어가버렸다. 책을 읽다 설핏 잠이 들었을 때 악몽이 찾아왔다. 여전히 무엇이 실체인지 모를, 뿌연 악몽이었다.

강렬하게 읽은 책일수록 마지막 장을 덮으면 바로 다시 첫 장으로 돌아가서 읽는 것이 내 버릇이다. 빨리빨리 페이지를 넘기는 첫 번째 읽기에서 놓친 것을 찾아내기 위해서다. 그런데 『7년의 밤』은 달랐다. 책을 그대로 덮었다. 아주 한동안 그대로 덮어두었다. 다시 열기가 무서웠다. 그 지옥에 다시 끌려 들어갈까 봐.

대신에 정유정의 다른 저작들을 찾았다. 강연 여행길에 들고 간 『내 심장을 쏴라』를 보다가 잠들었는데 그 아이들의 지극히 이상하고도 지극히 정상적인 '다다다다' 대화가 꿈에서조차 하도 나를 두들겨서, 그다음 날 아침 강연은 어떻게 했는지 기억이 잘 안 날 정도다. 『28』만큼은 장만해놓고도 몇 년 째 못 읽고 있다. 수인성 전염병(동물과 인간 사이에 옮겨지는 전염병)이 나오는데, 특히 개가 겪는 비극에 대해서 말릴 수 없는 폭풍 눈물을 쏟는 성향의 나를 잘 아는 남편이 으름장을 놨다. "안 읽는 게 좋을 걸?" 나는 그 충고를 듣고 아직도 읽지 못하고 있다. 언제쯤 내가 읽게 될까?

정유정의 글에 대한 목마름으로 『종의 기원』은 나오자마자 읽었다. 상대적으로 짧아서 한나절 만에 읽고 다시 책을 닫았다. 책

표지 디자인을 너무 잘한 것인가? 읽는 중간에 그 책 표지에 손끝을 댄다는 것이 꺼려질 정도였다. 그 핏자국이 손가락을 통해 들어와서 나까지도 변형시킬 것 같은 느낌, 나의 머릿속과 가슴속에 흘러 들어가서 내가 알지 못하는 나를 끄집어낼지도 모른다는 느낌이 들어 오싹했다. 『7년의 밤』의 표지를 보면 늪과 안개가 떠오르는 것과 함께 등골이 오싹해진다. 그래서 나는 정유정의 책들을 마치 주사위 하나 던질 때마다 괴물이 등장하는 '주만지' 게임 박스처럼 책장 안에 꽁꽁 숨겨둔다.

나로서는 신기한 체험이다. 평소의 나는 잔혹한 장면이 시각적으로 강렬한 영화도 몇 번씩 다시 보면서 놓친 부분을 찾아내는 성향이기 때문이다. 「세븐」「양들의 침묵」 같은 영화를 보고 또 보는 나를 가족들은 '참 괴이한 취미도 다 있다'라는 표정으로 쳐다본다. 유일하게 내가 다시 보지 못하는 영화가 하나 있는데, 「샤이닝」이다. 악령에 빙의된 듯한 주인공 잭 니콜슨의 표정이 담긴 포스터에 끌리면서도 한동안 주저하다가 호기심을 이기지 못해 결국 영화를 봤는데, 세부적인 이미지도 이미지려니와 전체를 휘도는 느낌을 다시 떠올리기가 무섭다. 분명 무언가에 씌었는데, 그게 무엇인지 모르겠다. 자칫하면 내가 휘말릴 것만 같다. 내 안에 들어 있는 괴물을 끌어낼까 봐, 아니 그 괴물이 스스로 깨어나올까 봐 두려워지는 것이다. 아니, 정말 평소에 내가 그 무엇을 내 안에 숨겨두었던가?

그런데 이상하긴 하다. 「샤이닝」은 환상과 실제와 악몽과 상상이 마구 얽혀 있지만 정유정의 소설에서는 오직 현실만 있는데도 왜 그리 무엇엔가 쓴 듯한 느낌이 드는 것일까? 현실이 너무도 치밀하게 묘사되고 있어서인가? 그래서 마치 그 속에서 움직이는 사람이 바로 나인 것처럼 느껴지고, 나를 통제하고 싶은데 맘먹은 대로 통제가 안 되어서 허우적대는 것인가? 이렇게 이름 짓기 어려운 끈적끈적한 느낌의 정체가 참으로 이상하다. 그것이 정유정이 끝까지 밀어붙이는 '악'의 힘인가?

경계에 위태롭게 서 있는
그는 매력적이다

정유정은 현실 세상 곳곳에 그리고 인간 속속들이 스며들어 있는 악을 마주하게 만든다. 우리 속에는 괴물들이 살고 있어서 어떡하든 기회를 보고 있다가 그저 잠깐의 실수에도 튀어나올지 모른다. 빗길에 미끄러져서, 돌부리에 걸려서, 헤엄을 치다가, 밥을 먹다가, 운전 한 번 삐끗했다가 말이다. 갑자기 튀어나온 괴물은 걷잡을 수 없이 자신의 속도대로 내달린다. '이게 나였어? 이게 내가 숨기려고 했던 것이었나? 언제 들어갔던 거야? 왜 그동안은 몰랐지? 다른 사람들은 어떻게 생각하나? 이 짓을 하고 있는 내가 나 맞는 거야?' 꼬리에 꼬리를 무는 생각들이 찰나 속에 흩어진다. 그 찰나 속에 떠오르는 온갖 생각들을 정유정은 마치 내가 하는 것처럼 펼쳐놓는다. '그것이 나의 심리였구나! 근데 그게 정말 나인 거야?' 의문과 의심은 뫼비우스의 띠처럼 다시 돈다.

정유정의 소설을 극찬하며 주변에 마구 추천했더니, 나의 디어 걸즈 친구들 중 몇이 코멘트를 한다. "정말 빠져들게 만들고, 정말 소설을 잘 쓴다는 것은 알겠는데, 근데 뭐 때문에 그렇게 잘 쓰는 거지?" 아마도 정유정 작가 자신도 많이 들어봤을 법한 이야기다. 이른바 주제의식에 대한 의문이자 소설에 대한 근본적인 의문이다. 정유정의 책은 이른바 '장르문학'으로만 분류되지 않는다. 장르문학과 순수문학의 경계에 있는 작가라는 평을 듣기도 한다. 그런데 대체 '순수문학'의 그 '순수'란 무엇일까?

그의 책을 읽기도 전에 내가 정유정의 인터뷰에 동했던 것은 "독자를 붙들고 싶다. 이 이야기에 빠져들게 하고 싶다"던 그의 야심 가득한 말 때문이었던 것 같다. 그는 확실히 성공했다. 그 성공 이상의 것이 무엇이 될까? 정유정은 어떻게 되어갈지 모르는 작가라는 점이 매력적이다. '혹시 괴물을 가지고 놀다가 스스로 괴물이 되어버리는 것은 아닐까?' 나는 이런 질문을 던져주는 작가가 있다는 것이 너무도 반갑다. 경계에 위태롭게 서 있는 작가는 매력적이다.

박완서가 나이 마흔에 등단해서 늦게 시작한 작가라는 꼬리표를 붙이고 있었는데, 정유정은 그보다 더 늦게 등단했다. 어렸을 때부터 소설을 쓰고 싶었지만 '먹고사니즘'에 쫓겨서 간호대학을 졸업해 간호사로 살다가 어느 시점에 도저히 못 견디고 직업을 건

어차고 나와 오직 글만 썼단다. 만약 훨씬 더 젊었을 때부터 글을 썼더라면 어떻게 되었을까? 아니, 그 질문은 필요 없을 것이다. 속에서 용암처럼 끓다가 드디어 폭발하는 화산처럼, 정유정의 용암은 그 안에서 끓어오르고 있었을 테니까 말이다.

박경리가 머릿속에서 완벽하게 평사리 마을과 최참판댁을 구축해놓았듯이, 정유정은 "공간에 대해서 미리 설계해놓지 않으면 글을 쓸 수 없다"고 한다. '세령호'를 그렇게 구축했고, 수인성 전염병이 퍼지는 한 도시를 그렇게 구축했다. 그의 '작가 노트'를 보고 싶을 정도다. 마치 영화 「인셉션」에서 공간과 인간의 심리가 엉겨 붙으면서 생각의 씨앗이 자라는 것과 비슷하지 않을까? 정유정이 설계하는 공간에서 그의 생각의 씨앗이 출발하는, 그 '끝까지 밀어붙이는 힘'의 끝은 어디까지일까?

나를 가장
잘 아는 적은
내 안에 있다

『적의 화장법』 · 아멜리 노통브

작가 아멜리 노통브(Amelie Nothomb)는 좀 이상한 인간으로 보인다. 어느 세계에도 속하지 않은 사람 같다. 일본에서 태어나 어렸을 때 아시아의 여러 나라들에서 살았고, 벨기에 사람인데 불어로 글을 쓴다. 매년 소설 한 권씩 써대니, 이해할 수 없을 정도의 폭발력이다. 소설가의 외양이라기보다는 무슨 모델 같은 느낌이다. 새하얀 피부에 인형 같은 얼굴, 새카만 긴 머리에 빈티지 풍의 모자를 즐겨 써서, 마치 마녀나 요정처럼 보인다. 유쾌한 마녀, 착한 마녀 때로는 순결한 요정 같은 외양이다.

그런데 그의 순결한 듯한 외양에 속으면 안 된다. 이 마녀 같은 작가는 말 그대로 완전히 마법을 걸어버린다. 그녀가 스물 한 살일 적에 첫 소설 『살인자의 건강법』 원고를 유수의 출판사에 보냈다가 거절을 당하며 "남이 써준 소설을 출판할 수 없습니다"라

는 거절 이유를 받았다는 에피소드가 전해지는데, 충분히 그럼직
하다. 나는 『살인자의 건강법』을 읽고 하도 기괴하고 또 강렬해서,
스무 살쯤의 여자가 썼다고 감히 생각하지 못했다.

그야말로 '훅' 치고 들어온다. 문장은 짧고 전개는 빠르거니와
'화자'의 우아한 잔인함이란 이루 말할 수 없다. 그 화자는 구역질
나게 뒤룩뒤룩 살찐 노인의 모습으로 나오고 무려 노벨상까지 탄
작가인데 입에서 나오는 말은 온갖 교양의 교양은 다 갖추었지만
잔인무도하기 짝이 없다. 그가 기억하는 살인자로서의 자신에 대
한 첫 기억, 그것을 위장하기 위해 그는 그렇게 교양을 쌓았으며
글을 썼으며 노벨상을 탔던가? 이 잔혹함에도 불구하고 신기하게
도 노통브의 소설 속에 고통은 없다. 어쩐지 수상쩍은, 순수해 보
이는 관찰이 있을 뿐이다.

차분한 일상 속 공포를 만드는

아멜리 노통브의 마법

나 역시 아멜리 노통브의 마법에 걸려서 그의 책들을 잔뜩 읽었
다. 분량이 대개 짧아서 속도감에 이끌려서 읽다 보면 어느덧 마
지막 장을 넘기게 된다. 어리둥절하다가 속은 것 같고 희롱당한
것 같기도 하고 망치로 맞은 것같이 머리가 띵하기조차 하다. 『오
후 네시』에서는 나의 일상의 규칙이 주는 안정감이 완전히 무너

져 내렸다. 오후 네 시마다 찾아오는 이웃이 생기면 어떡하지? 예의와 친절의 얼굴을 가지고 찾아오는 그 이웃의 정체는 뭘까? 내가 감춰왔던 것은 뭘까? 『두려움과 떨림』에서는 조직의 억압을 이겨나가는 기이한 방식을 찾는 게 유쾌했다. 우리와 같은 문화권인데도 일본의 조직문화는 기이하기 짝이 없는데, 서양 여자가 일본 대기업의 조직 속에서 일할 때 얼마나 기상천외하게 보였겠는가? 문화란 다른 문화를 만나야 비로소 그 본질이 드러나는 법이다. 『이토록 아름다운 세 살』에서는 인생을 다 마스터한 것으로 여기는 세 살 아이가 단언하는 죽겠다는 결심조차 이해할 수 있었다. 그렇다. 예민하게 세상을 관찰한다면 세 살이면, 삼 년이면 충분할지도 모르겠다. 더 이상 첫 경험의 떨림이 없어진다면 세상을 살아갈 이유가 없어질지도 모르겠다.

그러다가 『적의 화장법』을 읽고 나서는, 한동안 절대로 혼자 있지 않기로 했다. 특히 내가 어디 있는지 시간이 몇 시인지 공간 감각과 시간 감각이 완전히 붕 뜨는 공항과 같은 장소는 피하기로 했다. 항공편을 기다리며 홀로 있다 보면 누가 나타나서 나를 흔들어댈지 모르니까 말이다. 게다가 '위장'이나 '변장'이 아니라 '화장'을 하고서 말이다. 이 책은 공항에서 우연히 만난 두 남자가 나누는 대화체로만 온통 구성된다. 목소리가 들리는 책이다. 그런데 누구 목소리지? 책에 빠지다 보면 어느덧 누가 누구의 말을 하고 있는지 헷갈리게 되는 순간을 만나게 된다.

왜 아멜리 노통브 같은 작가가 나타날까? 아니 왜 그런 인간형

이 나타날까? 잔인하지만 유머러스하고, 무심한 듯 집요하고, 마치 마그리트의 그림처럼 차분한 일상 속에 공포가 있고, 몽상의 세계 속에서 현실이 번득대는, 그런 글을 쓰게 되는 까닭이 도대체 뭘까? 혹시 노통브는 외계인이 아닐까? 인간의 몸으로 태어났지만 완전히 다른 지능과 다른 마인드를 가지고 있기 때문에 이 지구 위의 인간계를 순수하게 관찰하고 있는 것 아닐까?

외계인인지 아닌지를 알 길은 없으나, 아멜리 노통브는 어느 세계에도 속하지 않은 인간이자 처음으로 이 세계를 살아보는 인간이라는 점은 분명한 것 같다. 오직 자신의 감수성과 감각, 자신의 투시력과 관찰력, 그리고 호기심 가득 찬 지능으로 인간 세계를 들여다본다. 그런데 우리 모두 그래야 하지 않나? 우리 모두 첫 번째 살아보는 인생이니 말이다. 나 역시 한없이 감각적이면서 한없이 무겁고 싶다. 나 자신을 냉정하게 들여다보고 싶다. 왜 내가 이 자리에 있는지 알고 싶다. 왜 세상은 잘 돌아가는 것 같은데, 나는 어리숙한 것 같고 당황해하고 있는 것 같을까? 그러면서도 왜 태연함을 가장하며 사는가? 그렇게 나를 들여다보고 싶다. 그 관찰의 결과가 아무리 잔인하더라도 그대로 받아들이고 싶다. 나를 가장 잘 아는 적은 바로 내 안에 있을 테니 말이다.

담백하게 펼쳐내는
'침착한 분노'

『남자들은 자꾸 나를 가르치려 든다』 · 리베카 솔닛

베스트셀러에 대한 거부감이 있는 편인 나는 미국에서 큰 화제를 이끌었던 이 책을 한 동안 안 읽었다. 제목부터가 너무 베스트셀러적이었거니와 이른바 '맨스플레인(mansplain, man과 explain을 조합한 단어)'이라는 신조어를 만들어냈다는 광고 문구가 별로 마뜩치 않았기 때문이다(정확히 말하자면, 이 단어는 이미 쓰이고 있던 조어인데 이 책에 담긴 글에서 언급되어 인기를 끌며 유행어가 되었다).

맨스플레인! 고개는 끄덕여진다. 남자들은 정말 여자들을 가르치려든다. 나이를 가리지 않고 그런다. 리베카 솔닛(Rebecca Solnit)이 당한 것처럼 저자를 바로 앞에 놔두고도 그 책에 대해서 설명하려 드는 속빈 엘리트 남자들뿐만이 아니다. 길거리 아저씨들이 그러하고 하물며 대리점 남자 직원들마저 여자들을 가르치려 들고 훈계하려 든다. 아줌마라 폄하하고, 아가씨라서 무시하면

220

서 하나라도 자기가 더 낫다고 증명하려 든다. 아는 척은 왜 그리 하며 설명은 왜 그리 길게 하는지, 딱하다. 딱하기만 한 게 아니라 일상을 불쾌하게 만든다.

맨스플레인은 '오빠 신드롬'과도 통한다. "오빠가 가르쳐줄게!" "오빠가 다 해줄게!" "오빠 믿지?" 같은, 내가 학을 떼는 신드롬이다. 내가 요즘의 젊은 세대와 정말 취향이 다른 것이 이 '오빠'라는 유행어다. 스타나 정치인들에게 '빠'라는 접미사를 붙이는 건 이해한다. 공적인 '팬덤(fandom)' 관계이니 말이다. 그런데 왜 선배, 남친, 남편에게 '오빠'라는 말을 쓰는가? 그 보이지 않는 권력 관계, 그 보이지 않는 의존성, 그 보이지 않는 남성 우대, 그 보이지 않는 여성 하대가 기분 나쁘다. 다행스럽게도 나의 두 딸은 남친, 남편, 선배들에게 '오빠'라는 말을 안 쓴다.

잠시 딴 데로 빠졌는데, 나는 처음에 『남자들은 자꾸 나를 가르치려 든다』가 남자들의 몰상식한 남성우월 행위를 비판하는 책인 것으로만 오해했다. 그러다가 우연히 나는 이 작가의 다른 작품을 먼저 읽게 되었다. 『멀고도 가까운』이라는 제목의 에세이다. 작가가 암 치료를 끝내고 요양 겸 집필을 위해 아이슬란드라는 차가운 풍광 속에서 스스로를 유폐하듯 지내는 시절 동안의 사색을 엮은 책이다. 그 과정에서 자신의 엄마와의 갈등 어린 관계를 고백하는 방식이 너무도 솔직해서 깊은 울림을 주었다. 딸에 대한 질투, 정확히는 딸의 독립에 대한 질투에 사로잡힌 엄마가 딸을 괴롭힐 뿐 아니라 스스로를 괴롭히는 불가해함을 이해하고자 하는 작가는 치매에 걸린 엄마를 보살피며 보내는 긴 시간 속에서 겪었던 감정을 담담하게 써내려간다. 나는 이 작가에 대해서 호기심이 발동됐다. '아픔과 고립을 이렇게 슬프고도 아름답게 짜내려가는 이 작가는 누구인가'라는 호기심이다.

우아하게 엮어내는
글쓰기의 울림

그래서 나는 드디어 『남자는 나를 가르치려 든다』라는 책을 집어 들었다. 내가 가졌던 선입견과는 완전히 다른 내용이었다. '맨스플레인' 현상을 다룬 첫 꼭지는 남성우월주의에 대해서 통렬하게 꼬집지만, 이는 책 전체를 관통하는 주제의 바탕이 되는 하나의 문제의식일 뿐이다. 이 시대에 왜 여성 혐오 현상이 퍼지는가? 가정 성폭력 문제가 왜 심해지는가? 직장 성추행 문제가 왜 사라지지 않는가? 대학가에서의 성폭력 문제가 왜 쉬쉬 되는가? 세계 곳곳 전쟁터에서의 참혹한 성폭력 문제가 왜 그치지 않는가? 미국 사회에서 왜 '가부장제'가 여전히 위력을 떨치는가? 여성들의 경제적 상황은 왜 점점 나빠지는가? 저소득층 그리고 빈민층 여성들은 얼마나 더 큰 차별을 받는가? 유색인종의 여성들은 얼마나 더 힘든 삶을 사는가? 아직도 세계 곳곳에서 여성학대가 얼마나 무지막지하게 자행되고 있는가? 이러한 문제들에 대해서 책은 침착하게 펼쳐간다.

'침착한 분노'라는 말이 정확할 것이다. 가슴속에서는 불이 나지만 차근차근하고 담백하게 그 분노를 풀어가는 것이다. 이 책이 미국에서 베스트셀러가 된 것은 아마도 이런 스타일 덕분이기도 할 것이다. 뜨거운 이슈를 서늘하게 풀어냄으로써 저항감을 줄일 뿐 아니라 독자의 머리에 선명하게 아로새겨지는 효과도 남다르다. 이런 스타일의 책은 당장의 '운동'을 견인해내는 데에는 제약이 있을지 모르나, 공감대를 넓히면서 운동이 성공할 수 있는 저변의 의식 변화에는 상당한 역할을 할 수 있을 것이다.

리베카 솔닛의 저작 스타일이 독특한 것은 그가 예술평론가이기 때문일지도 모르겠다. 침착성에 우아함을 더해서 우아한 침착함, 침착한 우아함을 발휘한다고 할까?『남자들은 자꾸 나를 가르치려 든다』에서는 여성의 몸 퍼포먼스 아트 사진을 각 주제마다 올리고 주제와 엮어서 설명하는데, 여자의 상황, 고통, 절망, 몸부림을 너무도 상징적인 방식으로 드러내서 그 울림이 더욱 커진다. 이 작가의 에세이『멀고도 가까운』에서는 실로 만드는 패브릭 아트 사진을 통해 작가의 심경을 이미지로 전하기도 했다. 이렇게 자신의 관심 주제와 전문 분야를 엮어서 쓰는 글은 편안함과 함께 글의 상징성을 높여주는 효과가 있다.

내친김에 나는 리베카 솔닛의 다른 저작들을 찾아서 읽는다. 예술평론뿐 아니라 여성운동, 평화운동, 환경운동에 적극적인 그는 다양한 저작들을 내놓았는데, 나는 다시 우연히 내 손에 들어온 그의 『걷기의 역사』를 읽으면서, 이 걷기라는 단순한 행위에 역사와 환경과 예술과 대화와 사색을 엮어내는 그의 글쓰기를 즐기고 있다. 그런 글쓰기가 가능한 것은 그것이 바로 작가의 삶이기 때문일 것이다. 아마도 홀로 벌판을 걷다 보면 그 어딘가에서 마주치는 한 여자가 이 작가의 화신일지도 모르겠다. 그런 여자들을 자주 마주치게 되기를 바란다.

송곳 하나쯤은 챙겨야 한다

『정희진처럼 읽기』 • 정희진

정희진을 읽는다는 것은 아프다. 마치 송곳으로 허벅지를 찌르는 것 같은 통증이다. 은장도일지도 모르겠다. 흔들리는 자신을 다스리기 위해서, 자신의 정절을 지키기 위해서 가슴에 품은 그 은장도. 작지만 반들반들하게 벼려 있다. 나는 정희진에게서 '열녀'의 이미지가 떠오른다. 매우 의외다. 사회적으로 강요된 열녀라는 상징에 담겨 있는 기성 체제의 폭력성과 반 자연성을 비판하는 작가를 향해서 열녀의 이미지를 떠올리다니, 내 자신이 쾌씸할 정도다.

그런데 정희진의 정절과 절개는 그 자체로 너무도 순수하고 또 강렬하다. 이때의 열녀란 소신에 따라 끊임없이 자신을 단련하는 여자 인간이고, 그의 정절이란 자신의 소신과 철학이고, 그의 절개는 자기 자신에게조차 확실하게 들이대는 양심의 잣대다.

정희진이 쓴 짧은 칼럼들을 신문에서 읽고 나는 그의 글에 반했다. 친구들에게 알음알음 물어보니 여성주의자, 평화주의자로서 새로운 시각을 치열하고 치밀하게 써내는 캐릭터라고 했다. "읽어봐, 얼마나 좋다고!" 그래서 나는 그가 쓴 여러 권의 책을 들여놓았다. 고백하자면, 나는 한참 성장하던 삼십 대에 페미니즘의 고전들을 섭렵한 이후에는 페미니즘에 대한 책들을 별로 안 읽었다. 양성평등은 이미 대세가 되었고, 관건은 책이나 이론이 아니라 현장의 실천에 달려 있다고 생각했기 때문이다.

나는 틀렸다. 대세가 되었다고 생각한 것은 착시였다. 착시였을 뿐만 아니라 완전히 잘못된 생각이었다. 언제부터인가 페미니즘에 대한 안티가 고개를 들기 시작하더니 걷잡을 수 없어졌다. 경제 상황이 안 좋아지고 특히 고용시장이 흔들리면서부터는 더욱더 심각해졌다. 여성을 향한 범죄는 흉악범죄부터 성범죄, 경범죄까지 엄청나게 늘어났다. 여성 비하뿐 아니라 '여성 혐오'란 말이 어느덧 일상적인 말이 되었다. 묻지마 살인, 성폭력, 일상의 성추행이 늘어날 뿐 아니라 우리 사회의 만성적이고 고질적인 '갑질'과 맞물려서 은폐와 억압이 일상화되어버렸다.

여자로서, 두 딸의 엄마로서 이렇게 여자의 기본 안전과 여자의 미래와 우리 사회의 마음 건강을 걱정해본 적이 없을 정도다. 세상은 항상 더 나아진다고, 더 이성적이 되고 더 합리적이 된다고 여겼던 나의 생각이 환상에 불과했다는 실망감이 나를 사로잡곤 한다. 그리고 마음을 다잡는다. 절망감에 빠지지 말자고, 무언가 방향을 되짚고, 방식을 새롭게 하자고.

**"내 몸이 한 권의 책을
통과할 때!"**

정희진은 벌써부터 실망과 절망을 이겨내고 방향을 되짚고 방식을 새롭게 하는 노력을 해왔다. 정희진의 속을 진짜 알려면 그의 『페미니즘의 도전』을 읽는 것이 좋다. '여성주의'라는 입장이 다만 여성을 위한 것이 아니라 세상을 구원하는 태도임을 철두철미하게 견지하고 있기 때문이다.

가장 기본적인 불평등이자 가장 만연되어 있는 젠더 문제로부터 시작하는 이 책은 '여성주의'가 억압적인 가부장제로부터 여성뿐 아니라 남성들을 해방시킬 수 있고, 젠더 이슈만이 아니라 인종, 국적, 장애, 성소수자, 사회 계층 등 인간 사회의 오래된 불평등이 그대로 녹아 있는 언어들을 해방시킬 수 있음을 역설한다. 폭력과 위협과 억압으로부터 인간 세상을 자유롭게 하기 위하여 여성주의가 얼마나 큰 시작점이 되는지 조목조목 쓰면서 페미니즘의 지평을 넓히고 있는 책이다. 읽으면서 아프다면, 아픈 만큼 우리는 크고 있다고 느끼게 만드는 책이다.

그런데 나는 우선 『정희진처럼 읽기』를 추천하고 싶다. 일단 훨씬 더 쉽게 읽히고, 책 읽기의 호기심까지 작동해서 상대적으로 편안히 읽히고, 무엇보다도 작가 본유의 심성을 그대로 느낄 수 있기 때문이다. 책 읽기에 대한 책을 꽤 읽었으나 그중에서도 독특했고, 무엇보다도 그가 책 읽기에 대해서 의미를 부여하는 방식이 마음에 든다.

책의 부제인 '내 몸이 한 권의 책을 통과할 때'라는 말이 시각적으로까지 전달될 정도다. '책 읽기란 나의 몸 전체가 책을 통과하는 과정이고 그렇게 책을 읽은 나는 책을 읽기 전의 나와 같을 수가 없다'는 그 진지한 무게감이 더없이 좋다.

그런데 정희진만 그렇게 읽을까? 모든 사람이 한 권의 책을 읽을 때 자신의 몸이 책을 통과할 것이다. 한 권의 책을 읽고 그 책을 읽기 전의 사람과 똑같은 사람이라면 무엇 때문에 책을 읽을까? 다만, 대부분의 사람들은 책의 세계를 통과하는 과정에 대해서 그렇게 예민하지 못하고, 그렇게 민감하지 못하고, 그렇게 성찰적이지 못하고, 그렇게 통찰력을 발동하지 못할 뿐이다. 정희진의 독후감 같지 않은 독후감을 통해 우리 안에 있는 예민함, 민감함, 성찰의 능력, 통찰력을 살려내보자. 책은 그렇게 우리의 생을 흔들 수 있다.

정희진은 어릴 적부터 '넌 참 특이하다'라는 말에 상처를 받곤 했단다. 나 역시 '넌 참 이상하다'라는 말에 상처를 받았다. 결코 내가 이상했던 것이 아니라고 부르짖었던 것처럼, 정희진은 자신이 특이한 것이 아니라고 부르짖는다. 진실이라면, 이러한 이상함, 이러한 특이함을 잃고 있는 우리 사회가 이상하다. 한 사회로서의 다양한 특이점을 잃고 있는 것이리라.

　자라면서 내가 품었던 것은 송곳은 아니었다. 은장도도 아니었다. 나는 칼을 갈고닦는다고 생각했다. 정희진이 정말 나와 다른 것은, 스스로 자신을 찌르는 한이 있더라도 자신을 갈고 닦는 데 주저함이 없던 것이다. 그 아픔에, 그 아파할 줄 아는 능력에 '토닥토닥'을 보낸다.

누구나
바베트처럼
기적을!

『바베트의 만찬』 • 이자크 디네센

나는 이자크 디네센(Isak Dinesen)이라는 사람이 누군지 몰랐다. 다만, 이 한 문장이 깊이 다가왔다.

"모든 슬픔은,
말로 옮겨 이야기로 만들거나
그것에 관해 이야기한다면,
참을 수 있다."

_ 이자크 디네센

한나 아렌트가 쓴 책 『인간의 조건』에 이 인용구가 나왔다. 이 문장과 그 이름은 오랫동안 내 마음속에서 떠돌았다. 너무 마음에 드는 글귀를 쓴, 생소한 이름의 작가가 누구인지 알게 된 것은 그

로부터 이십여 년이 지난 후다.

　나는 그가 누군지 몰랐으나 사실은 이미 알고 있던 사람이었다. 영화 「아웃 오브 아프리카」에서 메릴 스트리프가 분했던 바로 그 실제 주인공이었다. 아프리카 케냐로 이주한 덴마크 여자, 이상하게 무덤덤한 남편에게 매독을 옮겨 받고 고향에 돌아가 치료한 뒤 다시 아프리카로 돌아가 이혼을 한다. 그리고 홀로 힘으로 17년 동안 농장을 경영한다. 그러다 만난 남자(로버트 레드포드)와 격정적인 사랑을 하지만 자유로운 영혼인 그 남자는 비행기 추락 사고로 죽고 만다.

　빈티지한 모래 색깔 가득한 그 영화 속 두 남녀의 분위기는 완벽했다. 고된 하루 일정을 마친 저녁, 남자가 여자의 긴 머리를 감겨주는 장면은 특히나 짜릿했다. 욕조도 샤워도 없는 야외에서 물 항아리로 여자 머리의 비눗물을 씻겨주는 장면은 그 어떤 스킨십보다 오묘했다. 아프리카 평원을 배경으로 남녀가 약간 떨어져 앉아 있는 둘의 포지션만으로도 이 남녀의 관계가 담담히 전해져온다. 적절하게 떨어져 서로에게 자석처럼 끌리는 관계가 읽힌다. 마치 이별을 예고하듯이, 마치 비극을 예고하듯이, 마치 오랜 슬픔을 예고하듯이.

　그런데 이자크 디네센이 이 영화의 그 주인공이라고? 나는 그 후 열심히 그 작가를 찾아봤다. 이자크 디네센은 필명이고, 본명은 카렌 블릭센이다. 그는 덴마크로 돌아가서 글을 쓰기 시작해 마흔아홉에 첫 작품을 발표한다.

원작 『아웃 오브 아프리카』는 러브스토리는 아니다. 아프리카에서 체험한 그 지역 사람들의 사는 이야기다. '아무런 희망도 절망도 없이 매일매일 조금씩 글을 쓴다. 모든 슬픔은, 말로 옮겨 이야기로 만들거나 그것에 관해 이야기한다면, 참을 수 있다.' 그 심정을 이해할 수 있는 글이다.

어느 날 나의 '디어 걸즈'가 시골집에 모여서 함께 고구마 캐면서 잘 먹고 잘 놀고 간 후, 한 친구가 내게 메시지를 보내왔다. "선배, 바베트의 만찬이었어요. 우리를 힐링해주고 연대하게 해주는." 영화평론가인 유채지나 교수다. 언제나 우리에게 갓은 페미니즘 영화들의 세례를 퍼부어주면서 우리 만나는 재미로 산다고, 여성 연대의 힘에 대한 극찬을 하는 친구다. 그런가 하면 우리 그룹의 '아직 이혼 전인 여자'들에게는 "이 세상에 얼마나 더 큰 재미가 있는데……" 하면서 세계를 넓히라고 충동질을 하는 친구이기도 하다.

『바베트의 만찬』에 대해선 익히 알고 있었다. 덴마크 영화를 본 적이 있다. 그런데 책을 읽은 적은 없다. 이게 문제다. 영화는 알아도 책을 모르는 경우가 너무 많다.

나는 책을 주문해놓고 꽂아만 났다가 드디어 어느 화창한 날의 오후에 『바베트의 만찬』을 꺼내 읽기 시작했다. 그 오후 시간의 느리고 충만했던 기운을 나는 잊지 못한다. 햇볕이 온 사방에 번지는 듯한 오후였다.

치유의 힘, 따뜻함의 힘,
이야기의 힘!

아주 짧은 책이다. 단편보다는 길고 중편보다는 짧다. 어쩌면 동화 같고 어쩌면 우화 같은 이야기다. 이야기도 심플하고 배경도 심플하고 전개도 심플하다. 북유럽 추운 지역의 한 작은 마을에 오직 청빈과 봉사 정신을 실천하다가 돌아가신 마을 목사의 두 딸은 젊은 시절의 로맨스도 뒤로 하고 아버지의 뜻을 이어받아 마을 사람들을 다독이며 살려고 노력한다. 서로만을 기대고 살던 두 자매네 집에 바베트라는 여자가 찾아들고 그들은 서로 자연스럽게 의탁하며 살게 된다. 바베트는 없는 살림에 요리를 도맡아서 자매를 기쁘게 해준다. 마을 사람들이 불화를 자아내며 서로 거리가 멀어지자 자매는 자신들의 탓이라며 마음고생을 한다. 십 년이 지난 어느 날 바베트는 만 프랑의 복권 당첨금을 따게 된다. 바베트는 죽은 목사의 100세 생일을 추모하는 날에 마을 사람들에게 만찬을 차려주겠다고 한다.

쭈뼛쭈뼛 어색하게 찾아온 마을 사람들은 아무 말 없이 요리를 먹기 시작한다. 평생 들어보지도 맛보지도 못했던 최고의 와인과 최고의 코스 요리들을 먹는 과정에서 어느덧 따뜻한 대화를 나누고 있는 마을 사람들, 그것은 기적이었다. 이 광경을 작가는 마치 그림을 그리듯 이렇게 묘사한다. '그 후에 일어난 일은 정확하게 알 수 없다. 손님들도 정확하게 기억하지 못한다. 마치 수많은 작은 후광들이 하나로 합쳐져 거룩한 광채를 내기라도 한 듯 천상의 빛이 집 안을 가득 메웠다는 것 외에는. 말수가 적은 노인들은 말문이 트였고, 수년간 거의 듣지 못했던 귀가 열렸다. 시간은 영원 속으로 녹아들었다. 자정이 훨씬 지난 시각, 창문이 황금처럼 빛났고 아름다운 노래가 바깥의 겨울 공기 속으로 흘러나갔다.' 판타지 영화의 한 장면, 성화의 한 장면이 연상되는 묘사다.

자매는 바베트가 이제는 떠날 거라고 생각했다. 서운해하는 자매에게 바베트는 말한다. 예전의 자신은 프랑스에서 큰 식당의 요리사였다고, 상금은 만찬 준비에 다 썼다고, 프랑스 일류 식당에서 한 사람에게 천 프랑은 쓴다고, 그리고 나는 이 집에 남겠다고. 눈이 휘둥그래진 자매가 왜 그 돈을 다 썼냐고 묻자 바베트는 얼굴을 빛내며 말한다. "저는 위대한 예술가예요. 제가 최선을 다할 때 그들을 기쁘게 해줄 수 있어요."

『바베트의 만찬』은 여러 의미로 해석되곤 한다. 기독교에서는 '은혜의 힘'으로 묘사된다. 인간이 온 정성을 다해 봉사할 때 기적이 이루어질 수 있다는 것이다. 예술계에서는 '예술의 힘'으로 해석된다. 예술이 기적을 만든다, 예술가는 최선을 다하는 것으로 존재한다, 예술가는 위대함을 꿈꾸는 것만으로도 인간의 존재를 빛나게 해준다는 것이다. 나 보고 "바베트의 만찬 같아요!" 하던 친구는 아마도 '치유의 힘, 따뜻함의 힘, 대접의 힘, 배려의 힘, 같이하는 힘, 안목의 힘'을 이야기했을 것 같다.

그 어떤 것으로 해석해도 좋다. 기적을 만드는 것은 의외로 아주 간단할지도 모른다. 나는 그냥 '먹거리의 힘, 음식의 힘, 요리의 힘'이라고 말하고 싶다. 한 끼니의 정성어린 음식은 누구라도 감동시킨다. 최고의 예술인 요리, 완벽하게 만들어져서 완벽하게 사라지는 순간 예술, 눈으로 느끼는 아름다움, 코로 느끼는 자극, 혀로 느끼는 완벽함, 손으로 느끼는 감각, 온몸에 퍼지는 기쁨, 그 맛과 멋이 어떤 기적을 낳을 수 있는지는 그 기적을 만들어보고 겪어본 사람만이 알 수 있다.

'슬픔은, 그것을 말하거나 이야기로 만들어낼 수 있다면, 이겨낼 수 있다'고 하던 이자크 디네센은 자신의 말 그대로 이야기를 만들면서 슬픔을 이기는 기적을 만들어냈던 것 아닐까? 작가의 힘이란 오묘하다. 이야기의 힘이란 대단하다. 누구나 바베트처럼 기적을!

자신의
'디어 걸즈'를
찾아보라

이 장에서 만난 여성 작가들의 책을 읽고 나면 공통적으로 찾아드는 느낌이 있다. 꼭 배가 고파진다는 것이다. 그래서 부엌에 가서 뭔가 해 먹게 된다. 왜 그럴까? 글을 쓰고 난 지금에야 알겠다. 이들의 책은 오랜 시간 집중해서 읽게 만든다. 페이지가 막 넘어간다. 그러니 시간이 훌쩍 지나가고 어느덧 배가 고파지는 것이다. 또 다른 해석. 이렇게 근사한 여성 작가의 글을 만나고 나면 친구를 만난 것 같아서 뭐든 같이 먹고 싶어지는 것은 아닐까? 친구를 만났으면, 차를 마시건 밥을 먹건, 무언가 먹어야 한다. 같이 요리를 해서 먹으면 금상첨화다.

이 장에서 고른 일곱 작가들에 대한 선택을 독자들은 금방 알아챘을지도 모른다. 동시대적인 느낌을 나눌 수 있는 인간이 나는 좋다. 운명처럼 그 무엇을 하는 인간이 나는 좋다. 운명이 아니더라도 그 무엇에 깊숙이 빠지는 인간이 나는 좋다. 자기가 하는 일에 빠지면서도 자기가 하는 일에 거리를 둘 줄 아는 인간이 나는 좋다. 스스로 취해서 일하는 인간이 좋다. 무엇보다도 나는 자기 자신을 끝까지 밀어붙이는 인간에게 끌린다. '나의 한계는 어디까지인가? 나의 힘은 어디까지인가? 나는 어디까지 갈 수 있을까?' 끝까지 밀어붙이는 인간은 매력적이다. 물론 끝은 없다. 조금 더, 조금 더!

그래서 골랐다. 이 일곱 명의 작가들을. 성격이 완전히 다르고 완벽히 다른 맛에 끌린다. 박완서의 따뜻한 서늘함을, 정유정의 끝 모를 괴력을, 길리언 플린의 엄청난 야망을, 아멜리 노통브의 신비로운 마력을, 리베카 솔닛의 슬프고 예술적인 리얼리즘을, 정희진의 스스로를 지킴으로써 세상으로 향하는 힘을, 이자크 디네센의 우화 속에 던지는 의문을 하나하나 좋아한다. "디어 걸즈, 참 멋지구나!"라는 감탄사가 저절로 나온다.

이들의 공통점이라면 참 지독스럽게도 자신을 밀어붙이는 치열함이다. 박완서의 따뜻함과 유머라는 겉모습에 숨어 있는, 현실을 있는 그대로 보는 강렬한 파워를 느낀다. 숨 막히게 펼쳐지는 정유정의 리얼리즘 속에서 하나의 세계를 만들어가는 그의 엄청난 힘을 느낀다. 타인의 위선과 허위뿐 아니라 자신의 위선과 허위까지도 까발리는 길리언 플린의 글에서 그의 지독한 복수심에 동의하게 된다. 이 세계 사람이 아닌 것 같은 아멜리 노통브의 무심한 듯한 관찰력 속에서 잔인하도록 순수한 감수성을 확인한다.

예술적인 관찰과 통렬한 현실 비판이 엮여 있는 리베카 솔닛의 글에서 침착한 분노의 힘을 느낀다. 책 한 권을 만나면서도 온 세계를 만나는 듯 자기 자신을 완전히 투입하는 정희진의 철두철미한 대적 정신에서 용솟음치는 힘을 느낀다. 이자크 디네센의 굴곡진 삶 속을 관통해온 슬픔 그리고 그 속에 품고 있는 자존심에서 치열한 긍지를 느낀다. 우리 모두 갖고 싶은 그 치열함, 그게 내가 꼽은 이 일곱 디어 걸즈의 힘이다.

디어 걸즈는 훨씬 더 많으리라. 여러 분야에, 사회 곳곳에, 집에도, 거리에도. 여러 세대에 걸쳐서 있을 것이다. 버지니아 울프는 『자기만의 방』에서 이렇게 얘기했다. "여성의 정확한 크기를 잴 수 있는 벽 위의 눈금도 없습니다. (……) 지금 이 순간에도 여성은 거의 분류되지 않은 상태입니다." 백 년 전에도 그랬고, 지금은 더욱 그렇다.

부디 자기의 '디어 걸즈'를 찾아보라. 친구가 되고 동지가 되고 동료가 되고 같이 밥을 해 먹는 메이트가 될지도 모른다. '시스터푸드'를 같이 만들어보라. 시스터푸드의 힘은 놀랍다. 치유력이자 원동력 역할을 하고 추진력을 붙여준다. 연대의 힘이자 따뜻함의 힘이고 같이함의 힘이고 배고픔의 힘이자 배부름의 힘이다. '밥 한번 먹자'보다는 '같이 밥 해 먹자'가 훨씬 더 효과적이다.

남자와 남자의 절친 관계를 '브로맨스'(bromance, brother와 romance의 합성어)라 부르는 유행이 휩쓰는 가운데에도 여자와 여자와의 절친 관계를 불러주는 말이 딱히 유행하진 않는다. 가끔

'우맨스(womance, woman과 romance의 합성어)'라는 말을 붙이기는 하나, 브로맨스처럼 로맨틱한 분위기를 풍기지 않는다. 여자와 여자 사이에 일어나는 질투, 시기, 모방, 갈등은 그렇게 많이 그리면서 여자와 여자 사이에 일어나는 자매애에 대해서는 왜 그렇게도 무심한 것일까? '시스터후드'에 대해서 은근히 불편해하는 건 아닐까 싶을 정도다. 그렇다면 아예 '시스터푸드'로 나아가보자.

남자들도 '브라더푸드'를 할 수 있을까? 남자들도 모여서 자기네들끼리 밥을 해먹어야 한다고 나는 생각한다. 적극 권하고 싶다. 브라더후드를 '브라더푸드'로 만들어보라. 브라더푸드를 통해 브라더후드를 키워보라. 우리가 '디어 걸즈'라 서로를 부른다면, 당신들은 '디어 보이즈'라고 기꺼이 불러야 옳다. '올드보이'보다는 '디어 보이즈'가 훨씬 더 낫지 않은가? 항상 강해 보여야 하는 짐을 떨쳐버리는 것이다. 소년으로 돌아가 그 시절의 순수함과 호기심을 다시 살려보는 것이다.

'시스터푸드'를 같이 만들어 먹은 여자, '브라더푸드'를 같이 만들어 먹은 남자들은 분명 더 사이가 좋아지리라. 인간 대 인간으로 만나리라. 불꽃을 피워내리라.

5장

세상을 바꾸는
목소리가 있다

'여성 인간'의
확장

'왜 이렇게 세상은 이상할까?'라는 원천적 의문으로 시작해서
'내가 이상한 건가?'라는 자기 검증적 의문으로 전개되고
'나는 무엇을 할 수 있는가?'라는 행동적 의문으로 발전하다가
드디어 '나는 무엇을 해야 할까?'라는
결단적 의문으로 발전하는 성장의 과정은 소중하다.
이 소중한 과정을 거듭하며 우리는 성장한다.

여성의 시각은
다른가?
달라야 하나?

세상은 왜 이리 이상할까? 생활은 훨씬 더 편해졌는데도 왜 더 행복하게 느끼지 못할까? 왜 폭력은 없어지지 않을까? 왜 이리 공격적이 되어갈까? 왜 이리 무한 경쟁을 해야 할까? 왜 못사는 사람들은 점점 더 못살게 될까? 왜 잘사는 사람들은 그들끼리 사는 세상만 생각할까? 왜 전쟁의 위협은 없어지지 않을까?

이 세상엔 그야말로 이상한 일투성이다. '넌 참 이상하다'라는 말을 죽도록 싫어했던 어릴 적 나는 그렇게 말하는 세상이 너무도 이상했다. 아니 이상한 일이 세상에 이토록 많은데 당연히 물어봐야 하지 않는가? 왜 이상한 것에 대해 묻는 것을 이상하다고 하는가? 왜 이상한 것에 대해 묻는 나를 주눅 들게 만드는가? 이상하다고 생각하는 내가 이상한 건가? 정말 나만 이상한 건가? 나는 이런 고민에 빠졌다.

우리들은 물을 권리가 있다. 왜 성적에 목을 매야 하는지, 왜 출세를 해야 하는지, 왜 꼭 결혼을 해야 하는지, 왜 성공을 해야만 하는지, 과연 성공이란 무엇인지, 성공을 못하면 사람답게 못사는 건지 물을 수 있어야 한다.

인생의 어느 시점이 되면 의문들이 수없이 떠오를 것이다. 학교에서 배우면서 의문이 생기고, 길거리에서 일어나는 일들에서 의문이 생기고, 뉴스에서 보는 일들이 의아하게 생각될 것이고, 책을 읽으면서 의문이 더 선명해지기도 할 것이다. 의문이 떠오를 때가 바로 우리에게 발동이 걸리는 순간이다. 그 의문을 풀어보려 애쓰면서 동력이 생긴다. 의문을 풀고 나면 뭔가 자기 속에 하나의 세계가 더 열리는 것을 느끼게 된다. 그리고 아직도 탐구해야 할 수많은 의문들이 있고, 그것들이 우리를 새로운 세계로 향하는 문을 열어주리라 기대하게 된다.

그런데 바로 이 시점에 '여자로서의 자의식'이 작동한다. 다음과 같은 의문들이 꼬리에 꼬리를 물고 떠오르게 되는 것이다. '이상하게 생각하는 것은 혹시 내가 여자이기 때문인가?' 여기서 딜레마를 발견하기도 한다. 그 딜레마를 이겨내면 의문은 다음으로 발전한다. '그렇다면 여자는 무엇을 할 수 있는가?' 여자라는 자의식이 긍정적으로 작용할 수도 있고 혹은 자신을 억제하는 부정적 기제가 될 수도 있다. 만약 아주 긍적적으로 작동한다면 의문은 또 발전한다. '여자로서 나는 무엇을 해야 하는가?' 이 단계가 되면 더 이상 자신이 여자라는 것을 의식하지 않게 될지도 모른다.

하나의 인간으로서 자연스럽게 자신의 속에서 들리는 목소리에 귀를 기울이게 되는 것이다.

자신의 여정을 돌아보면 이런 단계를 겪었던 경험이 떠오를 것이다. 나로 말하자면 어릴 적에 '내가 여자이기 때문에 이상하게 여기는 건가?'라는 의문 때문에 자주 덜커덩거렸다. 작은 예를 들어보자. 나는 『삼국지』를 영 칭송할 수가 없었다. '그래, 그런대로 읽을 만은 하다. 특히 셋이 모여 '도원결의'를 하는 장면에서는 나도 두근거렸다. 그런데 이렇게 수많은 전쟁 속의 승부를 마치 모험소설처럼 즐기는 게 가당한 일인가? 그래, 그들이 각기 명분 있는 권력을 세우기 위해 싸운다고 치자. 그런데 그 와중에 희생되는 수많은 사람들은 무슨 죄란 말인가?' 나는 이런 생각을 그칠 수가 없었다. 나중에 내가 또록또록 말할 수 있게 됐을 때 "나는 그것이 그들만의 '권력 게임'으로밖에 보이지 않았어!"라고 할 수 있었지만, 어릴 적에는 감히 "나는 『삼국지』가 재미없어요!"라고 말하지 못했던 것이다. 이런 일이 어디 한두 번인가? 속으로 이상해하면서도 말을 못 하는 사안은 무수하다.

'그렇다면 여자는 무엇을 할 수 있는가?' 아마도 이 의문의 단계에서 나는 건축 분야라는, 통상 여자들이 잘 택하지 않는 길을 선택했던 것 같다. 이 단계에서 선택의 길이란 무수히 많다. 자신의 소망보다 사회적 제약을 먼저 생각할 수도 있고, 제약 이상으로 소망의 크기가 클 수도 있다. '시험해보고 싶다, 도전해보고 싶다, 모험해보고 싶다'에 방점이 찍힐 수도 있다. 나는 나의 기준으로 선택을 했다.

'그렇다면 여자는 무엇을 해야 하는가?' 이 의문에 대해서 나도 수시로 고민해왔고 지금도 고민한다. 일정한 경력을 쌓은 여성들일수록 이러한 고민에 부딪치고 있을 것이다. 개인의 입신이나 행복만이 아니라 지금 이 시간, 바로 이 공간에 있는 하나의 '여자 인간'으로서 무엇을 하는 것이 맞는가, 좋은가, 마땅한 것인가 하는 질문이 필연적으로 떠오르는 것이다. 이 의문을 자신의 방식으로 풀어낸다면 존재의 뜻을 찾는 것일 게다.

나는 이 장에서 그렇게 자신의 소리를 냈던 여자들, 자신에게 들리는 소리에 화답했던 여자들, 그것을 자신의 목소리로 세상에 알렸던 여성 작가들을 주목하려고 한다. 사실 이런 여성들은 여기서 내가 소개하는 저자들보다 훨씬 더 많다. 이제 여성이 진출하지 못할 분야가 없고 두각을 나타내는 여성들이 늘어나고 있기 때문이다. 일하는 여성들의 층이 쌓이면 쌓일수록 더 많은 다양한 목소리를 내게 될 것이다. 나는 그러한 목소리들이 우리가 사는 세상을 훨씬 더 인간답게 살 수 있는 세상을 만드는 데 큰 몫을 하리라 믿어 의심치 않는다.

'왜 이리 세상은 이상할까?'라는 원천적 의문으로부터 시작해서 '내가 이상한 건가?'라는 자기 검증적 의문으로 전개되고, '나는 무엇을 할 수 있는가?'라는 행동적 의문으로 발전하다가 드디어 '나는 무엇을 해야 할까?'라는 결단적 의문으로 발전하는 성장의 과정은 소중하다. 이 소중한 과정을 거듭하면서 사람은 성장한다. 여자의 경우에 이 경험은 더욱 소중하다. 널리 퍼져야 할 성장의 경험이다.

여성의 사회 참여, 역할 설정에 대한 나의 철학은 '여성은 사회에서는 후발주자라는 사실'에서부터 시작한다. 하지만 여성의 강점은 바로 그 후발주자가 갖는 약점으로부터 나온다. 이상하게 볼 수 있는 시각, 문제를 찾아내는 시각, 개선하고자 하는 도전 의식이 생기는 것이다. 이런 강점들은 무척 신선하다. 여기에 여성 특유의 섬세함과 정교함, 협력과 소통의 경험, 배려와 보살핌의 경험, 공동체적 정신이 합쳐지면 강력한 동력을 끌어낼 수 있다.

세상을 바꾸는 목소리가 있다

안 들리는 소리를
들어라!

『침묵의 봄』 • 레이첼 카슨

시골집 텃밭의 딸기밭에서 벌들이 웅웅 댄다. 알은 작지만 새콤달콤해서 잼 만들기에 적합한 딸기들이 지천으로 열리는지라 벌들이 바쁘기 짝이 없다. 그 광경을 SNS에 띄우자 한 친구가 답했다. "귀한 소리야. 벌들이 자꾸 죽어간다는데, 벌이 멸종하면 식물들이 죽고 생물들이 멸종하게 되는 거니까."

나는 소리에 아주 민감한 편이다. 시골집에서 보내는 시간이 생기면서 여러 소리들을 다시금 발견하고 있다. 초봄 저녁에 밖에 나가면 개구리, 맹꽁이들이 계곡에서 산이 떠내려가랴 우는 소리를 들으며 저들의 짝짓기 열풍을 기분 좋게 떠올린다. 추수철이 되면 이웃집에서 밤새 탈곡기 돌아가는 소리가 들리는데 마치 쏴쏴 파도소리처럼 들려서 여행 떠나는 기분이다. 한여름에 장대비가 집을 떠내려버릴 듯 쏟아지면서 밤새 지붕을 때리는 소리를 들으면 살아 있다는 행복감을 새삼 느끼곤 한다.

여자들이 남자들보다 소리에 더 민감하다는 설이 있는데 그런 지도 모르겠다. 얼마나 소리에 민감하던지, 급기야 한 여자는 '안 들리는 소리'까지 들었다. 바로 레이첼 카슨(Rachel Carson)이다. '봄인데 왜 새들이 지저귀는 소리가 안 들리지? 왜 곤충들이 윙윙 날아다니는 소리가 안 들리지?' 레이첼 카슨의 의문은 거기에서 시작되었다.

『침묵의 봄』은 환경보전을 정책 어젠다로 설정하게 하는 데에 절대적인 공헌을 한 고전 중의 고전이다. 책을 읽지 않았더라도 레이첼 카슨의 이름과 '침묵의 봄'이라는 제목에 대해서는 매체를 통해서 많이 들어봤을 것이다. 『침묵의 봄』은 1962년에 출간 되자마자 선풍적인 관심과 함께 뜨거운 논쟁을 불러일으켰고, 케네디 대통령이 그 열망을 받아들여 1963년 환경문제자문위원회를 처음으로 구성했으며, 그 노력의 결과 1969년 국가환경정책법안이 통과되면서 강력한 환경보호청(EPA, Environmental Protection Agency)이 발족됐다.

『침묵의 봄』은 살충제 중에서도 가장 유명한 DDT의 남용 때문에 생긴 폐해를 고발한다. DDT는 역사상 아마도 가장 많이 사용되고 가장 악명이 높은 살충제일 것이다. 나도 어릴 적에 들어본 적이 있다. 머리에 바글대는 이 때문에 고생했던 가난의 시절에 마치 땀띠 약처럼 생긴 하얀 파우더를 머리에 뿌리면 이들이 싹 죽어서 하얗게 떨어지는 신기한 약이었다. DDT 살충제는 2차 세계대전 이후 전 세계에 퍼져서 광범위하게 사용됐다. 알곡을 먹어 치우는 곤충을 죽이기에 완벽한 약품이었다. 특히 미국처럼 공장식 농경을 하는 곳에서는 그야말로 효율적인 박멸 방식이었다.

그렇게 곤충을 싹 죽였다고 좋아하더니만, 곤충은 더 강한 면역력을 키워서 살아남아 다른 지역까지 원정을 가서 더 번성해버렸고, 먹이사슬 속에서 그 곤충을 먹은 다른 곤충들이 죽고, 새들이 죽고, 가축들이 죽어갔다. 이윽고 사람들도 병에 걸리기 시작한다. 이 잔혹한 과정을 『침묵의 봄』은 차분하고 예의바른 문체로 담백하게 써내려간다. 너무 침착하게 써서 오히려 읽는 사람이 더 서늘해지는 효과를 자아낸다.

우리가 이겨야 할 대상은
바로 우리들 자신

대중적으로 엄청난 호응을 불러일으켰음에도 불구하고 레이첼 카슨이 『침묵의 봄』을 출간한 이후에 받았던 조롱과 박해를 떠올리면 분노가 치밀어 오른다. 카슨은 해양생물학자로서의 커리어뿐 아니라 해양 오염에 대해서 발군의 저작들을 내서 신뢰도가 높은 저자였다. 그럼에도 불구하고 그의 역량을 폄훼하고, 그의 경력에 의혹을 제기하고, 명성에 흠집을 내고, 그의 과학적 근거를 훼손시키고 반박하고 언론 플레이를 했다. 누가 했을까? 바로 화학제품을 생산하는 대기업들과 그들의 먹이사슬에 엮여 있는 전문가들과 언론들이었다. 그들은 레이첼 카슨을 두고 대수롭지 않은 문제에 너무 히스테릭하게 반응하는 일개 독신녀에 불과하다는 식으로 공격했고, 출중한 연구 경력도 없고 학회에 소속된 전문가도 아니라는 식으로 폄훼했다. 너무도 익숙한 패턴 아닌가? 달을 가리키면 손가락의 주인을 공격하는 패턴, 지금도 곳곳에서 일어나고 있는 일이다.

카슨은 이 책을 내기 전에도 살충제 해악을 제기하는 고발성 글을 꽤 썼지만 대기업의 광고 유치를 걱정하는 언론 때문에 기고를 거부당했던 적도 있다. 살충제의 해악에 관해서는 전문계 내에서 연구 논문 형식으로 꾸준히 제기되었지만, 대중적인 영향력을 지닌 글이 세상에 나오기는 그렇게도 장벽이 높았던 것이다.

레이첼 카슨은 『침묵의 봄』을 내고 2년 후에 유방암으로 죽는다. 책을 끝내려고 건강에 유의했던 그였으나 출간 이후에 더 큰 압력을 받았던 것은 아닐까? 투병 중에도 방송과 의회 청문회에 나가서 그 차분하고 상냥한 말투로 엄중한 경고를 보냈으니 그 책임의식에 존경을 표하지 않을 수 없다.

『침묵의 봄』이 열어준 환경보전 정책의 필요성과 화학제품 남용에 대한 경고에도 불구하고 우리는 그 이후에도 지속적으로 화학제품의 폐해를 겪어왔다. 농약이나 살충제뿐 아니라 가습기 살균제, 화장품, 치약 등의 일상적 문제까지 겪고 있다. 베트남 전쟁에서 무분별하게 쓰였던 고엽제(열대 밀림을 없애려고 군인들에게 직접

뿌리는 만용까지 저질렀다) 그리고 지금도 계속 개발되는 생화학 무기 등 인간은 스스로 파괴하는 능력에 있어서는 타의 추종을 불허하는 걸까? 과연 이 악순환은 깨질 수 있을까?

레이첼 카슨이 쓴 한 권의 책이 그토록 큰 영향을 미치고 불후의 고전으로 자리 잡게 된 데에는 그의 전문가적 능력뿐 아니라 그의 필력이 크게 작용했을 것 같다. 마치 한 권의 우화를 여는 듯한 도입부는 시적인 감성으로 가득 차 있다. "낯선 정적이 감돌았다. 새들은 도대체 어디로 가버린 것일까? 이런 상황에 놀란 마을 사람들은 자취를 감춘 새에 대해서 이야기했다. 새들이 모이를 쪼아 먹던 뒷마당은 버림받은 듯 쓸쓸했다. (……) 죽은 듯 고요한 봄이 온 것이다. 전에는 아침이면 울새, 검정지빠귀, 산비둘기, 어치, 굴뚝새 등 여러 새의 합창이 울려 퍼지곤 했는데 이제는 아무런 소리도 들리지 않았다. 들판과 숲과 습지에 오직 침묵만이 감돌았다. (……) 이렇듯 세상은 비탄에 잠겼다. 그러나 이 땅에 새로운 생명의 탄생을 가로막은 것은 사악한 마술도, 악독한 적의 공격도 아니었다. 사람들이 스스로 저지른 일이었다."

레이첼 카슨의 시적이면서도 침착한 문체는 자연에 대한 사랑과 생명에 대한 연민으로 가득 차 있다. 안 들리는 소리를 들을 수 있는 능력, 그것은 어릴 적 뛰어놀던 자연 속의 소리에 귀 기울였던 때문이 아닐까? 거대한 세력의 위협을 받으면서도 "우리가 이겨할 대상은 자연이 아니라 바로 우리들 자신"이라고 담담하게 이야기할 수 있는 담대함, 그것이야말로 진정한 책임감이었다.

한 끼니의 지혜,
여기서부터 시작하자

『희망의 밥상』 · 제인 구달

레이첼 카슨이 『침묵의 봄』을 집필하던 그 시절, 이십 대의 제인 구달(Jane Goodall)은 아프리카 탄자니아로 떠난다. 아직 전문가도 아니다. 경력도 없다. 한 동물학자의 신참 보조로 침팬지 행동을 연구하러 떠난 것뿐이다. 그 동물학자는 제인 구달의 관찰력을 높이 샀다고 한다. 어린 시절 닭이 알을 품고 병아리가 나오는 걸 관찰하느라 몇 시간씩 사라져서 엄마를 동동 구르게 만들었던 그 소녀다. 세월이 지나 그는 케임브리지 대학에서 박사 학위를 받고 또다시 탄자니아 그 계곡에 들어가서 침팬지와의 생활을 이어간다. '침팬지 엄마'의 탄생이다.

제인 구달은 침팬지에 대한 연구를 책으로 엮어 동물학자, 특히 영장동물학자로서 유수의 명성을 갖게 되었다. 고운 금발을 가지런히 묶고 우아한 몸짓으로 아기 침팬지와 놀고 소통하는 모습은 너무도 감동적인 이미지여서 그의 충실한 현장 연구 결과를 더욱 빛내주었다.

이제 할머니가 된 나이임에도 제인 구달은 곱고 사려 깊고 게다가 신랄한 유머까지 갖췄다. "트럼프는 마치 수컷 우두머리 침팬지 같다. 자기가 세다고, 크다고 마구 소리 지르며 으쓱댄다"라고 통렬하게 비판하는 레이디다.

제인 구달은 침팬지의 엄마로서 그들의 생활을 지켜보다가 야생동물이 살 수 없도록 서식 환경이 점점 더 악화되고, 아프리카 대륙이 기업의 사냥질에 놀아나는 것을 보면서 그의 관심 주제를 더욱 근본적인 문제로 옮기기 시작한다. 인간의 무분별한 소비와 대기업들의 탐욕스런 사업 키우기, 무기력한 공공정책과 기업의 이익에 편승하는 정치권에 대해 분노의 불씨를 태우기 시작한 것이다.

많은 저자들이 이러한 이슈를 다양한 방식으로 제기했지만 제인 구달이 제기하는 방식은 독특하고 또한 그의 방식답다. '밥상'을 거론한 것이다. 우리의 먹거리, 세계의 70억 인구 한 사람 한 사람이 다 관련된 밥상이다. 가장 광범위하게 영향을 받는 소비자 독자들을 향해 가장 호소력 있는 사람이 가장 호소력 있는 방식으로 문제의식을 전파한 것이다. 그것은 적중했다. 제목마저 좋다. '희망의 밥상'이라니, 원제인 '희망의 수확(Harvest for Hope)'보다 더 다가온다.

한 끼니를
건강하게 먹을 수 있다면

우리는 하루에 세 끼니를 먹는다. '아침은 왕처럼, 점심은 시녀처럼, 저녁은 거지처럼' 먹기만 하면 건강에 충분한 걸까? 무엇을 먹을까? 체질에 맞춰 먹어야 할까? 계란은 하루 한 알을 꼭 먹어야 할까? 우유 한 잔은 꼭 마셔야 할까? 나는 탄수화물 중독자인가? 나는 밀가루 알레르기가 있나? 나는 육류파인가 생선파인가? 하루 한 끼니만이라도 집밥을 먹고 싶은데 이렇게 외식을 계속해도 되는 걸까?

먹거리에 대해 우리가 갖는 의문과 열정과 소망과 호기심은 끝이 없다. 태어나서부터 죽을 때까지 이어진다. 매일매일 이어진다. 끼니마다 이어진다. 건강에 대한 희망, 아름다움에 대한 소망 그리고 먹는 일 자체의 즐거움을 위하여 우리는 온갖 정력을 기울이는 것이다.

그런데 언제부터인가 우리는 예전에 하지 않던 걱정을 하고 있는 자신을 발견하고 깜짝 놀란다. '이 김치는 어디에서 만든 거지? 왜 이렇게 싸지? 왜 이렇게 비싸지? 수입인가? 어디에서 온 건가? 이 생선은 방사능에 오염된 거 아냐? 이거 설탕을 잔뜩 넣은 거 아냐? 이거 MSG를 너무 친 거 아닌가?' 의문은 끝없이 이어진다. 예전에는 싸면 너무 좋다고 했지만 이젠 고개를 갸웃거리게 된다. 식당에 들어가면 재료 원산지 판을 들여다본다.

그럴 수밖에 없다. 각종 병도 늘고 원인을 알 수 없는 이상한 증세들도 늘었다. 비만, 고혈압, 당뇨 등 성인병은 말할 것도 없고 아토피, 자가면역질환, 체기에 시달리는 사람도 늘었고 기침과 호흡기 질환에 시달리는 일도 잦아졌다. 그동안 광우병, 조류 인플루엔자, 구제역, 메르스 등 동물에 관련된 병들을 더 알게 되기도 했다. 예방·치료하는 약과 주사만 필요한가? 아니다. '먹는 건 곧 우리 몸이다'라는 의식이 늘었다. 제인 구달은 바로 이 지점에서 출발한다. 소비자가 지혜로워지면 생산자들이 따라오지 않을 재간이 없는 것이다.

그러나 이 책을 읽는다는 것은 무척 괴롭다. 인간이 얼마나 동물들을 괴롭히고 학대하는지, 인간이 자연을 얼마나 파괴하고 있는지, 대기업들의 탐욕이 얼마나 하늘 꼭대기까지 올라가 있는지, 과연 이 무시무시한 문제를 해결할 수 있는 것인지, 너무도 생생하게 인간이 만든 먹이사슬의 지옥도를 그리고 있기 때문이다. 인간은 정말 잔인무도하다.

그런데 내가 먹는 한 끼니에 좀 더 지혜로워진다면 이 지옥의 묵시록을 탈출할 수 있다는 말인가? 회의는 들지만 시작은 분명 필요하다. 한번 시작하면 순식간에 퍼질 것은 분명하다. 이 세상의 엄마들, 이 세상의 아빠들의 힘이 대기업들의 횡포를 이겨낼 수 있지 않을까? 우리의 건강과 생물 생태계의 보전과 지구환경의 보전은 같이 갈 수 있지 않을까?

'희망의 밥상'은 작은 데에서 시작하고 문화 양식에 녹아들어야 지속된다. 우리 사회에서도 유기농 열풍이 불고 있지만 시장과 자본이 지배하는 우리의 밥상을 해방시키기 위해서 갈 길은 아직도 멀다. 유럽의 도시에는 동네마다 광장이 있고 낮 시간에는 꼭 파머스 마켓(farmers' market, 농부의 시장)이 열린다. 사람들은 여기서 하루 끼니를 장만하는 데 자부심을 갖는다. 다들 그게 진짜 건강이라고 생각한다. 그들은 당연한 듯 말한다. "제철 과실과 제철 채소가 아니면 먹지 않는다, 통조림에 들어 있는 건 먹지 않는다, 냉동식품은 먹지 않는다. 이게 건강하다." 비닐하우스와 대형마트와 대형냉장고에 길들여진 우리들은 아직 갈 길이 멀다.

우리가 시작할 수 있는 것은, 한 끼니다. 한 끼니의 이야기를 들어보자. 한 끼니를 건강하게 먹을 수만 있다면 우리는 이윽고 세계를 구원할 것이다. 제인 구달은 바로 그 얘기를 하고 싶었던 것이다. 당장 시작하고 싶어진다. 그것이 『희망의 밥상』의 덕목 아니겠는가?.

'죽음' 곁에서
'삶'의 의미를 깨닫다

『상실 수업』 • 엘리자베스 퀴블러 로스

내가 언제 죽음을 알게 된 건지는 정확히 기억나지 않는다. 대여섯 살 무렵에 갑자기 세 살 터울의 남동생이 사라지고 엄마가 말이 없어지고 집 안에 깊은 침묵이 감돌았지만 누구도 죽음에 대해서 이야기해주지 않았다. 그보다 조금 더 컸을 때 엄마가 하얀 한복을 입고 한옥 마루의 기둥을 잡고 울고 있는 모습을 봤다. 엄마의 눈물을 보고 무척 당황했는데, 한편 그 모습이 어찌나 아름답고 또 슬퍼 보이던지 내 인생의 인상적인 장면 중 하나로 남아 있다. 아주 나중에서야 알게 되었다. 태어난 지 얼마 안 된 동생이 죽었다고 한다. 초등학교 5학년 때는 바로 위의 언니가 연탄가스 중독 사고를 당했다. 새벽에 아버지가 언니를 업고 나가는 황망했던 장면 이후로 중학생이었던 언니는 돌아오지 않았다.

내 큰딸이 어릴 적 죽음을 알게 된 것은 네다섯 살 무렵이었다.

259

유학 중이었던 보스턴의 아름다운 '마운트어번 묘지'에 산책을 갔는데 비석과 납골당과 조각들이 아주 인상적이었던 모양이다. 그림을 잘 그리던 딸은 묘지 그림을 그리면서 아주 자연스럽게 말했다. "엄마가 죽으면, 아빠가 죽으면 이렇게 만들어줄 거야!" 하는 식으로 말이다. 이 아이가 자기도 죽는다는 것을 알고 있다는 것을 얼마 후에 확인하게 되었다. 집에 방문했던 친척 아저씨가 "커서 뭐 될 거야, 뭐 할 거야?" 하고 자꾸 물어보니 이래저래 릴레이 대답을 하더니만, 마지막 답이 "Then, I'm going to die(그러고나서 죽을 거야)!"였다. 어린 딸의 그 표정과 말투가 어찌나 의기양양하던지 우리들은 다 같이 함빡 웃었다.

어린아이가 이렇게 자연스럽게 받아들이는 죽음이지만, 나이가 들수록 죽음은 회피의 대상이 된다. 무섭고 두렵고 외롭고 아프다. 생각하기조차 싫다. 이야기를 잘 하려 들지 않는다. 하지만, 그럼에도 불구하고, 모든 인간이 알고 있는 진실은 '나도 죽는다'는 것이다. 이것이 인간과 동물을 구분하는 것 중의 하나다. 동물은 자기가 죽는다는 것을 의식하면서 살지 않는다. 하지만 인간은 살아 있는 한, 언젠가 자기가 죽는다는 것을 의식하면서 산다.

필멸의 존재임을 아는 인간은 여러 방식으로 불멸을 구상한다. '신의 큰 그림'으로 이해하려 들기도 하고, 자기 성을 따르는 후손으로 이어가려고도 하고, 이집트의 파라오처럼 불멸의 존재가 되려고 피라미드라는 도구를 만들기도 하고, 진시황제처럼 불로장생을 꿈꾸는 약초를 찾으려고도 하고, 불멸의 건축물을 만들어 자신의 흔적을 남겨놓으려고도 하고, 또는 불멸의 작품을 만들고 싶다는 야망을 불태우기도 한다. 다 부질없다. 아무리 별별 짓을 하더라도 인간은 스러지기 마련이다. 『이기적 유전자』를 쓴 리처드 도킨스의 이론처럼 유전자가 자신의 생존과 번영을 위해서 우리 몸을 이용하고 있을 뿐이라는 '유전자 그릇으로의 인간의 몸'이라는 개념으로 보면, 인간이 불멸에 대해 운운하는 자체가 부질없다는 생각마저 들 정도다. 하지만 그것이 환상이든 이상이든, 자의식이 강한 우리 인간에게 죽음이란 엄청난 무게로 다가올 수밖에 없다.

인생은 어쩌면
애도의 연속일지도 모른다

여기 참 신기한 사람이 있다. 죽음을 부정하지 않고 죽음을 넘어서려 들지도 않으면서 평생을 '죽음' 곁에 있는 사람이다. 죽어가는 사람 옆을 지켜주는 사람이다. 바로 '호스피스'라는 개념을 처음으로 도입한 엘리자베스 퀴블러 로스(Elizabeth Kubler Ross)다. 그가 이 일을 시작하게 된 계기가 너무도 진지하다. 2차 세계대전이 끝나고 열아홉의 나이에 독일의 유대인수용소에서 자원봉사 활동을 했는데 거기에 수없이 그려져 있는 '환생을 의미하는 나비' 그림을 보고 삶과 죽음의 의미에 대해서 생각하게 되었다고 한다. 정신의학을 공부한 그녀는 미국의 병원에서 일할 때 죽어가는 환자를 그저 '몸의 죽음'으로만 대하는 데에 충격을 받는다. 그래서 그는 죽음에 대한 마음을 보살피는 '호스피스'를 창안한다. 반세기 동안 그 일을 하면서 그녀는 죽어가는 환자들, 그리고 남겨지는 사람들의 고통과 절망과 비탄과 애도와 슬픔을 겪으면서 자신의 철학을 세워간다.

그녀가 남긴 많은 이론 중에서 '애도의 5단계'는 어떠한 종류의 이별과 상실에도 적용할 수 있는 심리 이론으로 자리 잡았다. '부정·분노·우울·타협·수용'의 다섯 단계는 쉽게 말하자면 '이럴 수 없어! 그럴 리가 없어!' '왜 이런 일이 일어나는 거야? 말도 안 돼!' '말하기조차 싫어!' '무엇이 잘못되었던 걸까?' '이것을 어떻게 받아들여야 할까?'라는 상태로 전개되는 우리의 마음이다. 누구라도 한 번쯤은 이런 상실의 과정을 겪어봤을 것이다. 사랑의 실패, 사랑하는 사람과의 이별, 사랑하는 사람의 죽음, 갑작스러운 사고, 재난으로 인한 상실 등 이런 과정을 거치지 않는 인생은 없다. 개인적인 애도뿐 아니라 사회적 애도까지 포함한다면 우리 인생은 어쩌면 애도의 연속일지도 모른다.

엘리자베스 퀴블러 로스가 쓴 여러 책들 중에서도 『상실 수업』이 특별한 것은 작가가 자신의 죽음을 앞두고 쓴 책이라는 사실이다. 9년 동안 중풍으로 잘 움직이지 못하면서도 죽기 직전까지 썼다. 그래서 그런지 이론뿐 아니라 위로의 말이 듬뿍 담겨 있다. 상실의 단계에 대한 관찰을 넘어서서 그 상실의 비탄 속에서 겪는 눈물, 자책감, 죄책감, 후회, 반발, 분노 등 이루 헤아릴 수 없는 감정들에 대해서 솔직하게 적어준 것이 너무도 고맙다.

정말 신은 우리가 감당할 수 있을 만큼만 고통을 주는 것일까? 신은 우리를 너무 크게 생각하는 것은 아닐까? 견딜 수가 없다. 아무것도 할 수 없다. 하고 싶은 게 없다. 시도 때도 없이 눈물이 나온다. 너의 기억 속에서 헤어날 길이 없다. 꿈에서라도 만나고 싶다. 나는 왜 그때 그렇게 못했을까? 다 잊은 줄 알았는데 갑자기 밀물처럼 슬픔이 몰려든다. 눈물을 다 쏟은 줄 알았는데 다시 쏟아진다.

엘리자베스 퀴블러 로스가 남겨준 가장 귀중한 생각은, '상실은 가장 큰 인생수업'이라는 것이다. 상실을 모르는 사람, 비탄에 젖어보지 않은 사람, 깊은 슬픔에 빠져보지 않은 사람, 진정한 애도의 딜레마적 과정을 겪어보지 않은 사람은 인간으로 성장하는 데 치명적인 결격 사유일지 모른다. 울라. 울고 싶은 만큼 울라. 슬픔에 결코 끝은 없다. 죽음은 삶의 한 부분이다. 죽음을 자연스럽게 받아들이자. 죽음에 이르는 과정조차 삶의 소중한 체험으로 받아들이자.

세계화가
도시의 삶을
망친다

『축출 자본주의』 • 사스키아 사센

1장에서 언급한 제인 제이콥스는 불멸의 도시 멘토로서 '도시의 죽음과 삶'이라는 주제를 통해 도시에 대한 무한한 애정을 표현하고 도시의 끊임없는 재생 가능성에 대해 긍정적인 큰 그림을 그려놓았다. 그런데 지금의 도시는 어떤 상황에 있을까? 도시란 인간이 만드는 가장 최고의 문화 형태임에도 불구하고, 지금의 도시란 자칫 인간이 만든 가장 파괴적인 형태가 되는 것 아닐까? 긍정적인 미래가 아니라 부정적인 미래로 치닫는 것은 아닌가? 제인 제이콥스 역시 그의 마지막 저작에서 도시의 부정적 미래를 걱정했다.

도시사회학자 사스키아 사센(Saskia Sassen)은 제인 제이콥스 탄생 백주년이었던 2016년에 제인 제이콥스를 만났던 기억을 떠올린 칼럼을 썼던 바 있다. 사센이 캐나다의 한 강연에서 발표를 끝냈을 때 방청석에 앉아 있던 제이콥스가 손을 번쩍 들더니 사스키아 사센이 그때까지 평생 받아보지 않았던 통렬한 멘트를 날렸다는 것이다. 제이콥스는 도시에서 삶의 터전으로서의 '장소'의 중요성을 강조했고, 그 멘트에서 사센은 잊지 못할 교훈을 얻었다고 한다. 사회학, 정치경제학, 기업분석, 지리학, 통계 등 거시적 도시 분석에 익숙한 사센에게 제인 제이콥스는 '인간이 사는 장소로서의 도시'의 중요성을 역설했던 것이다.

사센 교수는 『축출 자본주의』를 통해 세계 자본주의의 거대한 메커니즘 하에서 인간이 사는 장소로서의 도시가 무너져 내리는 현실을 냉철하게 분석하고, 그것을 '축출'이라는 개념으로 정의한다. 재개발과 젠트리피케이션(gentrification, 고소득층의 주택과 고급가게들이 도심으로 다시 들어오는 현상)으로 저소득층은 살던 동네에서 쫓겨나고, 프랜차이즈 상점들에 의해 골목의 작은 가게들이 쫓겨난다. 부동산 금융의 소삭이 계속되면서 부동산 대출이 늘어나고 결국 이자를 감당하지 못해서 겨우 마련한 자기 집에서도 쫓겨난다. 제조업들이 더 싼 노동력을 찾아 세계 곳곳으로 빠져나가는 와중에 중산층이 무너지고, 장소를 기반으로 하는 상권이 무너진다. 부자 나라와 부자 기업은 가난한 나라의 토지를 사들여 고수익 작물을 재배하며 그 나라 사람들의 먹을 터전을 빼앗고 환경을 황폐화시킨다. 가난한 나라 사람들은 내전이나 전쟁 상황만이 아니라 먹고살 길이 없어서 국제 미아가 될 각오로 고향을 떠난다. 이른바 부자 나라에서도 중산층이 근근이 살아가며 계층 하락을 겪을 뿐 아니라 사회에서 축출되어 급기야 사람들이 감옥에 수용되는 사태로 치닫는다.

이런 현상들을 사센은 '복잡한 세계 경제가 낳은 잔혹한 현실'이라는 부제로 표현했다. 1980년대부터 진행되어온 이른바 세계 자본주의 경제의 폭력성을 고발하는 것이다. '세계화'란 자유여행이나 문화교류와 교역에 있는 것만이 아니라 자본의 전 세계적인 활동에 그 본색이 있다. 문제는 이런 현상에 컨트롤 주체가 없다는 것이다. 각각의 경제 주체들만 있고 국가의 역할은 퇴색되고 금융권을 조정하는 국제기구들조차 자본의 논리를 극대화하는 데에만 혈안이 되어 있다. 대기업들에는 돈이 쌓이지만 국가 재정은 부실해지고 사회복지는커녕 가장 기본적인 공공 역할을 유지하는 데에도 국가는 허덕이게 된다.

냉철한 지식인이 던지는
냉철한 메시지

역사는 반복되지만 다른 양상으로 반복되고야 마는 것이다. 착취와 약탈은 인류 역사상 끊임없이 일어났지만, 봉건사회, 국가주의 사회, 산업화 사회, 제국주의 사회에서는 불평등 속에서도 그나마 사회 전체를 포용하려는 시각을 견지하려 노력했다. 그렇게 해야 사회의 안정을 유지할 수 있었기 때문이다. 복지와 공공 주택, 사회 불평등을 해소하는 세금제도들이 대표적인 방식이다. 그런데 현재진행형인 세계 자본주의에서는 공간의 개념 자체가 무너지면서 사람들의 삶을 돌보는 국가의 역할이 뿌리째 흔들리고 있는 것이다. 20세기까지 일어났던 제국주의 경제에서는 특정 국가가 특정 국가를 약탈했다면, 20세기 후반부터 일어나는 세계주의 경제에서는 글로벌 기업들의 약탈과 착취가 전 지구적인 스케일로 벌어진다. 그들은 땅을 차지해서 망가뜨리고 나서 더 이상 효용가치가 없어지면 가차 없이 떠나버린다.

'부익부 빈익빈' 현상은 사회에서도 기업에서도 국제 사회에서도 그대로 적용된다. 대기업이 중소기업을 약탈하고, 경제 대국의 이익에 작은 나라들이 약탈당한다. 19세기와 20세기를 삼켰던 제국주의의 식민지와는 또 다르다. 그나마 중산층을 키워냈던 산업화와 노동계급조차도 이제는 유효하지 않은 것이다. 국가는 어느새 부력화되어버린다. 초국적기업의 수익은 커지지만 국가 재정은 빚더미에 올라서고, 국가의 정책은 99퍼센트 국민의 삶을 보호하는 것보다 1퍼센트의 부자 또는 글로벌 기업의 이익을 극대화하는 데 더 치중한다.

독자들은 『축출 자본주의』의 개념을 설명을 하는 행간에서 나의 분노를 느낄지도 모르겠다. 나의 분노와 우려와 근심이 섞인 딜레마를 솔직히 고백하고 싶다. 그런데 정작 저자 사스키아 사센은 그야말로 냉철하게, 절제된 언어와 드라이할 정도의 정확한 통계 수치를 사용하면서 이 축출의 현상을 묘사하고 그 함의를 짚어내고 있다. 그가 학자로서 삼십여 년 동안 '글로벌리즘'에 대해서 연구한 내공이 그렇게 냉철한 태도를 견지하게 해주는 걸까? 그 학자로서의 자세가 감탄스럽다. 사스키아 사센은 2011년《포린 폴리시(Foreign Policy)》가 꼽은 100인의 세계사상가, 2012년 GDI-MIT가 선정한 '100인의 선도 사상가' 중 한 명이다. 세계화가 마치 무풍지대처럼 전 세계를 삼키고, 유행을 타는 주류 지식인들이 세계화를 찬양하고, 세계의 도시들이 금융권과 초국적 기업들을 유치하기 위해 마천루를 세우고 자본을 끌어들이는 와중에도 양심적인 지식인으로서 균형 잡힌 지적 활동을 계속했던 것이다.

SF영화 속 도시의
암울한 미래처럼?

『축출 자본주의』를 읽다 보면 SF영화에서 그리는 암울한 미래 도시가 그대로 떠오른다. 국가는 어디 있는지, 어디로 사라져버렸는지 모르겠고, 엄청난 대기업들이 기술 개발과 시장 장악을 통해 사회를 지배하고, 도시는 부자 구역과 가난한 구역으로 두 동강이 나고, 부자들은 우주에 유토피아 신세계를 만들려는 야망까지 실현하지만, 가난한 사람들은 노동으로부터 축출되고 복지 체계에서 축출되고 도시 서비스로부터 축출되어 허물어져가는 빈민굴

'게토(ghetto)'에서 인간 아닌 삶을 영위할 뿐이다. 약탈과 축출이 계속되다가는 어디서 저항과 반란이 일어날지 모르는 위험 사회가 되어버린 공간이 도시라는 공간이다.

아직은 「블레이드 러너」 「엘리시움」과 같은 SF영화에서 보이는 그 암울한 세상까지는 안 갔을지 모른다. 강력한 경고와 함께 예방을 게을리 해서는 안 된다. 부익부 빈익빈의 불평등 악순환을 바꾸어야 하고, 노동의 가치를 복원해야 하고, 삶의 공간을 지켜야 하고, 소외계층과 낙오자에 대한 시각을 달리 해야 한다. 국가의 역할에 대해서 고민해야 하고, 국제 자본의 통제 불능을 이겨내야 하고, 국제 사회의 윤리적 협력을 복원해야 한다. 사스키아 사센이 주장하는 바이기도 하다. 그런데 과연 그렇게 될 수 있을까? 긍정적이고 싶지만 가끔은 전혀 긍정적이 되지 못하는 딜레마에 빠진다.

조용히
세상을
움직이는 힘

『콰이어트』 • 수전 케인

사람들은 스스로를 또 타인들을 분류하기 좋아한다. 혈액형으로 분류하고, 동물 띠로 분류하고, 별자리로 분류하고, 사주로 분류하고, MBTI로 분류하고, 에니어그램(Enneagram)으로 분류하고, 사상체질로 분류한다. 사람을 유형으로 분류함으로써 보다 쉽게 이해하고자 함일까? 아니, 그것보다는 자기 자신을 알고자 하는 동기가 더욱 작용할 것 같다. '나는 누구인가, 나는 어떤 사람인가, 나는 무엇을 할 수 있는가' 하는 의문에서 벗어날 수가 없는 것이다.

사람의 성향을 구분할 때 가장 자주 쓰는 분류가 '외향적인가, 내향적인가?' 하는 것이다. 이 의문에는 항상 전제가 깔려 있다. '나는 너무 내성적인 거 아닌가?'라는 불안감이다. '외향적이어야 사회를 헤쳐 갈 수 있다던데, 성공할 수 있다던데?' 하는 생각도 작동한다. 이 의문에는 여자들이 더 자주 빠진다. '남자들은 외향적, 여자들은 내향적'이라는 고정관념이 있기 때문이다. 자의식이 강한 여성일수록 더 자주 빠질지도 모르겠다.

고백하자면, 나 역시 성장기 내내 이 고민에 시달렸다. 어릴 적에는 '수줍음이 많다'고 어른들이 걱정하는 얘기를 자주 들었고, 학교에서는 '책상에 머리 콕 박고 있는 친구'라는 평을 받곤 했으니 그럴 만도 했다. 말수가 적었고, 가족과 친척 앞에서는 거의 입을 닫았고, 책 읽기를 좋아한다는 핑계로 나의 세계에 파묻히곤 했다. 나는 당연히 나 자신을 내성적인 사람으로 생각했고, 속으로 '아니 그럼 내가 세상에서 살아갈 수 없단 말이야?' 하면서 혼자 머리를 쩔곤 했다.

사람들은 나의 이런 과거를 믿지 않는다. 지금의 나를 지나칠 정도로 외향적인 사람으로 보는 것이다. 처음 만나는 사람들과도 스스럼없고, 사람들과의 사교에 적극적이고, 어떤 자리에서나 의견을 밝히는 편이고, 발표하거나 토론하는 것을 좋아하고, 어떤 자리에서나 자기주장을 펼치고, 어떤 현장에서도 나서기를 주저하지 않으니 당연히 외향적인 사람으로 보는 것이다. 거기에 목소리가 크고 몸동작까지 큰 편이니 더 그렇게 생각한다. 그래서 나는 의문한다. '원래 내가 외향적인 사람이었던 건가?' 진실은 무엇일까?

『콰이어트』는 나보다 훨씬 더 심각하게 고민했던 여성이 쓴 책이다. 자기계발서로 분류되는 책을 나는 모처럼 아주 흔쾌하게 읽었다. 부제가 더 재미있다. '시끄러운 세상에서 조용히 세상을 움직이는 힘'이라니, 저자의 복심이 읽힌다. 우리 사회도 만만찮게 시끄럽지만, 시끄럽기로는 타의 추종을 불허하는 미국이라는 사회에서 '내성적 또는 내향적'이라는 판정을 받는 사람은 살아남기 쉽지 않다. 어릴 적부터 사교를 중시하고, 학교에서는 발표와 토론에 적극적으로 참여해야 될성부른 학생으로 평가받고, 사회에서는 언제나 미소와 덕담과 조크로 다른 사람들과 잘 어울려야 하고, 왕성한 시장 주도 사회에서 공격적일 정도로 적극적인 사교를 해야 한다는 가치관이 지배하는 사회가 미국이다. 마케팅이 성행하고 자기 마케팅 역시 꼭 필요하다고 주장하는 사회인 것이다. 그런 시끄러운 사회에서 조용한 사람이 얼마나 피곤하고 또 스트레스를 받으며 살겠는가?

나는 외향적일까,

내향적일까?

수전 케인(Susan Cain)은 '협상'에 대한 기업 컨설팅을 하는 변호사다. 당연히 사람을 많이 만나는 직업일 뿐 아니라 '협상'이라는 주제가 사람 간의 역학을 다루는 것이니만큼 얼마나 사람들의 성향을 읽으려고 노력하는 사람이겠는가? 수많은 회의와 발표와 보고와 외부 강연까지 사람들과 끊임없이 부대끼는 직업이다.

저자는 스스로 고백한다. 그런 만남들이 에너지를 지나치게 요구한다고, 그런 만남들이 피곤하고 그래서 스트레스를 받는다고, 그런 만남들보다는 차라리 혼자서 책을 읽고 글을 쓰고 보고서를 작성하는 게 훨씬 더 흥미롭다고, 그리고 '어차피 해야 한다면 즐겨라!'라는 조언도 전혀 도움이 안 된다고. 그래서 그녀는 자신의 소통 방식을 만들고 자신과 같은 성향의 사람들이 쓸 수 있는 다양한 방식을 제시해준다.

말하자면 일종의 '에너지 쓰기 총량의 법칙'과 비슷하다. 즉, 외향적인 시간을 일정하게 쓰고 나면 내향적인 시간을 가지거나, 외향적인 필요 시간을 잘 쓰기 위해서 내향적인 준비 시간을 미리 가지는 식으로 자기 에너지를 보전하는 것이다. 자신을 소모하지 않기 위해서 또한 외부의 자극에 소모되지 않기 위해서 자기 보호 장치를 잘 활용하면, 내향적인 사람도 충분히 대외적인 역량을 발휘할 수 있다는 것이다.

더욱 흥미로운 주장은 '세상은 내향적인 사람들의 내적인 힘에 의해서 진정 바뀐다'는 것이다. 꼭 연구자나 발명가나 지식인이나 예술가만이 아니다. 외향적인 특성으로 알려져 있는 기업가나 정치가들 중에도 알고 보면 내향적인 사람이 적지 않다. 내적인 동기를 끌어올리는 힘, 내공을 쌓는 힘이 강한 내향적인 사람들이 집중과 몰입을 통해 일정한 역량을 쌓는 데 훨씬 더 유리할 수 있다. 쌓은 내공을 뿜어내는 힘을 기르기만 하면 내향적인 사람이 진정하게 세상을 발전시키는 동력을 제공한다. 솔깃하지 않은가?

고개가 끄덕여지지 않는가? 그 누군가가 떠오르지 않는가?

통계적으로 내향적, 외향적인 사람의 비율은 대개 3 : 7이다. 그런데 왜 내향적인 사람은 스스로 죄책감을 갖고 자신을 감추려 들고 외향적인 가면을 쓰고 살아야만 하는가? 왜 사회는 그렇게 외향성만을 찬양해서 내향성을 주눅 들게 하고, 외향성 속에 숨은 내향적 성향과 내향성 속에 숨은 외향적 성향을 발휘하지 못하게 하는가? 바로 이 질문이 내향적 리더를 다룬 저자의 TED 강연에서 큰 반향을 일으켰다. 시끄러운 사회 속에서 자신을 숨기고 있던 내향적 사람들의 열광적 반응이었을 것이다.

책을 읽으면서 다시 '나는 내향적일까 외향적일까?' 하는 의문으로 돌아온다. 나는 내 자신을 '훈련된 외향성을 가진 내향적인 인간'이라고 진단한다. 또는 '외향성을 어릴 때 발휘하지 못한 한을 풀려고 커서 외향성을 더 드러내는 사람, 하지만 여전히 내향적인 시간을 훨씬 더 좋아하는 사람'이라고 진단한다. 정히 구분해본다면, 내 자신 속에는 내향성과 외향성의 비율이 7 : 3 정도쯤 될 것이다. 나를 외향적이라 생각하는 사람들은 나의 3만 보고 나의 7을 전혀 모르는 또는 인정하지 않으려 드는 것 아닐까?

책을 읽으면서 다시 우리 사회를 생각한다. 시끄러운 미국 사회를 닮아가는 우리 사회의 지나친 외향성 강조는 '체면 우선주의'와 겹쳐져서 그리 행복하지 못한 상황을 만든다. 이른바 출세하고 성공하려면 마당발이 되어야 하고 끊임없이 사람들을 만나고 네트워크를 쌓아야 하고 자기 마케팅을 해야 한다는 전제는 강압에 가깝다. 나는 오히려 이런 문화가 우리 사회의 내공을 깎아먹는 것은 아닌지 의심한다. 그리고 부디 내향적인 사람들이 드높은 이상과 끈기 있는 노력과 집중과 몰입을 통해, 우리 사회를 바르게 바꾸는 문화가 정착하기를 기대한다. "콰이어트!" 조용함 속에서 그 무엇을 해내보자!

모든 것은
책으로부터 시작됐다

『서재 결혼 시키기』• 앤 패디먼

나는 이 책을 읽으면서 마냥 유쾌했다. 제목에 끌려서 책을 골랐다가, 유쾌해져서 읽고, 또 유쾌해지고 싶으면 다시 펼쳐보곤 한다.

'책 읽는 여자, 책 읽는 남자'가 만나면 어떤 삶이 될까? 책 읽기를 좋아하는 정도가 아니라 아예 책과 관련된 일을 '업'으로 삼는 남녀가 만났다. 작가이자 에디터로 일하는 남녀다. 둘만이 아니다. 그들 부모들까지 책과 관련된 일을 평생 해온 사람들이다. 모처럼 외식을 나가면 식당 메뉴판의 오·탈자를 잡아내려 빨간 펜을 들이대고 교정을 봐야만 직성이 풀리는 사람들이다. 이렇게 활자중독증에 걸린 사람들이 모여 사는 집은 어떨까? 무지 피곤한 건 아닐까? 오히려 평화로울까? 아니면 전쟁 같을까?

제일 웃기는 장면은 이 커플이 같이 산 지 무려 6년 만에 서재를 합치기로 결정했다는 점이다. 얼마나 각자의 서재를 소중히 여겼으면 그랬겠는가? 그렇게 서재를 합쳐서 정리하다가 분류 방식이 서로 마음에 안 든다고 처음으로 이혼을 생각해봤다는 건 더 웃긴다. 이건 기질의 문제일까 아니면 책에 대해서 갖는 독특한 철학 때문일까? 책에 대한 존중심이 넘쳐서 그러는 것일까? '너의 기준이 마땅치 않다, 나의 기준을 존중해주지 않는구나, 이 사람이 이 정도밖에 안 되나? 너는 구제 불능이구나!' 등 이른바 평가에 대한 의문들이 떠오르는데, 이 대상이 '책'이 되면 상당히 심각한 상태에 이를 수 있을 것도 같다. 책은 그냥 책이기만 한 것이 아니라 자신의 내면과 철학과 역사와 추억과 삶의 태도와 가치관을 온통 담고 있으니 말이다.

이 장에서 내가 이 책을 고른 것은, 이런 주제를 이렇게 감각적으로 쓸 수 있는 저자는 여자일 수밖에 없다는 생각이 들어서다. 이 책을 쓴 저자, 앤 패디먼(Anne Fediman)은 기고가이자 문필가로 활동하는 여성 작가다. 남자가 이런 책을 쓸 리는 절대로 없을 것 같다. 대개 남자가 공간의 주도권을 쥐고 있으니 공간 경쟁에 숨어 있는 심리를 잘 파악하지 못할 것 같기 때문이다. 아니, 내가 과문한 탓일 수도 있다. 그런 남자 저자가 있을 수도 있겠다. 언젠가 만나볼 수 있을 지도 모르겠다. '서재 결혼 시키기'라는 말에 담긴 '배려, 존중, 공존'의 뜻을 자기화한 남자가 많이 생긴다면 말이다.

책 읽는 사람은
섹시하다!

'책 읽는 여자는 섹시하다, 책 읽는 남자는 섹시하다'라고 앞에서 '나의 책 습관의 키워드'에 썼다. 왜 섹시할까? '섹시하다'의 의미가 무엇일까? 책을 읽는다는 행위의 의미는 '완벽히 홀로가 된다, 주체적이다, 자기 세계가 있다, 이야기가 있다'라는 것 아닐까? 그래서 '유혹적이다, 그 세계에서 불러들이고 싶다, 나랑 무엇을 나눌 수 있을지 궁금하다!'가 떠오르고 그래서 섹시한 것이다.

책 읽기란 절대적으로 '홀로'의 행위다. 책 읽기를 공유하고 책에 대해서 이야기하는 행위는 절대적으로 '깊은 관계'의 행위다. 책 읽는 여자, 책 읽는 남자가 가끔은 그 홀로의 세계에서 나와서 더 커진 모습으로, 더 멋져진 풍모로 우리를 유혹한다면, 참 괜찮은 세상이 될 것 같지 않은가? 꼭 서재를 합방시키지 않더라도 말이다.

여성의 시각은
세상을
어떻게 바꿀까?

　남자들이 수천 년 동안 만들어온 공고한 체제 내에서 여자는 인식에 있어서도 의문에 있어서도 행동에 있어서도 후발주자일 수밖에 없다. 그것은 약점이기도 하지만 강점이 되기도 한다. 약점이라면 기존의 권력 게임, 인물 네트워크, 정보 접근성에서 현저하게 떨어질 수 있다는 것이다. 사회의 고정관념 때문에 '유리 천장' 같은 문제가 없어지기가 그렇게 어렵기도 하다.

　인류 역사 대부분의 시간 동안 무시되고 억압되어왔던 여성의 시각은 인간 세계를 풍성하게 해준다. 안 보던 곳을 보게 해준다. 세상을 따뜻하게 해준다. 새로운 성장의 가능성을 열어준다. 이 장에 담은 저자들을 보라. 레이첼 카슨은 들리지 않는 소리까지 듣는 능력으로 서로 연결되는 환경 생태계의 중요성을 제기하고 화학 약품의 남용을 경고하고 환경 보전의 새 시대를 열었다. 제인 구달은 한 끼니에 담긴 건강의 이야기를 들려줌으로써 생명 체계를 파괴하는 탐욕의 기업과 정치, 생명계를 파괴하고 약탈하고 고문하는 인간의 잔인함을 고발하고 새로운 건강의 시대로 향하는 의지를 북돋았다. 모두가 죽음의 엄연한 존재에 대해서 외면할 때 엘리자베스 퀴블러 로스는 죽음의 실존을 마주했고 그 상실을 받아들이는 과정을 관찰했고 그 기록을 남김으로써 죽음과 삶이 엮어내는 의미를 새롭게 정의하며 '호스피스'라는 새로운 케어 시스템을 만들었다.

온 세계가 글로벌리즘에 열광하고 세계자본주의에 따른 이익만을 더 크게 만들려고 혈안이 되어 있을 때 사스키아 사센 교수는 세계화의 그늘, 즉 노동인구들이 이국의 유목민이 되고 사회 내부의 양극화와 세계의 양극화가 심해지면서 '축출 자본주의'가 삶의 공간인 우리의 도시를 지배한다고 경고하고 있다. 외향적이어야 성공한다고 부추기는 시끄러운 사회에서 자신의 과제에 집중하고 몰입하고 성찰하는 내향적인 사람이 진정 세상을 바꿀 수 있다고 수전 케인은 말하며 내향적인 성향의 사람들을 크게 격려해준다. '서재 결혼 시키기'라는 독특한 소재를 통해 앤 패디먼은 남자와 여자가 책을 통해서 결합의 강도를 높일 수 있음을 시사하면서 여성 작가의 배려와 공감과 소통의 강점을 보여준다.

내가 이 장에 담지 못한 주제가 있다. '기술과 여성'이라는 주제다. 기술을 마스터하면 세상을 본질적으로 바꿀 수 있는 기회가 훨씬 더 커진다는 주제의 책을 유학 시절에 읽고 나는 무척 용기를 얻었다. 내가 읽었던 책을 지금 발견할 수는 없으나 이 주제에 대해 무척 다양한 책들이 나와 있으니 찾아 읽어보기를 권한다. 여성이 기술을 보편적으로 사용할수록 여성의 생명, 배려, 공존, 감수성, 소통, 따뜻함의 능력이 기술 자체에 배어들 것임에 틀림없다. 기술조차 여성화할 수 있는 것이다.

한나 아렌트의 『인간의 조건』을 처음 읽었을 때 내가 궁금했던 것은, 세 가지 조건인 '노동, 작업, 행위'에서 노동과 작업을 구분한 것이다. 노동은 인간이기에 생존을 위해서 필연적으로 해야 하는 것이라면, 작업이란 인간이 필멸하기에 불멸을 꿈꾸며 무엇인가를 만들어내려는 욕망의 결과라는 개념 설명에 머리를 끄덕였다. 바로 그렇기에 작업이란 인간의 위대함을 증명하는 일이 될수도 있지만, 바로 그 점 때문에 작업을 추구하며 생명을 말살하고 인간성을 잃어버리게 만드는 악순환이 생기는 위험도 있다. 기술 개발이 바로 그러한 작업 중 하나다. 아렌트는 기술의 발달이 20세기의 폭력적 상황을 악화시켰고 인간이 작업을 추구하는 한 그 위험은 계속된다고 경고한 바 있다. 그런데 만약 기술이 여성화된다면 인류를 구원할 수 있는 작업이 될 수 있지 않을까?

'여성이 남성을 구원한다'는 것은 의식하건 의식하지 못하건 인류 역사상 아주 오래된 이상 중 하나다. 여성이 남성을 구원할 수 있다면, 여성이 세상을 구원하지 못할 이유가 없지 않은가? 여성의 시각으로 세상을 바꾸어보자.

6장

행동하는
용기를
예찬한다

'센 언니'들의
탄생

그녀들은 어떻게 세졌을까? 어떻게 용기를 끌어냈을까?
무엇이 그녀들의 투지를 끌어냈을까?
나도 세질 수 있을까? 나는 그만큼 간절할까?
다만 우리는 잘 알고 있다.
한 번 용기를 내면
두 번째, 세 번째 용기를 낼 용기가 커지고,
그리하여 용기 자체가 삶의 태도가 될 수 있다는 것을.

기울어진
운동장에서
달리다

  적어도 이 시대의 여자들이 동의할 수 있는 한 가지가 있을 것이다. '조선시대에 태어나지 않아서 얼마나 다행인가?' 다른 문화권의 여자들도 각기 동의하는 지점이 있을 것이다. '적어도 백 년 전에 태어나지 않아서 얼마나 다행인가?' 그런가 하면 지금도 세계 곳곳에는 여전히 '다른 공간, 다른 문화권에서 태어났으면 얼마나 좋았을까?' 하는 여자들이 무척 많을 것이다.

  여자라는 이유로, 역사 속에서 무수한 여자들이 이름도 갖지 못했다. 노동을 인정받지 못했다. 재산도 가질 수 없었다. 교육을 받을 수도 없었다. 직업을 인정받지 못했다. 투표도 할 수 없었다. 말하지 말라고 한다. 희생을 하라고 한다. 한마디로 여자들은 존재는 하지만 존재감은 없던 사회였다. 아름다운 희생을 강요받았고, 무언의 압력으로 인해 묵언 수행을 해야 했고, 고정관념적인 잣대로 아름다움을 평가받았고, 사랑의 이름으로 무한한 노동력을 제공했고, 산업계에서는 예비 노동력으로 여겨지기도 했고, 때로는 예비군으로 여겨지기도 했다.

그래도 나아졌다고? 양성평등이라고? 차별받지 않는 세상이라고? 나아지고는 있지만 평등은 아직 일상에 뿌리내리지 못하고 있다. 차별은 '적대적 차별'이나 '악의적 차별'뿐 아니라 '호의적 차별'까지 다양해지고 있다. 갈 길은 아직도 멀기만 하다. 여자에게는 너무나도 기울어진 운동장이다. 앞으로 나가려면 다시 뒤로 미끄러지고, 한 발자국 내딛기가 너무도 힘겨운 환경이다. 남자는 모른다. 이런 처지에 빠져보지 않고서 어떻게 이 심경을 이해할 수 있겠는가? 마이너로, 소수자로, 예비역으로, 2등 시민으로 여겨지는 게 때로는 서럽고 때로는 짜증스럽고 때로는 분노스럽다.

기울어지기는 했지만 그나마 운동장은 등장했다. 이 기울어진 운동장 위에서 아슬아슬하고 위태위태하게 경기를 하면서도 강렬한 피치로 두각을 나타내는 선수들이 있다. 이 여인들의 움직임을 보면 마치 장애물 경기를 보는 듯하다. 격투기 선수 같기도 하다. 아니, 세상에 전쟁을 거는 것 같기도 하다. 그들은 자신의 전투를 개인적인 것만이 아니라 사회로 확장시킨다. 세상을 향해서 의미 있는 짱돌을 던진다. 자신이 돌을 맞는 한이 있더라도.

그래서 이들은 어쩐지 우리를 불편하게 만들기도 한다. 그들의 용기를 흠모하면서도 우리 속의 비겁함과 두려움을 떠올리게 하기 때문이다. 실제로 이들은 보수적인 세력이나 이미 많은 것을 가진 기득권층으로부터 무수한 비판을 받으면서 논쟁의 한가운데로 떠올랐다. 매일 똑같을 것 같은 일상, 다 괜찮다고 하는 안정 지향적인 일상, 변하지 않으려는 일상에 돌을 던지는 사람들이 그리 편하게 다가오지는 않는 것이다.

이 여성들은 당연히 진보적이고 진취적이고 전위적이다. '배운 여자'들이고 똑똑하고 도전하는 여성들이다. 인류 역사상 이런 여성들은 환영받은 적이 별로 없다. 계급사회에서 왕족이나 귀족에 속한 일부 여성들이 예외에 속했던 경우가 있지만 그들조차도 일정한 틀 안에서 제약을 받으며 움직였다. 여성들은 나선다는 이유로 돌팔매를 받는가 하면, 무언가를 좀 더 알고 나눈다는 이유로 왕따를 당하기도 하고, 기성의 종교·정치 체제를 흔든다는 이유로 '마녀사냥'의 희생양이 되기도 했다. 똑똑한 여자, 도전하는 여자는 위협적이기만 한가?

여성들은 지레 주눅이 들기도 한다. 너무 나선다고 할까 봐, 너무 잘난 척한다고 할까 봐, 너무 지나치다고 할까 봐, 너무 앞서간다고 할까 봐, 너무 공격적이라고 비판받을까 봐, 너무 여성답지 않다고 할까 봐. 그래서 자신의 속에서 울려오는 행동의 용기를 누르는 경우도 많다. 행동하지 않으면 점점 더 용기를 내기 힘들어지는데 말이다. 나도 겪어왔던 심리 상태이고 많은 여성들이 스스로 의식하지도 못한 채 겪는 자기억제의 딜레마다. 스스로 장벽을 의식함으로써 장벽이 세워지고 더 높아지고 더 깨기 힘들어지는 이치인데 말이다.

그런 장벽을 깨는 여성들이 있다. 기울어진 운동장을 달리는 여성들이다. 이 장에서 그런 여성들을 돌아보자. 그녀들에게는 최근 유행하는 '센 언니'라는 말을 흔쾌하게 쓸 수도 있겠다. 한때 유행했던 '슈퍼우먼' 같은 말보다 백 배 낫다. 일과 집, 정다움과 터프함, 아내와 엄마, 며느리와 딸 역할을 완벽하게 잘하라고 무언의 압력을 넣는 슈퍼우먼이라는 말은 싫다. 어떤 여성도 절대로 슈퍼우먼이 될 수 없다. 그런데 '센 언니'는 어쩐지 정겹다. 나보다 좀 더 살아본 언니가 그의 실패와 성공 경험과 그의 눈물과 유머로 어쩐지 나를 돌봐줄 것만 같다. 여자가 여자를 좋아하고 존경하고 찬미하는 '걸크러시'가 대세가 되리라 기대해본다.

이 '센 언니'들은 어떻게 그렇게 세졌을까? 사실 그들이 얼마나 센가 하는 점보다는, 그들이 겪었던 고통과 고난 그리고 그 속에서 솟아올랐던 투지와 용기의 원천을 더듬어보는 것이 더 유효할 것이다. 나 역시 항상 궁금해하는 점이다. 도대체 사람은 어떤 상황에서 어떤 동기가 작용해서 용감해지는 것일까? 언제나 그렇듯, 용기란 하늘에서 그냥 떨어지는 것도 아니고 땅에서 그냥 솟아오르는 것도 아니다. 우리 각자의 경험에서도 그러하듯, '왜 그때 그러한 행동을 하느냐, 할 수 있는가?'에 대해서 설명하기란 쉽지 않다. 다만 우리는 잘 알고 있다. 한 번 용기를 내면 두 번째, 세 번째 용기가 커진다는 것을, 이윽고 용기 자체가 삶의 태도가 될 수 있다는 것을. 이 센 언니들을 보면서 겁 많은 우리들 속의 용기를 끌어낼 수 있기를 바란다.

전쟁과 권력과
사랑을
기록하는 용기

『한 남자』 • 오리아나 팔라치

 '센 언니 중의 센 언니'라면, 단연 오리아나 팔라치(Oriana Fallaci)가 떠오른다. 삼십여 년 동안 세계 곳곳의 전쟁터를 누빈 종군 기자. 세계를 쥐락펴락하는 권력자들의 위선과 탐욕 그리고 무능조차 폭로해낸 공격적인 저널리스트. '전설의 여기자'라는 전형적 꼬리표가 그리 마땅치는 않지만 그 말에 공감하지 않을 수가 없다. '레전드 급'이라는 말을 자주 쓰지만, 팔라치야말로 활동하는 내내 전설을 만들어냈다.

 나는 오리아나 팔라치의 사진 한 장에 빠져든다. 그를 검색하면 바로 나오는 사진이다. 친절함이나 상냥함은 찾아볼 수가 없다. 핑크빛이나 우유빛깔은커녕 하얀 빛깔도 안 비친다. 올 블랙의 이미지다. 긴 생머리에, 마치 독수리 같은 코에, 눈빛은 마치 사냥에 나선 호랑이의 눈매다. 손가락은 누구를 가리킬 줄 모르겠고 그

non conosci
lui e non posso consumar la
spettar di conoscerli. E por
care la perfezione in
i santi. I santi
col calen
paese così
Così fazioso, così
iamo anche
Non riesco

입술에서는 무슨 말이 터져 나올지 긴장감이 감돈다. 뿜어져 나오는 기가 생생하게 느껴진다. 게다가 매력적이기까지 하다. 마치 모델과 같은 풍모다. 그 카리스마 가득한 풍모로 머리에 차도르를 쓰고 이슬람 권력자와 인터뷰를 하다가 논쟁이 붙자 차도르를 벗어던졌다는 무용담은 듣기만 해도 간담이 서늘해진다.

　이름에서 알 수 있듯이 오리아나 팔라치는 이탈리아 사람이다. 총통 무솔리니의 파시즘이 이탈리아를 지배했던 열 살 무렵에 눈앞에서 사람이 죽는 걸 봤고, 열두 살에 아버지로부터 총 쏘는 법을 배웠고, 파시스트 독재정권에 맞서는 레지스탕스 운동에 가담했다. 전쟁이 끝나고 의대에 진학했고 작가 수업도 받았으나 아버지가 의문의 린치를 당해 의식불명에 빠지자 열여섯 살의 나이로 먹고살기 위해 기자로 나섰다. '죽어도 괜찮다'는 서약서를 쓰고 베트남 종군기자로 나섰는데, 잠깐 폼만 잡는가 싶더니 몸을 사리지 않고 전쟁터를 누비며 특종을 터뜨렸다. 생생한 체험을 기사에 녹이면서 독자의 마음에 다가서는 기사로 전쟁의 잔혹함과 무너지는 인간의 존엄성, 그리고 그 이면의 권력 다툼을 전했던 것이었다. 베트남전, 멕시코 반정부 시위, 중동 전쟁, 아프가니스탄 내전, 방글라데시 전쟁, 1990년대의 걸프전쟁 등 그가 취재하지 않은 전쟁이 없을 정도다.

　오리아나 팔라치가 본격적으로 유명세를 타게 된 것은 이른바 세계의 권력자들에 대한 인터뷰 기사들 덕분이었다. 미국의 국무장관 헨리 키신저, 이란의 반정부 지도자 아야톨라 루홀라 호메이니, 전후 독일의 빌리 브란트, 리비아의 독재자 무아마르 카다피, 팔레스타인 지도자 야세르 아라파트, 인도의 첫 여성 총리 인디라 간디, 이스라엘의 골다 메이어 총리, 중국의 지도자 덩샤오핑 등 세계를 쥐락펴락했던 인물들이다. 이들을 인터뷰하는 팔라치의 태도는 요즘 말로 하면 '직설 인터뷰'다. 그동안 참혹한 전쟁 현장들을 직접 겪으면서 칼을 갈았던 모양이다. 이를테면 '왜 그 짓을 했는가? 무슨 마음을 먹고 그렇게 많은 사람을 죽였는가? 당신의 권력 욕망은 어디에서 비롯되는가? 왜 거짓말을 했는가? 왜 지금도 속이나?' 같은 식인데, 팩트와 매치시켜 질문하니 권력자들은 당황하고 황당하고 내가 왜 이 인터뷰를 하겠다고 했을까 후회도 했을 것이다.

정말 이상하다. 오리아나 팔라치가 인터뷰를 하면 자신이 망가지기 십상인데도 왜 그 권력자들은 인터뷰에 응했을까? '나라면 팔라치도 존경할 거야, 나라면 팔라치를 이겨낼 수 있어!' 같은 자기도취적 심리였을까? 그 권력자들은 오리아나 팔라치와의 인터뷰가 성사되면 자신이 확고한 지도자로 인정받는다고 계산했을지도 모른다. 팔라치는 권력자의 그런 내면을 꿰뚫어보고 있었다. '그들은 단지 거대한 탐욕과, 이를 실현시키기 위한 밑도 끝도 없는 잔인함을 가지고 있다'고 간파한 것이다.

오로지 탐욕과 잔인함만을 가지고 있는 권력자들, 그들이 만들어낸 전쟁의 밑바닥을 헤집는 오리아나 팔라치에게 과연 개인적인 삶이 있었을까? 그도 한 인간으로서, 한 여인으로서 사랑했을까? 이 의문에 답해주는 책이 바로 『한 남자』다. 우리말 번역은 1990년대 초에 나왔으나 큰 반응을 얻지는 못했다. 작가 지망생이었던 오리아나 팔라치는 여러 권의 소설을 쓴 작가임에도 불구하고 그의 삶이 더 드라마틱해서 그런지, 기자로서의 활동보다는 덜 알려져 있다.

수천 가지 분노는
수천 가지 질문이 되어

『한 남자』는 오리아나가 팔라치가 열정적으로 사랑에 빠졌고 같이 고통스러워했던 한 남자를 그린 책이다. 실화다. 인터뷰하느라 만났다가 불같은 사랑에 빠졌던 그리스의 반독재 저항 운동가이자 시인이었던 알렉산드로스 파나굴리스라는 남자다. 그리스 대통령 암살 용의자로 잡혔다가 풀려난 파나굴리스를 만난 팔라치는 사십 대가 되도록 한 번도 경험한 적 없는 감정에 빠져서 그의 연인으로 아내로 동지로 같이 산다. 이 운명적 사랑은 겨우 3년 만에 끝나버렸다. 파나굴리스가 의문의 교통사고로 죽은 것이다. 팔라치는 이 사건이 독재 권력의 공작이라는 주장을 했으나 진상은 밝혀지지 않았다.

　사랑과 죽음이란 인간에게 일어날 수 있는 가장 드라마틱한 사건일 것이다. 다른 어떤 사건들에 대해서는 '이 역시 지나가리라'

고 말할 수 있을지 모르지만, 사랑과 죽음은 그렇게 할 수가 없다. 사랑은 떨굴 수 없고 잊을 수도 없고 잊히지도 않는다. 죽음으로 인하여 사랑은 불멸하게 된다. 평생 죽음과 한 발치 가까운 곳에서 필사적으로 살아남았던 팔라치는 사랑하는 남자의 죽음 앞에서 무너져 내린다. 시인이자 혁명가인 남자의 불안정한 감성마저도 껴안고, 그의 격정적 사랑 앞에서 사랑에 빠진 여인이 되고, 좌절에 빠진 그를 일으켜 세우고, 유혹과 방종에 빠지던 그를 바로 세우며 고난의 세월을 같이했던 오리아나 팔라치. 남자의 죽음 후에 팔라치는 침거로 들어갔다가 몇 년 후에 이 책을 들고 세상에 나온다. 남자를 기리고 자신의 사랑을 기리는 하나의 비석과도 같은 책이다.

나는 오리아나 팔라치가 이 책을 썼던 시절보다 훨씬 더 어린 삼십 대 초에 이 책을 읽었다. 어떤 남자가 내게 이 책을 권했다. 어떤 심사로 권했을까? 열정적이고 냉철한 여자가 휘몰아치는 사랑에 완벽하게 빠지는 경험을 배우라는 뜻이었을까? 한 여자가 한 남자를 사랑할 수 있는 극한의 감정을 배우라는 뜻이었을까?

오리아나 팔라치는 그가 목격했던 그 잔혹한 전쟁들, 그가 공격했던 그 잔인한 권력자들, 아버지를 린치로 공격한 어둠의 폭력, 자신이 거의 죽을 뻔한 멕시코 반정부 시위에서의 폭력, 그가 절통하게 사랑한 이의 죽음 속에서도 자신의 존엄성을 지키며 살아갔다. 살해되어버린 그의 연인 이야기를 『한 남자』로 기록했고, 처음이자 마지막인 그의 아이를 유산으로 잃은 고통을 『태어나지 않은 아기에게 보내는 편지』에 기록했다.

　오리아나 팔라치가 자신이 했던 인터뷰에 대해 이런 이야기를 한 적이 있다. "나는 수천 가지 분노를 가지고 인터뷰에 임했다. 그 수천 가지 분노는 수천 개의 질문이 되어 내가 상대에게 공격을 퍼붓기 전에 먼저 나를 공격했다."얼마나 크나큰 분노였을까? 권력자의 비인간성과 잔인무도함에 대한 분노, 폭력을 일상화시켰다는 분노, 그 폭력에 희생당한 수많은 생명들에 대한 연민, 그 자신의 아버지와 사랑하는 남자 그리고 자기 자신이 당했던 폭력에 대한 분노가 아니었을까? '분노는 나의 힘'이라고 할 만하다.

　오리아나 팔라치는 9.11 테러 이후, 이슬람 근본주의자들과 그들이 연루된 테러에 대한 분노를 적나라하게 드러낸 칼럼과 책을 썼다. 당시 뉴욕에 거주했던 작가로서 평생의 분노를 쏟아부은 것이 아닌가 싶을 정도로 강한 어조다. 이 발언으로 인해서 팔라치는 이슬람 혐오를 부추긴다는 비판을 받았고 이슬람 관련 단체로부터 수많은 소송을 받기도 했다. 평생을 잘못된 권력과 권력자들을 냉철하게 비판해온 팔라치의 이런 행보에 대해서 지식인들의 비판도 있었다. 9.11 테러와 테러리스트는 분명 잘못된 것이지만 그 타깃이 이슬람이 되어선 안 된다는 것이다. 그녀가 자신의 소설 『인샬라』에서 레바논의 테러에 의한 피해자를 거론하며 이슬람주의자들을 공격했던 에피소드가 다시 떠오르기도 했다.

　반 이슬람주의자라는 비판과 멕시코에 대한 반감을 가지고 있다는 비판은 저널리스트이자 지식인으로서 팔라치의 일생에서 오점으로 지적되기도 한다. 하지만 '권력에 대한 분노' 만큼이나 '폭력에 대한 분노'가 오리아나 팔라치의 심리를 좌우했던 것은 아닐까?『한 남자』를 통해 사랑을 기록하고, 종군기자로서 지옥의 폭력을 기록하고, 인터뷰 기자로서 야만적인 권력자들을 기록한 오리아나 팔라치. 기록하며 논쟁을 마다하지 않은 그의 용기에 어찌 박수를 보내지 않을 수 있겠는가?

잣대를
거부한다

『타인의 고통』 • 수전 손택

　수전 손택(Susan Sontag)은 한마디로 까칠하다. 나는 한동안 그의 글을 읽지 않았다. 이른바 '손택 마니아'들은 나에게 이렇게 말하곤 했다. "김진애가 손택을 안 읽다니, 말도 안 된다. 얼마나 근사한데, 그 까칠함이 얼마나 좋은데……." 내가 손택의 글을 읽지 않은 것은 철학자 니체의 글을 별로 읽지 않는 것과 비슷하다. 나는 왜 그런지 니체에 대한 거부감 내지 반감이 있다. 그의 선언적인 문체가 마땅치 않고, 니체의 사상이 나치에 의해 악용됐다는 것에 대한 감정도 섞여 있다. "니체 소문을 듣지 말고 니체 자체를 읽으세요. 김진애가 얼마나 니체적인데……" 하는 '니체 마니아' 친구의 말에 긴가민가 하면서 마음을 바꾸려 애를 쓰고 있으나 아직도 극복이 잘 안 된다.

　아마도 수전 손택에 대해서도 소문 때문에 마땅치 않아 했던 모

296

양이다. '뉴욕 지성계의 여왕' '대중문화의 퍼스트레이디' '새로운 감수성의 사제'라는 식의 표현이 못마땅했던 것이다. 지나친 청송도 그렇거니와 이른바 '센 언니'로 포장하는 언론의 행태가 별로였다. 아마도 여성 지식인 중에서 언론에 가장 자주 오르내린 인물이 수전 손택일 것이다. 그를 유명하게 만든 책『해석에 반대한다』가 문화계와 지식인들 안에서뿐 아니라 대중적으로도 강렬한 논쟁이 되었고 그 과정에서 수전 손택의 태도는 그야말로 사제적이라 할 만큼 신념과 확신으로 가득 차 있었다.

내가 못마땅해하는 꼬리표가 수전 손택에 대해 붙었던 데에는 이른바 '센 여자'에 대한 양면적인 태도 때문이라는 것을 나는 뒤늦게 깨달았다. 센 여자에 대해서는 한편에서는 엄청나게 띄워주려 들고 다른 한편에서는 흠집을 내려 든다. 특히 지적인 여성에 대해서는 더욱 그러하다. 수전 손택은 대중매체에서 주목하기에 좋은 재목인 데다가 보수적인 쪽에서 공격을 하기에 딱인 캐릭터다. 똑똑하고, 학벌 좋고(스물다섯 살에 하버드에서 철학 박사를 받았고, 프랑스와 영국에서도 공부했다), 주제의식 뚜렷하고, 소신 확실하게 밝히고, 논쟁 마다하지 않으며, 자신의 성 정체성에 대해서도 떳떳하다(손택은 열일곱 살에 결혼해서 스물다섯 살에 이혼했고 그 이후에 동성애자임을 밝혔다.)

그의 대표작,『해석에 반대한다』는 우리로서는 꽤 읽기 힘든 책이다. 문학, 예술, 대중문화 분야에서 서구의 전위적 작업들이 심층적으로 거론되기 때문에 무척 전문적이거니와 그가 제시하는 철학적 근거들은 지독하게 현학적이다. 그러나 그의 메시지는 분명하고 또 통쾌하다. 예술 작품을 해석하느라 작품 자체를 망치는 짓을 하지 말라는 것이다. 그런데 손택은 같은 뜻을 '해석은 지식인이 예술에 가하는 복수'라고 도발적으로 표현하니, 그다운 논쟁적 표현이 아닐 수 없다. 지식인들이 해석이라는 이름으로 예술 작품에 온갖 이론적 잣대를 들이대는 것은 지식인들(이 경우 평론가들)의 아주 오래된 자위 행위다. 그에 대해 그렇게 정곡을 찌르며 표현하니, 보수적인 지식인 계층이 얼마나 못마땅했겠는가?

나는 수전 손택이 "사람을 그렇게 너희들 잣대로 해석하려 들지 말라!"라고 하는 뜻으로 쓴 게 아닌가도 싶었다. 그 자신의 삶 자체가 하나의 예술 작품이 아닌가 싶게 손택은 진지하고 열정 가득하고 도발과 저항을 삶의 방식으로 삼고 있다. 그의 삶 자체가 하나의 스타일을 이루고 있다. 그러니 '나를 재단하려 들지 말라!'는 선언을 하고 싶었던 것은 아닌가? 하나의 존재, 행위, 예술 작품의 의미란 다양하게 해석될 수 있음을 선언하는 것이다. 해석 이전에 자신의 느낌과 생각의 의미가 더 중요하다는 것을 선언하는 것이다.

수전 손택이 언론의 호들갑으로부터 벗어나 초연한 자세로 열중하는 작업들이 나에게 훨씬 더 빛나게 다가온다. 그중 한 권이 『타인의 고통』이다. 제목이 내용보다 훨씬 더 절제되어 있는 책이다. 사진에 의해 조작되고 왜곡되고 부풀려지고 축소되기도 하

there are many stories of statues come... The

statue is usually a woman, often a Venu ...comes alive to

statues who come to life; to take reve...

There is a dinner party.

the careless way people want

lighting is muted and flatt...

is taking place, both o...

st having...

rves him...

servants are doi...

And in comes this...

comes to break up...

o hell...

better...

the existenc...

revealed as...

in a...

ar...

는 전쟁의 실체는 무시무시하다. 전쟁을 일으키기 위해, 애국심을 부추기기 위해, 두려움을 자극하기 위해, 동정심을 불러일으키기 위해 전쟁의 사진마저 조작되고 선별되고 악용된다. 게다가 전쟁의 이미지는 사람들의 관음증을 부추기며 하나의 스펙터클(spectacle. 구경거리, 장관)처럼 되어버린다. 마치 영화나 드라마에서 전투 장면을 보는 것처럼 CNN 뉴스와 유튜브 영상으로 실시간 폭격과 살육 장면을 보게 되어버린 오늘, 과연 전쟁의 명분이란 전쟁을 일으키는 자들이 주장하는 그대로 믿을 수 있는 것일까?

"다 같이 바보가 되지는 말자!"

철학으로 시작하여 예술 평론으로 넘어간 수전 손택은 고급문화와 대중문화를 넘나들면서 대중문화 중에서도 대중이 가장 영향받기 쉬운 매체인 '사진'에 천착하고, 궁극적으로는 '전쟁 사진'이라는 소재로 선언의 단계에서 공감의 단계로 나아간 것이 아닌가 싶다. 그리고 그런 자세가 특히 『타인의 고통』이라는 책에서 가장 잘 드러난다.

이 책의 도입부에서 손택은 버지니아 울프의 에세이 『3기니』 중 여러 대목을 골라서 인용하는데, 그 인용의 태도가 무척 진지하다. 울프의 『자기만의 방』이 상당한 호평을 받은 것과 달리 십여 년 뒤 쓰인 『3기니』는 상대적으로 주목을 받지 못했는데 손택은 그 이유로 이 책이 더 단단하게 여성주의적 시각을 표명하고 있고, 특히 '전쟁에 대한 여성의 태도와 남성의 태도'를 지적하고 있기 때문이라고 분석한다. 그러면서 울프가 간명하게 표현한 '전쟁에 대한 태도, 전쟁을 그린 그림에 대한 태도, 전쟁 현장을 포착한 사진에 대한 태도'의 대목을 인용하는 것이다. 지식인에서 지식인으로 이어지는 생각의 흐름이 너무 멋지다. 특히 여자 지식인에서 여자 지식인으로 이어지는 흐름이!

이른바 '미국의 양심'이라 불리는 놈 촘스키가 있다면, 수전 손택은 가히 '지성의 양심'으로 불릴 만하다. 어떤 권력에도, 특히 부패한 권력, 무능한 권력에 대해서 굴하지 않는 양심이다. 9.11 뉴욕 테러 사건이 난 후 손택은 오리아나 팔라치와 완전히 다른 태도를 취한다. 미국 부시 정부가 그들의 무능을 숨기고 오히려 테러의 위험과 희생의 고통을 이용해서 '애국법' 등을 제정하고 안전을 빌미로 컨트롤을 강화하자 손택은 이런 제목의 글을 쓴다. "다 같이 슬퍼하자. 그러나 다 같이 바보가 되지는 말자!"

슬픔에 깊이 빠질 줄 알면서도 바보가 되지 않는 것은 참으로 어려운 일이다. 수전 손택은 본인 자신의 고통(유방암과 자궁암, 가까이 다가온 죽음의 존재)을 이기고 난 후 '타인의 고통에 인간이 어디까지 공감할 수 있는가'라는 질문을 통해 인간의 인간됨을 묻는다. 인간은 자신의 고통을 통해서 더 크게 성장하는가? 인간은 타인의 고통에 대한 연민과 책임감으로 더 깊게 성장하는가? 수전 손택은 동유럽의 내전 상황이 벌어졌을 때, 보스니아 내전이 한창인 사라예보에 머물며 연극 「고도를 기다리며」를 무대에 올리는가 하면, 세르비아-코소보 내전 시에는 코소보에 머무르며 인종 청소로 참혹했던 '타인의 고통' 현장을 같이했다.

수전 손택에 대한 나의 오해는 풀렸다. 다른 사람들의 잣대를 거부하면서도 자기의 잣대를 들이대려는 것 아닌가 했던 오해 말이다. 주체적 삶을 살면서도 타인의 삶을 이해하려는 그의 삶의 태도에 공감하게 되기도 했다. 논쟁을 두려워하지 않는 그의 용기, 분노가 담긴 문장을 쓰는 그의 용기에 감탄하기도 한다. 그런데 아직 나는 손택이 쓴 소설들을 열어보지는 못했다. 언젠가는 그의 소설과도 호흡을 같이 하리라!

인습과 편견에
맞서다

「이혼고백서」 · 나혜석

시대를 앞서간 여성을 거론할 때 끊임없이 소환되는 이름, 나혜석. 나혜석에 대해서 나는 갈등 섞인 감정을 갖고 있다. 근대기의 신여성들에 대해서 알게 될 때마다 어김없이 생기는 감정이다. 왜 그렇게 했을까? 왜 그렇게밖에 못 했을까? 왜 더 당당하지 못했을까? 왜 더 전략적이지 못했을까? 왜 분별력을 잃었을까? 왜 판단을 그렇게밖에 못했을까? 왜 더 자기방어를 하지 못했을까? 왜 더 용기를 내지 못했을까? 의문들이 꼬리에 꼬리를 문다.

우리는 지금의 시점으로 여성의 삶을 들여다보지만, 그 여성은 그 시점에 사는 인간이라는 사실을 자칫 잊어버리기 쉽다. 어떤 시점인가? 여성의 인권은커녕 나라의 권리마저 빼앗겼던 일제강점기다. 아주 소수의 여성들만이 교육의 혜택을 받았고 그 여성들은 부유층인 경우가 많았다. 독립운동에 헌신한 사람들이 있는가 하면 당시 체제 내에서 일정 역할을 맡으며 계몽 활동을 했던 사람들도 있고 아예 친일에 나선 사람들도 있다. 아무리 교육을 받았어도 여자는 남자의 부속물로 여겨지던 시대다. '모던 뽀이'들이 나왔던 시대였으나 '모던 걸'이 주목받는 경우는 드물었다. 아직 '자유부인'의 개념도 나오기 한참 전이다.

나혜석은 화가로 활동했으나 화가로서의 활동에 대한 조명을 별로 받지 못했고, 문필가로도 활동했으나 그의 글은 잡지의 여행기와 여권 관련 기고 외에는 특히 주목받지 못했다. 그의 이름이 계속 소환되는 이유는 그의 공적인 삶보다는 개인적인 삶의 행적 때문이다. 아니, 이 말은 정확치 않다. 나혜석이 오늘날에도 끊임없이 소환되는 이유는 그가 그의 개인적 삶을 공적 영역으로 끌어냈기 때문이다.

일제강점기 하였으나 나혜석은 유복하게 자랐고, 신교육을 받았고, 일본 유학까지 다녀왔다. 3·1 만세운동에 참여했고 미술 교사로 일했고 그 시대로서는 드물게 연애도 했다. 폐결핵으로 죽은 첫 애인의 무덤에 남편으로 하여금 비석을 세우도록 했다는 기행도 알려져 있다. 가문 좋고 신교육도 받고 오랜 동안 구애했던 변호사 남편 김우영과 유럽 여행을 하기도 했고 그 여행기를 글로 쓰는가 하면 유럽의 여러 곳에서 그린 그림들을 발표하기도 했다. 아이를 낳은 여성 특유의 체험을 쓴 '모(母)된 감상기'라는 글 안에서 "아이란 어미의 살점을 뜯는 존재"라는 그때 기준으로는 지나치게 솔직한 표현을 쓰기도 했고 "남편의 아내가 되기 전에, 내 자

식의 어미이기 전에, 첫째로 나는 하나의 인간인 것이오"라는 발
언도 했다. 여기까지 보면 나혜석은 자유와 독립을 꿈꾸는 진취적
인 신여성으로 보인다.

"하지만, 여자도 사람이외다!"

그런데 나혜석의 삶은 180도 바뀐다. 파리에서 유학하던 시절
에 나혜석은 혼외 연애에 빠졌던 모양이다. 상대 이름도 알려져
있다. 나중에 친일 활동을 했던 천도교 도령 최린이다. 처음 이 사
실을 알았던 남편 김우영은 관계를 수습하나 그 소문이 뒤늦게 경
성에 퍼지자 나혜석을 못마땅히 여기던 시가의 종용에 의해 결국
이혼한다. 나혜석은 시가에서 파문당하고 네 아이를 보지도 못한
다. 여기까지는 혼외정사의 발생과 그에 따른 이혼으로 보인다.
  그다음의 전개가 엄청나다. 사적 삶이 공적 세계로 나오는 것이
다. 그것도 여자가 스스로 걸어나온다. 이혼 후 전시회를 하는 등
미술 작업과 여러 잡지에 기고하는 문필 활동을 하면서 재결합을
모색하기도 했지만 그 어느 것 하나 제대로 풀리지 않고 남편은
바로 재혼까지 했다. 이때 나혜석은 두 가지의 참으로 놀라운 행
동을 한다. 하나는 「이혼고백서」라는 글을 잡지에 싣는 것이다. 이
혼에 이르게 된 과정과 그에 대한 자신의 생각, 그리고 여성에게
만 정조를 요구하는 조선 남자들의 위선을 통렬하게 비판한 글이

다. 다른 하나는, 한때 연애 상대였던 최린을 상대로 '정조 유린에 대한 위로금 청구소송'을 한 것이다. 이혼 후 생활비 지원을 약속 해놓고 그를 지키지 않았다는 데 대한 소송이다.

때는 1930년 대였다. 십 년 전도 아니고 이십오 년 전도 아니고 오십 년 전도 아니고 무려 백여 년 전이다. 그 시대에서는 상상조차 하지 못할 일이다. 게다가 「이혼고백서」의 내용이라니!

"조선 남성들 보시오. 조선의 남성이란 인간들은 참으로 이상하외다. 잘나건 못나건 간에 그네들은 적실, 후실에 몇 집 살림을 하면서도 여성에게는 정조를 요구하고 있구려. 하지만, 여자도 사람이외다!"

'여자도 사람이외다!'라는 말이 쩌렁쩌렁 울린다. 나혜석은 이어서 1935년에 「신생활에 들면서」라는 글을 발표하는데, 그 안에는 "사남매 아이들아, 어미를 원망치 말고, 사회제도와 도덕과 법률과 인습을 원망하라. 네 어미는 과도기에 선각자로 그 운명의 줄에 희생된 자였느니라"라는 문장이 들어 있다.

그 이후 어떤 일이 벌어졌을까? 예상하는 대로다. 나혜석은 집안으로부터만 파문당한 것이 아니라 사회적으로도 매장됐다. 그의 공적 활동은 급격히 스러져갔다. 생활고에 시달렸다. 친우들의 도움을 받으면서 산사에 들어가 의탁하기도 했다. 그리고 행려병자로 생을 마감했다. 1948년이다. 그나마 조국의 해방을 보고 눈을 감았다.

일제강점기 중에 나혜석의 '이혼고백서' 사건은 최고의 스캔들

중 하나였다. 여성 인권에 대한 가장 공격적인 스캔들이었다. 여성, 남성 가리지 않고 당장의 반응은 단죄와 응징이었을 것이다. "아니, 여자가 무슨 혼외관계야? 여자가 간덩이도 부었지! 바람피우고도 이혼을 안 하겠대? 교육받았다고 잘난 척하더니 꼴 좋다! 이런 여자가 나대게 놔두면 되나? 뭐 잘났다고 고개를 빳빳이 들어? 부끄럽지도 않나?" 아마 이보다 훨씬 더 심한 욕설도 나왔을 것이다. 하지만 그 여성, 남성들의 마음속에는 이런 의문의 씨앗도 생기지 않았을까? "여자도 남자나 마찬가지 욕구를 가진 것은 맞는 거 아냐? 참 대단한 여성이다. 어찌 이혼고백장까지 써서 자신의 치부를 다 드러냈을까? 억울해서 그랬던 걸까? 남편에게 보복하려고? 애인에게 복수하려고? 근데 스캔들이 나면 피해보는 건 결국 여자 쪽이야. 언제까지 이렇게 살아야 해? 세상은 정말 달라질까?"

나혜석은 정말 자신의 말대로 '선각자'였을까? 그는 이렇게 썼다. "내 몸이 불꽃으로 타올라 한 줌 재가 될지언정 언젠가 먼 훗날 나의 피와 외침이 이 땅에 뿌려져 우리 후손 여성들은 좀 더 인간다운 삶을 살면서 내 이름을 기억할 것이라." 인습과 편견에 맞서는 용기를 보여줬던 나혜석은 '예언자'이기도 했다. 우리는 그의 이름을 소환하고 또 소환할 것이다.

사랑은
언제나 옳다

『이게 다예요』• 마르그리트 뒤라스

　사랑 이야기를 누구나처럼 즐겨하지만, 나는 사랑 이야기에 그리 혹하는 성향은 아니다. 격정적인 사랑 이야기에 혹하는 성격은 더욱 아니다. 상식에서 벗어난 사랑 이야기에 혹하는 성격은 더더욱 아니다. 그런데 마르그리트 뒤라스(Marguerite Duras) 앞에 서면 '사랑 이야기도 좋다'는 생각이 든다. 아니 더 나아가 '사랑은 언제나 옳다'라고 기꺼이 말하고 싶어진다.

　소설가, 시나리오 작가, 그리고 영화감독으로 활동하던 마르그리트 뒤라스는 우리에게 「연인」이라는 영화의 원작, 『연인』의 실제 주인공으로 잘 알려져 있다. 베트남에서 태어나고 자란 열다섯 살의 프랑스 소녀가 중국계 부호인 베트남 남자의 유혹에 기꺼이 넘어가 섹스를 깨우치고 탐닉하다가 그 허무함의 뒤로 떠나는 이야기다.

영화는 몹시 에로틱했다. 양 갈래로 머리를 땋고 남자 중절모를 쓰고는 엄마의 후줄근한 원피스를 입고 메콩 강의 배 난간에 기대선 열다섯 살의 소녀. 어디를 보는지 모르겠는 눈빛은 무심했다. 그 모습을 보고 빠져드는 남자는 어떤 남자인가? 불행한 부자 남자, 지루하고 무기력해서 탐닉에 빠져들고, 열다섯 살 프랑스 소녀와 결혼하겠다고 하지만 아버지가 반대하자 쉽게 주저앉고, 그 절망감을 아편굴에서 푸는 남자다. 프랑스 신사처럼 잘 빠진 하얀 수트와 기름을 발라넘긴 머리와 섬세하게 다듬은 손을 가진 아시아 남자의 매력을 기막히게 보여주던 배우 양가휘. 이 남녀가 중국인 거리 한복판의 온갖 소음이 들리는 한 붉은 방에서 서로를 탐하는 순간들은 허무함과 퇴폐와 관능과 초연함이 이상하게 얽힌 강렬한 시간들이었다.

> "다시 얼마 뒤, 오후.
> 생 뒤부아 거리."

뒤라스가 『연인』을 쓴 것이 나이 일흔 때다. 첫사랑이라기보다는 첫 경험을 주제로 글을 쓰는 데 무려 칠십 해의 시간이 필요했다는 것이 나에겐 아주 인상적이었다. 베트남을 떠난 지 수십 년 후에 받은 한 통의 전화, 그 남자의 전화다. "그의 사랑은 예전과 똑같다고. 그는 아직도 그녀를 사랑하고 있으며, 결코 이 사랑을 멈출 수 없을 거라고. 죽는 순간까지 그녀만을 사랑할 거라고"라는 대목으로 책은 끝난다. 이 전화를 받고서야 뒤라스는 첫 경험을 쓸 마음이 든 걸까? 그 남자의 전화를 받았다는 것이 사실일까, 아니면 뒤라스의 환상일까?

이것만은 확실한 것 같다. 『연인』을 쓸 때 마르그리트 뒤라스는 사랑에 빠져 있었다. 서른다섯 해 연하의 남자가 뒤라스와 함께하기 시작했던 게 그녀가 예순여섯이었을 때이고 이후 18년 동안 그 남자는 그녀의 곁을 지켰으니 말이다. 이십 대의 얀 안드레아는 뒤라스의 문학세계에 대한 흠모의 편지를 계속 보내다가 5년 만에 그녀로부터 만나러 오라는 쪽지를 받았다고 한다. 남자가 뮤즈 역할을 한 것일까? 아니, 뮤즈 역할은 남녀 쌍방으로 이루어졌을까?

뒤라스가 죽기 1년 전에 내 놓은 책이 『이게 다예요』다. 아주 짧은, 메모와 일기 형식의 글이다. 기나긴 혼수상태로 침대에 묶여 있던 시간과 다소 나아진 상태를 반복하는 수년 동안 쓴 글이다. 얀에게 보내는 가슴속 편지이자 그녀가 세상에 남기는 문학의 유서다.

뒤라스는 죽음에 대한 두려움을 감추지 않는다. "살려고 애써야 해. 죽음 속으로 뛰어들어선 안 돼. 이게 다야. 이게 내가 해야 할 모든 말이야." 사랑에 대한 아쉬움을 감추지도 않는다. "너처럼 될 수 없다는 것, 그게 내가 아쉬워하는 그 무엇이지." 자신의 글쓰기에 대한 고백도 한다. "일생 동안 나는 썼지. 얼간이처럼, 나는 그 짓을 했어. 일생 동안 쓰는 것, 그게 쓰는 것을 가르치지. 그렇다고 아무것도 면해지지는 않아." 죽음과 사랑은 인간이 피해갈 수 없는 사건이다. 사람을 시험에 들게 하는 치명적인 사건이다. 죽음에 이를 때까지도 마르그리트 뒤라스는 사랑을 해냈다. 사랑은 언제나 옳다.

나는 이 책에서 어느 대목보다도 소제목들에 울컥했다. '다시 얼마 뒤, 오후. 생 뒤부아 거리.' 생 뒤부아 거리는 그녀의 집이 있는 거리다. 그 거리에서 항상 똑같은 일이 일어나는 것 같지만 항상 다른 순간이 벌어지는 전개, 언제 어떤 순간이 펼쳐질지 모르는 기대감, 그 거리 그 느낌을 사랑하는 마음들이 쏟아지는 소제목들이다. '나는 뜨겁게 사랑했고, 나는 지금 이 거리를 떠나지만, 이 거리는 또 다시 사랑을 담으리라!'와 같은 느낌이다.

이것이 파리의 느낌, 프랑스의 감성인가? 그래서 그 문화에서는 서른아홉의 새파란 대통령이 나오고 스물다섯 살 연상의 퍼스트레이디가 나오는 건가? 당연히 마크롱과 브리짓 트로뉴의 사랑 이야기가 떠오른다. 첫 느낌과 교류의 기쁨과 오랜 기다림과 서로 아끼는 마음과 파트너십의 등장, 사랑은 언제나 옳다.

마르그리트 뒤라스의 『히로시마 내사랑』『모데라토 칸타빌레』, 영화 「인디아 송」 같은 수많은 작품 활동에서 '사랑'이 전면에 나오지만 그것은 인간의 심연을 들여다보게 하는 사건으로 전개된다. 사랑의 감정이란 언제나 인간이라는 심연, 인생이라는 심연에 던지는 돌멩이가 아닐까?

어린 시절 아시아의 식민지 나라에서 무너져 내린 집안의 가난한 소녀로 자라면서 얻었던 삶의 딜레마 때문이었을까, 철학과 법학을 공부했던 의문 때문이었을까, 미테랑 대통령과 함께 동료로서 레지스탕스 운동에 참여하면서 의문을 키웠던 때문일까? 뒤라스는 그만의 독특한 방법으로 그의 사랑 문법을 썼고 그의 사랑 인생을 살아냈다. 사랑은 언제나 옳다.

Viva la Vida
인생, 만세!

『프리다 칼로, 내 영혼의 일기』 • 프리다 칼로

"Viva la Vida!" "인생 만세!" 나의 표현을 따르자면, "인생, 건투!"다. 그녀는 그림 안에 이 글귀를 써넣었다. 그녀의 생애 마지막 그림이다.

아름다운 인생에 대한 찬사일까? 밝은 미래를 위한 기원일까? 자신에 대한 격려일까? 고통으로 점철된 인생을 건너온 자기 자신에 대한 박수일까? 수박의 붉은 살을 파고 새겨진 이 말이 생생하게 아프다. 일생을 이루 헤아릴 수 없는 고통 속에서 살고 사랑하고 일해온 여자의 마지막 말, 너무 근사하지 않은가? 바로 프리다 칼로(Frida Kahlo)다.

이 화가 이름은 모르더라도 아마 그녀의 그림은 대부분 접해 보았을 것이다. 척추에 쇠붙이를 박아 넣고 온 몸을 붕대로 칭칭 감고 새까만 긴 머리와 숱이 무성한 새까만 두 눈썹이 거의 맞닿을 것 같은 여자의 초상화다. 자화상이다. 프리다 칼로는 평생 55점의 자화상을 남겼다. 그가 그린 작품의 무려 삼분지 일을 차지한다. 어릴 적부터 죽을 때까지 끊임없이 자화상을 그린 작가로 렘브란트를 꼽는데 프리다 칼로는 그보다 더하다. 렘브란트의 자화상들이 현실 속에 있는 자기 자신에 대한 냉정한 진술을 담는다면, 프리다의 자화상들은 현실과 환상을 넘나들면서 자신과 함께 '또 다른 자아'가 벌이는 모험에 대한 고해성사다.

　나는 회고록을 별로 읽지도 않거니와 다른 사람의 작업 노트를 보는 경우도 거의 없다. 더구나 그것이 일기라면 더욱 사절하는 나다. 작가의 사후에 개인 자료들이 발견되어 책으로 엮여 나오는 경우도 있는데 역시 나의 관심사 밖이다. 그런데 이 책, 프리다 칼로의 일기만큼은 나에게 깊이 다가왔다. 아마도 그것이 화가의 일기이기 때문일지도 모른다. 화가의 일기는 독특하다. 작업 노트라고도 부를 만하다. 우연하게 한 화가의 작업 노트를 본 적이 있는데, 글과 스케치와 하루의 동선과 상상이 얽혀 있어서 무척 흥미로워했던 적이 있다.

　프리다 칼로의 일기는 그의 작품과는 다른, 또는 그의 작품을 연상할 수 있는 수많은 스케치들로 가득하다. 발표된 작품들보다 훨씬 더 환상적이고, 파괴적이면서 생산적이고, 도발적이고 전율 가득한 스케치들이다. 무엇보다도 일기답게 아주 개인적이다. 그가 직접 쓴 글과 연결해서 읽으면 더욱 이 일기를 쓴 사람의 가슴속을 더듬을 수 있다.

그 무엇에도 불구하고
나는 나 자신의 것이다

『프리다 칼로, 내 영혼의 일기』는 프리다 칼로가 가장 괴로워했던 마지막 십여 년 동안 쓴 일기다. 그는 평생 몸의 고통에서 헤어나본 적이 없다. 어릴 적 소아마비를 앓고 난 후 오른발이 부실했고 열여덟 살에는 큰 교통사고를 당해서 그야말로 온몸이 부서져버렸고 철봉이 그의 허리와 자궁과 질을 관통하기까지 했다. 심해졌다 나아졌다를 반복하며 서른 번의 외과수술을 받았고 일생을 고통 속에서 살았다. 그렇게 아이를 갖고 싶어 했지만 세 번의 유산을 했고, 진통제가 없이는 살 수 없는 지경에 이르기도 했고, 생의 막바지에는 괴저병에 걸려서 오른쪽 다리를 자르기도 했다.

그런데 그가 겪은 몸의 고통 이상의 고통이 마음의 고통이었던가? 프리다 칼로를 잘 아는 사람들, 특히 여자들로부터 많이 듣는 말이 '아니, 그 근사한 프리다 칼로가 왜 디에고 리베라(Diego Rivera) 같은 남자에게 일생을 매달렸느냐?'다. '같은' 남자라고 하는 표현이 어떨지는 모르겠다. 디에고 리베라는 멕시코에서 벽화 운동의 기수로 '국민 화가'로 칭송받는 인물이고 그림뿐만 아니라 혁명의 기수, 민중의 친구로서 대중의 사랑을 온몸에 받는 작가다. 그럼에도 그런 수식어가 붙는 것은, 그의 끊이지 않는 외도에 프리다의 여동생과의 동침까지 수많은 사건으로 프리다를 괴롭혔기 때문이다. 둘은 이혼했고 다시 재결합을 하기도 했다.

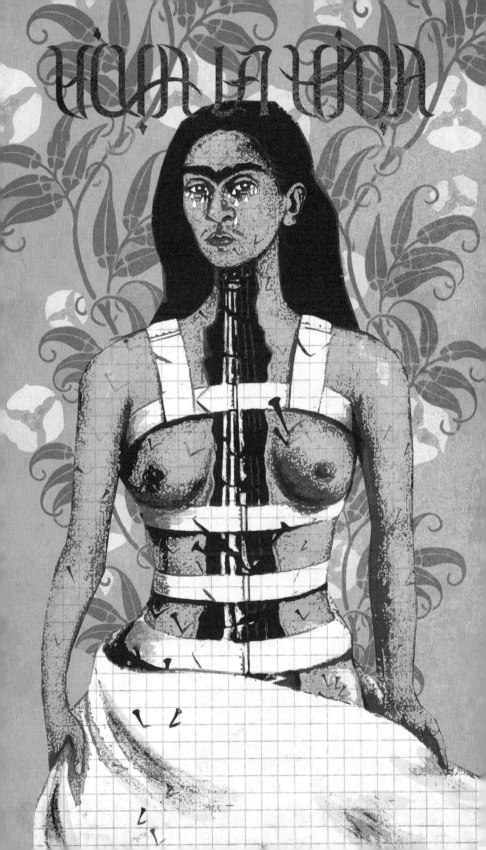

왜, 왜, 왜? 그 누구도 모른다. 왜 한 인간이 한 인간을 그리 사랑하는 건지, 왜 한 인간이 수많은 배신을 당하면서도 여전히 그 인간을 사랑하는 건지, 왜 한 인간이 한 인간을 그토록 사랑하면서도 배신을 하는 건지, 왜 한 인간이 한 인간을 그토록 사랑하면서도 외면을 하고 괴롭히고 상처를 주고 떠나는 건지 모른다.

무엇이 좋은 걸까? 그 배신과 상처가 무서워서 사랑을 하지 않고 사는 게 맞는 걸까? 그 모든 아픔과 괴로움에도 불구하고 사랑을 하는 것이 좋은 걸까? 맞느냐, 옳으냐, 좋으냐, 나쁘냐를 따질 필요가 없다. 프리다 칼로는 사랑을 했다. 그리고 그 사랑에서 자신의 에너지를 길어 올렸다. 사랑하는 사람과의 정신적, 문화적, 이념적 교류에서 수많은 영감을 얻었고 일할 용기를 얻었다. 상대의 깊은 속을 알게 되었을 뿐 아니라 자신의 깊은 속을 알게 되기도 했다.

프리다 칼로의 일기에 나오는 문구는 얼마나 절절한지, 사랑하는 사람이 품은 절절함은 그 자체로만도 부럽다. "당신의 모든 것을 이해합니다. 최고의 결합, 괴로워하고, 즐기고, 노여움을 사랑하고, 입 맞추고, 웃음 짓는. 우리는 같은 것을 위해 태어났어요. 발견하길 원하고, 발견한 것을 사랑하죠. 나는 감춥니다. 언제든 그것(사랑)을 잃어버릴지 모른다는 고통 때문에 당신은 아름답군요. 당신의 아름다움은 내가 준 것입니다." 당신은 내가 사랑하기 때문에 아름답다. 사랑하는 사람의 자부심 아닐까?

"아무도 모른다. 내가 얼마나 디에고를 사랑하는지. 나는 그 무엇에도 디에고가 상처입기를 원하지 않는다. 그 무엇도 그를 귀찮게 하지 말기를, 그리고 삶에 대한 그의 활력을 빼앗지 말기를. 그가 자신이 욕망하는 대로 살기를, 그리기를, 보기를, 사랑하기를, 먹기를, 잠들기를, 혼자이기를, 함께 있다는 것을 느끼기를. 하지만 결코 그가 슬프기를 원하지 않는다." 사랑은 주는 것임을, 사랑은 하는 것임을 그대로 느끼게 해주는 프리다 칼로. 내가 사랑함으로 해서 당신은 아름답고, 나는 당신이 당신으로서 충만하게 살아가기를 바라는 것이다.

프리다 칼로가 디에고 리베라를 그리 사랑한다고 해서 그녀의 자의식을 버렸을까? "왜 나는 그를 나의 디에고라고 부를까? 한 번도 나의 것이었던 적이 없고, 앞으로도 그럴 것인데. 그는 그 자신의 것이다." 이 문장은 그대로 프리다 칼로 자신에게도 적용되는 것이 아닐까? '그 무엇에도 불구하고, 나는 나 자신의 것이다!'라는.

서로의 뮤즈가 되었고, 서로의 고통이 되기도 했고, 서로의 욕망이 되었고, 서로의 질투가 되었고, 서로의 환상이 되었고, 서로에게 에너지를 주었던 관계. 한 인간과 한 인간의 사랑의 관계가 어떤 것인지, 우리는 헤아릴 길이 없다. 고통을 감수한 인간이여, 사랑의 고통을 완벽하게 겪은 인간이여, "Viva la Vida! 인생, 만세!"다.

장막을
걷어라!

독자들은 이 장의 글들을 좀 의외로 생각했을지도 모르겠다. '센 언니'들의 혁혁한 존재감을 조명할 줄 알았더니, 사랑으로 인한 그들의 고통에 더욱 주목했으니 말이다. 그런데 이것이 내가 주목하고 싶은 주제였다. 그렇게 세게 보이는 언니들이 얼마나 큰 고통과 좌절과 괴로움 속에서 자신의 작업들을 해냈느냐, 그들이 얼마나 깊게 사랑의 고통을 겪었느냐가 너무도 신선하지 않은가? 그들은 그 고통으로 더욱 강해질 수 있었던 것 아닐까? 적어도 그들은 그 사랑을 하면서 세상과 삶과 자신에 대한 체험을 더욱 풍부하게 했던 것 아닐까? 그러한 사랑, 그러한 열정이 그들에게서 용기를 끌어냈던 것 아닐까?

오리아나 팔라치는 권력에 의해 가해지는 폭력에 대한 '분노'를 그의 에너지로 삼아 전쟁터를 누비고 세기의 권력자들의 위선을 폭로했고, 자신이 사랑한 남자가 의문의 죽음을 당했을 때 다시 그 '분노'를 끌어올려 한 남자에 대한 사랑의 기록을 써내려간다. 수전 손택은 자신의 존재감, 예술의 자존감으로부터 출발하여 타인의 고통을 공감하는 단계로 향하는데, 그 과정에서 허위와 위선과 권력의 조작에 대한 통찰이 빛나려니와 '슬퍼하자, 그러나 바보가 되지 말자'는 담대한 용기로 향한다. 내가 갈등어린 시선으로 보는 신여성 나혜석은 자신의 감정과 욕구에 충실하다는 것이 얼마나 사회로부터 단죄를 받을 수 있는지 몰랐을지도 모른다. 드디어 자신의 사적 행위를 공적 세계의 논쟁으로 가지고 나왔을 때 나혜석은 비로소 선각의 용기를 찾아냈을 것이다.

마르그리트 뒤라스는 인간이 어떠한 종류의 사랑과 어떠한 종류의 감정조차도 겪을 수 있음을, 사랑에 대한 용기와 관능에 대한 욕구를 그대로 드러내는 인간의 풍성한 모습을 알게 해준다. '사랑은 언제나 옳다'는 것을 알고 행하며 살아가는 인간이 얼마나 될까? 사랑의 용기가 가장 강한 용기 아닐까? 그런 점에서 프리다 칼로의 고통과 사랑이 얽히는 삶에 경의를 표한다. 사랑을 하는 것, 그 사랑 때문에 고통스러워하는 것, 그 고통 속에서 삶의 에너지와 의미를 찾아내는 것, 그것이야말로 인간이 찾아낼 수 있는 가장 뜻깊은 삶의 의미일지도 모른다.

"장막을 걷어라! 저 행복의 나라로 갑시다!" 한대수가 쓴 어느 노래의 가사처럼 노래 부르고 싶다. 이 여성들은 기울어진 운동장 위에서 고정관념과 편견에 맞서 싸웠고, 그 과정에서 이기기도 지기도 했다. 무엇보다도 그들은 자신의 고통을 삶의 에너지로 바꾸었다. 그들로 인해서 장막은 차차 걷혀지기도 했다.

누구도 장막을 걷어주지는 않는다. 장막은 스스로 없어지지 않는다. 이들 뿐이랴. 역사 속에서는 앞에 드러나지 않았으나 숨은 곳에서 수없이 스스로의 힘으로 장막을 걷으려 노력한 여성들이 있다. 아무리 운동장이 기울었어도 그 위에서 달리려 노력했던 수많은 여성들이 있다. 살아가는 용기를 냈던 여성들, 살아가는 뜻을 세우려 달렸던 여성들에게 감사한다. 그 달리기는 결코 여성 자신만을 위한 것은 아니었다. 사람이 사람답게 사는 세상을 위해서 용기를 냈던 여성들의 고통을 기린다. '센 언니'들은 계속 태어나고 또 자랄 것이다.

인터로그
2

나의
독서
예찬론

> "책을 읽고 싶을 때가 누구에게나
> 어느 시점에든 온다고 나는 믿는다,
> 그리고 한번 맛을 들이면 책 읽기 맛은 오래간다."

책을 꽤 읽는 편이고 책도 꽤 썼던지라 나는 독서에 대한 생각을 밝힐 기회가 꽤 있었다. 말하자면 '독서 예찬론'을 줄곧 펼쳐온 셈이다. 『왜 공부하는가』에서 썼던 그 예찬론을 다시금 꺼내본다.

책은 모든 정보, 모든 지혜, 모든 논리, 모든 감성, 모든 소통, 모든 상상, 모든 창조의 시작이다. '글'로 구성되는 책이 훈련에 좋은 이유는 수없이 많다. 첫째, 인간의 가장 보편적인 소통 매체이기 때문이다. 책을 잘 읽으면 소통 능력이 커진다. 둘째, 말보다 훨씬 더 강도 높은 정제 과정을 거치기 때문이다. 정제된 훈련으로 글만큼 좋은 수단이 없다. 셋째, 조근조근 풀어가고 차근차근 쌓아가야 하기 때문이다. 구조적이고 구축적이며 논리적인 훈련이 된다. 넷째, 정직하기 때문이다. 영상보다 정직하고 말보다 정직하다. 기록으로 남기 때문에 더 그렇다. 다섯째, 균형 감각을 잡아준다.

책을 비교하며 읽을수록 균형적 시각이 발달된다. 여섯째, 상상력을 극도로 자극하기 때문이다. 영상의 상상력은 이미 구현이 되어 있지만 글은 여백과 행간으로 더 다양한 상상력을 자극한다. 일곱째, 창조의 무수한 단서들을 포착하는 감각이 발달한다. 글은 창조의 시작이다.

나는 이런 책 예찬을 백 가지라도 만들 수 있다. 책 사랑일 뿐 아니라, 책 존중론이고, 책 긍정론이고, 책 효용론이다.

그래서 책을 제대로 읽는 사람은 책을 안 읽는 사람보다 여러 점에서 유리한 고지를 점령한다. 말도 잘하게 되고 글도 잘 쓰게 된다. 훨씬 더 세련되고 수준이 깊어지고 또 높아진다. 논리적이 되고 전체를 조감하는 통찰력이 커진다. 사실을 포착하는 구조적 능력도 높아지고 윤리적 수준도 높아질 수 있다. 전후좌우를 살피고 종합적으로 파악하고 비교 안목이 높아지니 균형 감각이 높아질 수 있다. 상상력이 높아짐은 물론 창조 역량도 높아진다.

이렇게 말하고 보니, 정말 이상하기만 하다. 대체 왜 책을 안 읽는 건가?

나는 사람들이 책을 좀 더 읽으면 좋겠고, 우리 아이들이 책을 좀 더 읽으면 좋겠다고 바라기는 하지만, 책을 의무로만 읽을 수는 없다고 생각하는 편이다. 의무적 책 읽기는 시험 공부나 리포트를 쓰려고 할 때 외에는 거의 별무소용인 것 같다. 그때는 잠시 소용이 닿았을지 몰라도 그다음에 전혀 생각이 나지 않는 책 읽기가 무슨 의미란 말인가? 책을 읽고 싶을 때가 누구에게나 어느 시점에든 온다고 나는 믿는다. 그리고 한번 맛을 들이면 책 읽기 맛은 오래간다.

7장

'오,
나의 여신'을
찾아서

여자를 지키는
수호신

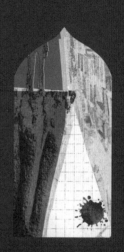

"나의 수호신은 누구일까?"
인생을 살면서 이런 의문이 떠오를 때가 많다
인생을 살면서 이런 의문으로 바꾸어보면 어떨까?
"나는 어떤 수호신이 되어볼까?"
여신으로서, 당신은 무엇을 수호해줄 것인가?
당신은 누구를 수호해줄 것인가?

나에게도
수호신이 있을까?

드라마 「도깨비」의 한 장면. 바닷가에서 처음으로 소환된 도깨비가 사람들의 소원을 들어주기도 한다고 하니 열아홉 살 소녀 은탁이는 환하게 미소를 지으며 "진짜 내 수호신예요?" 하고 묻는다. 그 미소가 너무 해맑아서 더 슬펐다. '이 거지같은 상황을 십원어치만이라도 좀 낫게 해달라!'고 비는 판에 소원을 들어준다고 하니 얼마나 반가웠겠는가? '아, 신은 없어도 수호신은 있구나!' 하면서 환호했을 것이다. 촛불을 붙며 소원을 담을 때, 둥근 달님에게 넌지시 소원을 빌 때, 한 그릇의 정화수를 앞에 두고 빌 때 우리는 딱 은탁이의 마음일 것이다. '신이 어딨냐?'라고 회의하면서 '그래도 수호신은 있을지도 몰라!'라는 마음.

인간이 필멸하는 존재임을 아는 순간 종교는 태어날 수밖에 없고, 종교가 태어나는 순간에 어떠한 형식으로든 신의 존재는 태

328

어날 수밖에 없다. 신의 존재 자체는 인간이 복을 기원하는 '기복(祈福)'과 꼭 상관없는 것과는 달리 수호신이란 인간의 과거와 미래 속의 '길흉화복(吉凶禍福)'을 보면서 내가 갈 길, 할 일을 알려주고 필요한 격려와 도움을 주는 존재이니 우리 마음에 훨씬 더 가깝다. 나를 지켜주는 그 누군가가 있다고 생각하면 훨씬 더 기운이 나지 않는가? 엄마가 있고 아빠도 있고 언니도 있고 형도 있고 선생님도 있고 이모도 있고 친구도 있고 딸도 있고 아들도 있지만, 그래도 인간보다 더 큰 존재가 나를 지켜준다고 여길 수 있다면 조금이라도 더 안심이 되지 않는가? 방황할 때, 절망스러울 때, 비탄에 빠질 때, 오갈 데 없이 느낄 때에 그 어디선가 수호신이 나를 지켜준다고 생각하면 마음이 푸근해진다.

이런 점에서 나는 유일신보다 만물신이라는 개념이 훨씬 더 마음에 든다. '신은 어디에도 언제나 있다'는 개념이 좋은 것이다. 그러면 수호신도 더 많아질 것 같다는, 순진한 생각이다. 유일무이한 영혼과 그 영혼의 영원한 구원이라는 개념보다는 환생의 개념이 훨씬 더 매력적으로 보인다. 단 한 번의 기회보다는 여러 번의 기회를 가진다는 점이 좋다. 생에서 행했던 일에 따라 다른 생명으로 태어난다면, 완전 해탈하는 것보다는 영겁의 윤회가 훨씬 더 흥미롭지 않을까?

나는 '개똥밭에 굴러도 이승이 낫다'는 현세론자일까? 그런 셈이다. 내가 이 자리 이 시간에 있다는 자체가 의미 있다고 생각하는 편이다. 환생은 아주 흥미로운 개념이지만 그 다른 사람은 또 다른 사람으로 존재할 테고 지금의 나를 기억하지 못할 테니, 지금 살아 있는 나에게는 지금의 내가 가장 중요하다. 수호신이 정말 있다면 지금 이 생에 살아 있는 나를 수호해줬으면 좋겠다.

어릴 적에 나는 수호신을 열심히 찾았다. 이야기 속에서 수호신의 모델을 열심히 찾기도 했다. 이왕이면 여자를 수호해줄 것 같은 수호신이라면 더 좋았다. 설마 팔이 안으로 굽지 않을까 하는 심정이었다. 여신들에게서 수호신의 이미지를 더 자주 발견한 것은 물론이다. 인간이 신을 창안한 것이라면, 신에게 인간의 모습을 투영한 것이라면, 여신에게 엄마의 모습을 더 투영하지 않았을까? '신은 어디에나 있을 수 없어서 엄마를 창조했다'라는 말을 곧이곧대로 믿지 않더라도 그럼직하게 느껴진다. 그런데 엄마의 모습이기만 했을까? 언니의 모습, 누나의 모습, 친구의 모습, 애인의 모습, 연인의 모습, 아내의 모습, 할머니의 모습은 또 없을까? 아니, 그것만도 아닐 것 같다. 완벽하기로는 신만큼 완벽한 존재가 어디 있는가? 그렇다면 신이 나의 롤모델이 될 수는 없는 걸까? 나는 어떤 여신이 될 수 있을까? 내가 여신이 될 수 있다면 어떤 여신이 좋을까?

어릴 적에 펼치던 상상은 지금도 현재 진행형이다. 그리고 이 상상은 인생에 아주 그럴 듯한 판타지를 드리워준다. 그 판타지가 우리의 삶을 키워준다.

'트리플 A' 여신이
내게 준
스트레스

아프로디테, 아테나, 아르테미스

나에게 책 세계를 열어준 계기들은 무척 많지만, 그중 한 가지는 좀 엉뚱하다. 책이 귀하던 시절에 읽을거리가 하도 모자라서 나는 마음에 드는 책이라면 좔좔 외울 정도로 수십 번씩 읽었다. 그중 열 살 무렵에 읽었던 세 권의 리스트가 흥미롭다. 『그리스 로마 신화』『플루타르크 영웅전』『공자일대기』. 무엇보다도 길어서 좋았다. 어른 책이라 수백 쪽이 되는 길이다. 읽고 또 읽어도 남아 있는 두툼함이 썩 맘에 들었다. 에피소드로 이어지는 구성도 재미있었다. 책 속의 책처럼 여러 이야기가 펼쳐지는 것이 상상을 자극했다. 마치 연속 드라마 같은 느낌이라고 할까?

초등학생이 '신화'와 '영웅전'과 '정치순례기'를 통달한 셈이었으니 마땅한 것이었는지는 모르겠으나, 나는 여하튼 즐겼다. 이때 머릿속에 각인된 이름들과 스토리들로 나는 꽤 유식함을 날릴 수 있었다. 선생님은 내가 영웅전에 나오는 한니발, 데모스테네스, 페리클레스 등을 꿰는 걸 보고 나의 잠재력(?)을 칭찬해주셨고, 언니 오빠는 내가 공자 이야기를 읊어대니 '어, 니가 이런 동생이었어?' 하는 눈빛으로 나를 존중해주었고, 친구들은 내가 해주는 온갖 신들과 요정들, 반신반인들의 이야기를 꽤나 재미있어 했다.

그중에서도 『그리스 로마 신화』는 각별했다. 3장에서 얘기했듯 나에게 '성'의 궁금증을 불러일으켜주었고, 마치 인간들처럼 질투와 격정과 열정과 증오에 사로잡히는 신들의 모습은 '신들이 저러할진대, 우리 인간은 오죽하랴?' 싶을 정도로 매력적이었다. 나는 올림포스의 세계가 본격 생성되기 전의 카오스 이야기에 매혹됐는데, 그 컴컴하고 아귀 같고 악귀 같고 악령 같은 지옥도가 엄청난 마력으로 나를 집어삼키곤 했다. 아버지가 자식들을 잡아먹어버리다니, 자식들을 살리려 남편을 배신하는 여신이라니, 이야기가 하나하나 엄청났다. 아들의 사지를 찢어발겨 삼키는 크로노스(Cronos)를 그린 고야의 그림은 어릴 적부터 악몽의 진원지가 되곤 했다.

그리스 사람들은 '이야기를 만듦으로써 인간은 영원할 수 있다'라는 진리를 진즉 깨우쳤던 모양이다. 근사한 일을 한 사람이 죽어서 별이 되는 스토리는 그야말로 신의 한 수 아니었을까? 하늘에는 인류의 숫자보다 더 많은 별들이 있으니 한 사람 한 사람 모두 별이 될 수도 있는 것 아닌가? 매일 밤 볼 수 있는 저 하늘의 별이 되다니 얼마나 근사한가? 그러니 모든 인간은 별이 되겠다는 꿈을 꾸고 싶지 않겠는가? 인간의 야망과 소망을 담은 본질에 너무도 부합하는 상징 스토리다.

그리스 신화에서 심심찮게 여성의 이야기가 나오는 것은 썩 마땅했다. 그만큼 인간 이야기의 속성을 잘 이해한다는 뜻 아닐까? 절반까지는 아니더라도 주요한 사건들에는 어김없이 여성들이 등장하니 그 속셈을 헤아려볼 만하다. 혼돈의 타이탄 시대를 끝내고 제우스를 중심으로 안정된 올림포스 신전에는 대표적인 열두 신들이 있는데, 그중 무려 다섯이 여신이다. 그중에서 내가 애칭으로 '트리플 A'라고 부르는 여신들 셋, 아프로디테(Aphrodite), 아테나(Athena), 아르테미스(Artemis)는 단연 두각을 나타내거니와, 여자들에게 어필하는 캐릭터가 아닐 수 없다. 아마도 많은 소녀들이 이 세 여신 중 누구를 자신과 동일시해볼까 한 번쯤은 생각해보지 않았을까?

'아프로디테'는 아름다움의 여신이자 연애의 여신이다. 그 유명한 밀로의 비너스(아프로디테의 로마식 이름) 조각상은 건강미가 강조되어 있지만 보티첼리가 그린 '비너스의 탄생'에 나오는 아프로디테의 모습은 남자 이상으로 여자가 먼저 반할 정도로 수줍음과 관능이 섞인 묘한 매력이 있다. '나도 저렇게 예쁘다면?' 그런 마음이 안 들 수가 없다. 아프로디테는 남편도 있고 아이들도 낳고 애인(들)도 수태 있다. 남신뿐 아니라 인간 남자와의 사랑도 마다치 않을 정도이고 짝사랑조차 마다하지 않는다. 게다가 큐피드라는 사랑의 화살을 쏘아대는 소년을 아들로 두고 있으니 사랑의 게임을 하기에 완벽한 조건이다. 여성이 한번 살아보고픈 모습이 아프로디테의 삶이 아니던가?

그런데 나는 아프로디테 대신에 아테나라는 여신에게 끌릴 수밖에 없었다. 왜? 외모 경쟁은 진즉 포기했기 때문이다. 아프로디테만큼은 아니더라도 아름다운 존재들과 비교하다 보면 그런 판단이 드는 때가 온다. 내 경우는 친언니의 존재 때문인데 언니의 찬란한 아름다움 앞에서 나는 진즉 포기해버렸다. 그래도 나는 꽤 현명했던 셈이다. 질투보다 찬탄의 마음이 더 컸다. 미모를 포기하니 다른 게 나타났다.

'아테나'는 지혜의 여신이자 지략의 여신(정확히는 전쟁의 여신인데, 전략을 통해 피비린내 나는 살육의 전쟁을 막는 역할을 한다)이자 일 잘하는 직능의 여신이다. 여인의 몸으로 투구를 쓰고 갑옷을 두르고 방패와 창까지 들고 있다니, 아테나 여신을 그려낸 그리스 사람들은 정말 창조적이다. 아테나는 스캔들은커녕 러브스토리조차 없지만 세상과 인간에 대한 깊은 배려가 있다. 아테네 도시의 수호신이 아테나이고 파르테논은 아테나 여신을 모시는 신전이다. 아테나 여신은 그 유명한 헤라클레스(Heracles), 페르세우스(Perseus), 오디세우스(Odysseus)의 수호신이기도 했다.

그런데 뭔가 아쉽다. 아테나 여신은 영웅적으로 보였으나 그리 재미는 없게 보였다. 바로 이때 저쪽에서 '아르테미스'가 등장한다. 발랄한 여신이 가죽으로 만든 옷을 입고 활을 메고는 맨발로, 경쾌한 걸음으로 나타나는 것이다. 모험 가득한 이 여신은 여자를 구해주는 수호신 역할을 톡톡히 하는데, 아폴론에게 쫓기던 다프네를 나무로 만들어준 것도 아르테미스가 한 일이다. 흥미로운 것은 아르테미스는 '다산의 여신'이기도 해서 출산하는 여인들을 도와주고, 사냥을 잘하지만 숲 속의 야생동물들을 지켜주기도 한다. 마치 영화 「아바타」에 나오는 나비족의 '네이티리' 같은 느낌이다. 그런데 아르테미스는 숫처녀이고 남자를 사랑하기는커녕 자신을 바라보지도 못하게 할 정도로 결벽증이 심하다. 한번은 자신의 알몸을 훔쳐본 사냥꾼을 사슴으로 만들어서 사냥개들에게 물려 죽게 만들었을 정도다. 완벽하게 아름답고 활동적인 여성은 이렇게 피도 눈물도 없는 여신이 될 수밖에 없나? 어릴 적 나의 의문은 이 지점에서 생겼다.

신화 속에 그려진 편견에
의문을 던지다

그러고 보니까 『그리스 로마 신화』의 대표적 여신들에 대해서 이래저래 못마땅해지기 시작했다. 그래서 그들의 탄생 설화를 찾아보고 일화를 찾아보며 속뜻을 헤아려보기도 했다. 아프로디테는 엄마 아빠 없이 태어났다. 제우스의 할아버지인 우라노스(Ouranos)의 성기를 그 아들 크로노스(Cronos)가 낫으로 잘라서 바다에 던졌더니 그 거품에서 아름다운 여인이 태어났단다. 아름다움은 거품이라는 뜻인가, 남자의 갈비뼈를 취해서 여자를 만들었다는 것과 비슷한 건가? 왜 아프로디테는 사랑을 하고 나면 목욕을 하고 다시 처녀로 태어난다고 하는가? 여자는 처녀가 아니면 사랑할 자격이 없다는 건가?

아테나는 무려 제우스의 머리에서 태어났다. 딸이 아버지를 능가할 것이라는 예언이 있자 제우스는 딸을 잉태한 첫째 부인 메티스(Metis)를 삼켜버렸고, 몸속에서 아테나가 자라자 두개골을 깨고 아테나를 끄집어낸 것이다. 이건 처녀 잉태도 아니고 남성 잉태도 아니고 꽤 이상 망측한 그림이다. 아빠의 몸을 통해 탄생한 아테나는 그래서 제우스에게 반역을 꾀하지 않았던가? 그런데 왜 처녀 신이어야만 했을까? 충절과 지혜와 전략과 기술을 마스터한 여신은 러브스토리가 있으면 안 되나? 나는 석연치 않았다.

아르테미스가 숫처녀를 고집한 것은 더욱 이해가 안 되었다. 아니 태양의 신이 된 오빠 아폴론은 열정과 환희의 사랑을 구가한 것으로 그리더니 왜 누이인 달의 여신은 숫처녀를 고집하게 만들었을까? 아가와 동물을 사랑한 여신이 남녀의 사랑은 거부한다는 것이 영 어색해 보였고, 여성들을 보호해주는 여신이라 남자를 거부하는 것으로 그리는 게 아닌가 하는 의심도 했다. 동성애 코드를 연상시키게 한다는 점도 마땅치 않았다.

나는 이런 식으로 이 강력한 '트리플 A'의 여신들로부터 스트레스를 받게 되었다. '아름다워야 사랑을 할 수 있다, 혹은 아름다우면 사랑밖에 관심 없다'는 생각이 싫었고, '똑똑하고 의리와 역량이 있으면 사랑에는 관심도 없다'는 생각도 마땅치 않았고, '여자를 보호하는 배려심이 있으면 남자는 안중에도 없다'는 선입관도 석연치 않았다. 신화에 나타난 여신들의 이런 모습에는 알게 모르게 인간의 편견이 작용했고, 그렇게 만들어진 이야기들은 다시 후대의 인간들에게 고정관념으로 작용한다는 게 씁쓸하기도 했다.

이 대표적인 여신들에 씌워진 상징들은 사실 지금도 적잖이 선입견으로 작용한다. 부지불식간에 우리들이 일상에서 쓰는 말과 행동에서 나타나기도 한다. '아름답다면! 똑똑하다면! 독립적이라면!' 하는 식으로 말이다. 여신들이 이렇게 그려졌을진대 하물며 인간 여인들은 어떻게 그려졌을까?

갈등 속의
인간 여인들

이브, 판도라, 메두사

이 세상에서 가장 유명한 여자라면, 단연 '이브'다. 왜 유명한가? 아름다워서? 최초의 여자라서? 아담의 여자라서? 아니다. 뱀의 꼬임에 빠져 신의 절대 명을 거역하면서 선악과인 사과를 남자에게 먹인 존재라서 그렇다. 유혹의 존재(유혹당하고 유혹한다), 반역의 존재가 이브다. 난 이 이야기를 참 고약하게 봤다. 안 그래도 남자의 갈비뼈를 취해서 여자를 만들었다는 것도 기분이 나쁜데 왜뱀의 꼬임에 넘어갔다고 하는가? 왜 남자를 유혹했다고 하는가? 왜 신을 거역했다고 하는가? 유교의 '칠거지악'보다 더 고약한 '원죄'아닌가?

처음 이 이야기를 들었을 때가 열 살 무렵인데,『그리스 로마 신화』를 줄줄 외우게 됐을 때였다. 동네 교회에 놀러 갔다가 들었던 것 같다. 이 이야기를 하는 가운데 여성을 죄악시하는 분위기, 여

338

성에게 훈계하는 분위기가 영 기분 나빠서 나는 교회에 더 가지 않았다. 이 첫인상 때문에 나는 초기에 '성경' 공부를 영 재미없게 생각했다. 이후에 이화여중·고를 다니면서는 내리 올백을 받을 정도로 성경 공부를 무척 열심히 했고 아주 재미있어 했고 천지창조의 일주일을 아주 근사하게 여겼지만 이브 이야기만큼은 영 못마땅해했다.

구약을 배울 때는 왜 남의 나라 역사를 배워야 하는지 의문스러워했지만 신약을 배울 때는 정말 흥미로웠다. 예수의 상징뿐 아니라 신약의 두 핵심 여성인 마리아의 상징에 대해서 깊이 생각해보곤 했다. 성모 마리아의 처녀 잉태에 대해서는 그 논리가 이해가 되면서도 석연치 않기는 했다. 부처는 인간 남녀 사이에서 태어난 인간임에도 불구하고 깨달음을 얻고 해탈하는 존재가 되었는데, 왜 하느님의 아들 예수는 꼭 처녀의 몸에서 태어나야만 했을까? 막달라 마리아에 대해서는 무척 신선한 충격을 받았는데 그녀는 수호천사가 아니었을까 하는 생각도 했다. 나중에 록 오페라 「지저스 크라이스트 슈퍼스타」에 나온 막달라 마리아의 모습에 완전히 반해버렸고, 이 록 오페라 덕분에 나는 기독교를 아주 기껍게 여기게 됐다.

내가 기독교에 깔린 여성비하적 시각에 대해서 가졌던 거부감은 어쩌면 당연한 것이었다. 여자라면 이런 생각을 하기 마련 아닐까? 설령 모태 신앙으로 키워졌다 하더라도 "너의 믿음을 흔들어보라!"고 하는 순간은 오지 않을까? 하느님이 인간을 성별로 차별하다니, 나는 속으로 신이 절대 그럴 리가 없다고 생각했다. 약한 자, 박해받은 자, 마음이 가난한 자의 영혼을 구하는 존재가 신의 존재인데 그럴 리가 있겠는가? 나는 이 종교철학에 대한 어릴 적 의문을 풀어보려고 은근히 증거를 찾아왔는지도 모른다. 이 의문은 초기 기독교에 대해 배우면서 많이 풀렸고 또 가슴도 뛰었다. 로마 제국이 기독교를 국교로 삼기 전의 초기 기독교 운동에서 여성의 역할과 양성평등 사상, 그리고 이른바 그노시즘 (Gnosticism, 영적인 지식을 추구하는 영지주의 신학)에 대해 읽고 난 후였다. '여성 신학'에 대한 책이 도움이 많이 되기도 했다. 종교 안에서의 여성주의는 아직도 진행형 이슈지만 갈 길이 보인다는 게 마음이 놓인다.

이브만큼이나 유명한 여자가 또 있다. 『그리스 로마 신화』에 나오는 '판도라(Pandora)'다. 절대로 열지 말라는 상자를 열어서 '판도라의 상자'라는 말을 만들어낸 존재다. 참으로 고약하지 않은가? 하필이면 왜 유혹에 지는 존재, 인간에게 불행을 선물하는 존재로 여성을 삼았을까? 그 상자 안에는 근심, 우울, 의심, 회의, 불안, 걱정, 실망, 절망, 질병 같은 인간을 괴롭히는 것들이 잔뜩 들어 있다. 연기처럼 빠져나오는 이 무서운 것들에 놀라 재빨리 상자를 닫았지만 이미 다 나와버리고 오직 한 가지 남았는데, 그게 바로 '희망'이었다. 온갖 근심에도 불구하고 희망 하나 때문에 인간은 살아갈 수 있게 되었다는 이야기다.

열 살 소녀가 이 이야기를 처음 읽었을 때 어떤 기분이었겠는가? 내 머릿속에는 SF 공포영화의 한 장면이 지나갔다. 악령들이 상자 속에서 나와 음울하게 떠돌고 그 가운데에서 한 가여운 소녀가 부들부들 떨고 있는 장면이다. 소녀에게 너무 가혹하지 않은가? 이 세상의 근심이란 근심은 모두 여자 탓이라는 건가? 도대체 여자가 뭘 잘못했다는 건가? 판도라는 올림포스의 신들이 다 같이 합동해서 창조했다는데 인간에게 복수하려고 일부러 그렇게 만들었나? 그리스 로마 신화나 성서나 여자에게 원죄를 들씌우는 것은 똑같다. 이브와 판도라는 여자 인간으로서 탄생에서부터 원죄를 뒤집어쓴 것이다. 여자에게 인간의 원초적 책임을 미루는 것은 인류 공통의 서사였을까? 남자들이 그 이야기들을 만들어서 그랬던 걸까? 다른 문화가 서로 영향을 주고받아서 비슷한 이야기가 만들어졌던 걸까?

악녀 메두사가
나는 더 마음에 들었다

흥미롭게도 나는 『그리스 로마 신화』에 나오는 최고의 악녀, '메두사(Medusa)'를 알고 난 후에 찜찜했던 기분이 상당히 풀렸다. 메두사는 머리카락이 하나하나 실뱀으로 덮인, 가장 징그럽고 가장 무시무시한 여성 괴물일 것이다. 남자 괴물, 여자 괴물을 통틀어도 열 손가락 안에 들어갈 정도다. 괴물을 등장시키는 신화에서 여성은 그 아름다움과 순수함으로 주로 희생자나 제물로 그려지는 것과 달리 여자 괴물을 탄생시킨 이야기다. 메두사를 그린 그림들은 대부분 인상적이지만 그중 카라바조가 그린 〈메두사〉는 정말 인상적이다. 남자인지 여자인지 모르겠는 얼굴에, 표정은 공허하고 공포스럽다. 텅 빈 눈동자, 납빛의 피부, 입을 다물지 못하는 놀라움이 압권이다.

그런데 메두사는 어쩌다 태어났고 어떻게 처치됐을까? 이게 또 진기한 이야기다. 모두가 다 아테나 여신이 한 일이다. 바다의 신 포세이돈(Poseidon)이 아름다운 인간 여인 메두사에게 반해서 그녀를 범했다. 하필이면 아테나의 신전 안에서 말이다. 메두사가 신전을 지키던 사제였다는 설도 있다. 이 장면을 목격한 아테나 여신은 메두사가 가장 자랑하던 머리칼을 뱀으로 바꿔버리고 메두사의 유혹적인 눈과 마주치면 누구나 돌로 변해버리게 만들었다. 누구도 메두사에게 가까이 갈 수조차 없게 만든 것이다. 그런데 이 벌도 모자라서 아테나 여신은 자신이 수호하는 영웅, 페르세우스를 보내서 메두사의 목을 자르게 만든다. 그 피에서 나온 날개 달린 말 페가수스를 타고 페르세우스는 메두사의 목으로 바다의 괴물을 돌로 변하게 만든다.

이쯤 되면 메두사 이야기에 갈등을 느끼게 된다. 아테나 여신은 왜 포세이돈은 놔두고 메두사만 벌했을까? 포세이돈은 너무 비겁하지 않은가? 메두사는 또 얼마나 기가 막혔을까? 이게 인간 여인의 운명인가? 통탄스럽지 않았을까? 괴물로 변한 자신을 목격하는 인간은 다 돌로 만들어버리고 싶은 심정이었을 텐데 아테나 여신은 그 심정을 읽었던 걸까? 메두사는 원래부터 바다의 괴물을 처치하는 소임을 운명으로 타고났던 걸까? 자신의 방패에 메두사 모습을 아로새기기까지 한 아테나 여신은 너무 철두철미하지 않은가?

그래도 나는 이브나 판도라가 뒤집어쓴 원죄의 이미지보다 메두사가 표방하는 응징의 이미지가 훨씬 더 마음에 들었다. "나를 이상하게 보지 마, 돌로 변하게 만들 거야! 나도 잔인할 수 있어, 나를 우습게보지 마!"같은 이미지가 떠올랐다고 할까? 내 마음이 작동하는 방식을 보고 나는 혼자서 웃었다.

신화에 나오는 여신과 인간 여인의 이미지를 곧이곧대로 받아들이면 곤란하다. 해석과 함께 전후좌우를 살펴보고 난 후에 자기만의 판단이 필요하다. 어린아이들의 신화 읽기, 종교 입문에는 더구나 해석과 분별과 판단이 필요할 것이다. 공연히 나처럼 어릴 적에 여자들에게 씌워졌던 원죄와 불행의 이미지 때문에 죄의식에 시달리거나 주눅이 들어서는 곤란하다.

인류의 역사 속에서 여성의 이미지가 얼마나 부차적이고 원죄적이고 재수 없는 이미지로 그려졌는지, 예를 들기만도 벅찰 정도다. 남자들이 얼마나 여자를 속수무책으로 생각했는지, 잘 알지 못하는 존재여서 신비롭게 생각했던 건지 또는 은근히 무서워했던 건지, 자기들을 유혹하는 존재라서 좋아하면서도 또 미워했던 건지, 남자가 모르는 생명의 힘을 발휘하기에 마치 마법을 거는 것처럼 생각했던 건지, 그래서 문제가 생기면 여자들에게 죄를 덮어씌우려 들었던지 모른다. 남자들이 스스로 가장 무서워하는 것이라면 '유혹, 관능, 비밀' 아닐까? 그리고 그 대상으로 여자의 존재를 설정했던 것 아닐까?

그래서 최종적으로 최악의 사건으로 벌어진 것이 '마녀사냥'일 것이다. 중세에 지속적으로 벌어져서 미국의 17세기까지 지배했던 '마녀사냥'의 역사는 '종교재판'이라는 이름으로 벌어진 무지와 야만과 핍박과 축출과 잔혹의 역사다. 비록 종교적 의미의 마녀사냥은 이제 사라졌으나 지금도 마녀사냥이라는 행위 자체가 완전히 끝난 것은 아니다. 세계 곳곳에서 또 다른 종류의 마녀사냥은 여전히 일어나고 있으니 말이다.

'할매의 힘'은
세다

그렇다면 우리 문화에는 어떤 여신들이 있을까? 여성을 지켜주는 수호신은 또 어떻게 묘사되어 있을까? 어릴 때 『그리스 로마 신화』와 『성경』이라는 두 책을 통해 신의 개념을 알아갔던 나에게는 불행하게도 우리의 신, 우리의 수호신을 알아가는 강렬한 체험, 특히 책을 통한 체험은 부족했던 편이다. 나뿐 아니라 대부분 우리들이 그럴 것 같다.

대신에 우리에게는 '엄마'라는 존재가 있다. 엄마는 언제나 거기에 있어서 나를 지켜줬으니 말이다. 엄마에게서 '관세음보살'을 떠올리는 것은 우리 문화에서는 자연스러운 현상일지도 모른다. 나 역시 마찬가지다. 나의 엄마는 명목상은 불교 신자, 뿌리는 토속 신앙자였다. 때마다 사찰에 가셨는데 나는 그 의미를 그리 잘 알지 못했다. 불경을 집에 들여놨지만 그 책들은 대개 내 차지였다. 나는 그 책들을 뒤적여보면서 우리가 사는 세상과 우리보다 더 큰 세계를 그렇게 조목조목 정의해놓은 것을 보고 깜짝 놀라곤 했다.

절에 다니긴 했지만 우리 엄마의 철학의 근본은 '자연의 섭리' 이고, 종교학의 근본은 '만물신'이다. 엄마에게 신이란 따르는 존재가 아니라 밥을 먹이는 존재이고 마음을 다독여주어야 하는 존재였다. 엄마에게 조상들을 모시는 제사는 당연히 갖추어야 할 행사였지만, 갖은 신들에게 비는 '고사'들이 훨씬 더 소중한 행사였다. 여자가 직접 집전하여 신을 모시는 행사니 어찌 그렇지 않겠는가?

내 어린 시절의 기억 속에서 가장 마땅했던 행사는 칠월칠석에 지내는 고사였다. 제일 좋아하는 호박 밀전병을 부치는 게 좋았고, 때마다 비가 내리는 게 그리 신기했다. 견우와 직녀가 오작교에서 헤어지면서 정말 그렇게 눈물을 뿌리나? 엄마가 마당으로, 개집으로, 나무로, 뒤란으로 다니면서 '비나이다, 비나이다' 절을 하고 음식 나눠주는 모습이 어찌나 정성스럽던지 나는 무척 재미있어 했다. '그리 빈다고 무슨 좋은 일이 생기나? 나쁜 일을 막나?' 의심스러웠지만 엄마의 마음만큼은 알 수 있었다. "엄마는 누구한테 빌어?" 하고 물으면, 엄마는 무슨 그런 질문을 하느냐는 눈총을 나에게 던졌다. 정말 엄마는 누구에게 빌었던 걸까?

언제나 거기에 있을 줄 알았던 엄마가 갑자기 돌아가셨다. 나는 황망했고 처연했다. 마지막을 같이하지 못한 회한 때문에 더했다.

국회의원 선거에 출마했다가 낙마한 후 여러 일들을 챙기느라 엄마를 찾아보지 못하고 있던 때였다. 조카 결혼식 날이었는데, 엄마는 손녀딸 결혼식에 갈 준비를 하느라 한껏 들떴던 모양이다. 목욕재계하고 머리하고 고운 한복을 손질하다가 그냥 쓰러지셔서 사흘 만에 가셨다.

장례식 중에 마음을 달래러 병원 앞으로 나왔다. 한복을 입은 할머니 한 분이 벤치에 앉아서 담배를 피우고 계셨다. 나는 자리를 피하느라 두리번거렸다. 그때 할머니가 툭 던지신다. "괜찮아, 여기서 피워!" 그 관대함에 갑자기 눈물이 쏟아질 것 같았다. 염을 하기 전에 엄마를 만났는데, 수술을 그렇게 무서워했던 엄마가 뇌수술을 받느라 삭발한 모습이 마치 해탈한 사람처럼 느껴져서 나는 더 울었다. 나한테 "괜찮아!" 하시던 그 할머니는 혹시 엄마가 나를 마지막으로 위로해주려고 나타났던 것은 아닐까? 그랬을 것 같다. 관세음보살은 엄마라는 모습을 빌어서 또 할머니의 모습을 빌어서 나타났을 것 같다.

관심의 힘, 정성의 힘

드라마 「도깨비」에서 '삼신할매'가 젊고 섹시한 여자로 묘사되는 것은 아주 신선했다. 캐릭터 뚜렷한 배우 이엘이 긴 생머리를 흘날리며 새빨간 수트발을 뽐내는 장면은 강렬했다. 게다가 그

'돌직구' 말발은 또 어쩌나 시원하던지, 인상적인 대사를 많이도 남겼다. "아가, 좀 더 좋은 선생님일 순 없었니?" 삼신할매가 졸업식에 나타나서 은탁이 담임 선생에게 하던 대사였다. "난 너 같은 애가 공부 잘하는 게 제일 무서워"라는 잔인한 말을 은탁에게 던지던 담임이 그 말을 듣고 눈물을 왈칵 쏟는 것도 인상적이었다. 왜 울었을까? '아가'라는 말 때문이었을 것이다. 누가 자신에게 사랑과 관심을 담아서 '아가!' 하고 부르면 누구나 눈물이 쏟아지지 않을까? 눈물과 함께 후회와 반성과 아련한 그리움과 꿈이 떠오를 것이다.

삼신할매의 힘은 바로 그 관심의 힘이다. 온 세상의 아이에게 '아가!'라고 부를 수 있는 힘이다. "사랑으로 점지했거든. 널 점지할 때 행복했거든!" 하는 삼신할매의 말을 듣고 내가 여기 있음을 감사하지 않을 인간이 어디 있겠는가? 삼신할매의 쭈글쭈글한 주름살, 쪽진 은발 머리, 굽은 허리, 천천한 걸음걸이, 샐쭉하게 머금은 미소가 좋다. 조곤조곤 들려주는 옛날이야기에는 인생의 지혜가 담뿍 담겨 있다.

「도깨비」에서 또 하나 흥미로웠던 묘사는, 새빨간 옷을 입은 그 젊은 삼신할매가 아이들의 눈에는 정확히 '할머니'로 보이던 것이었다. "할머니!" 하고 반갑게 부르는 것이다. 세속의 사람들은 젊고 섹시한 삼신할매의 모습에 반하지만, 순수한 아이들은 자기들을 사랑해주는 할머니의 모습에 반하는 것이다. 김은숙 작가의 통찰력과 유머가 빛나는 대목이었다.

그런데 왜 이름을 '삼신할매'라고 붙였을까? 삼신할매는 외할머니를 연상시키기 때문 아닐까? 이건 완전히 나의 자의적 해석이다. 엄마의 출산을 도와주려면 엄마의 엄마가 제격이다. 아이가 자라는 과정에서 손주를 봐주고 엄마 손을 덜어주는 것도 엄마의 엄마 역할이 더 크다. 여하튼 그 어원이 세 명의 여신이든 혹은 출산을 지켜주는 것이든 간에, 삼신할매는 여자의 인생에서 가장 고통스럽고도 가장 뿌듯한 순간을 지켜준다. 그리스로마 신화에서는 처녀신 아르테미스가 출산을 도와주는데, 그 개념과 완연히 다르다는 게 흥미롭다.

우리의 수호 여신을 따라가다 보면 필연적으로 '설문대할망'을 만나게 된다. 제주도 섬을 창조하고 제주도를 지켜주는 여신이다. 엄청난 거인인지라 설문대할망이 육지에서 빨래터로 자박자박 걸어가서 함박으로 쓰는 게 성산 일출봉이고, 돌 하나 던지면 산방산이 되는 식이다. 다산의 여신이기도 해서 무려 오백 장군의 엄마이기도 하다. 오백 명의 아들을 먹일 죽을 끓이다 죽통에 빠져 제 몸을 살라 맛있는 죽을 만들었다는 설화를 듣다 보면 비극보다는 오히려 호쾌한 웃음이 터져나오게 만든다. 호탕한 설문대할망이 택했을 법한 죽음의 방식이다. 여신의 섬, 제주도는 여인의 섬이 될 만하지 않은가? 할망의 힘은 세다.

우리 문화에서 젊고 아름다운 여신들보다 '할매 급' 여신을 선호했던 이유는 무엇일까? 여성에게 '관능, 유혹, 비밀' 같은 가치보다 '배려, 정성, 수고'의 가치를 기대하는 문화이기 때문일까?

여성의 가치를 그쪽 방향으로 권장하고 싶었던 걸까? 이런 현상을 보면서, 한편으로는 '얼마나 여자라는 유혹의 존재를 억누르고 싶었으면 그랬을까?' 하는 생각이 드는가 하면, 다른 한편으로는 '얼마나 여자의 포괄적 성격을 잘 이해했으면 그랬을까?' 하는 두 가지 생각이 동시에 든다. 어느 쪽일까?

대지와
풍요와
창조의 힘

가이아, 데메테르, 헤스티아

인생을 살아가면서 평소 주목하지 못했던 또는 주목받지 못했던 여신들의 존재를 깨닫는 때가 온다. 여자의 인생이 성숙해질수록, 이성의 시선에서 자유로워질수록, 독립을 추구할수록, 세상의 이목으로부터 주체적이 될수록, 이들 여신들의 캐릭터가 가깝게 다가오기 시작하는 것이다. '할매의 힘'이란 바로 '여성의 힘'이라는 것을 깨닫게 되는 때이기도 하다.

그렇게 예쁘지도 않고 그렇게 두각을 나타내지도 않는 여신들이 있다. '트리플 A' 여신들에게 가려졌지만 우리의 삶에 직접적으로 영향을 미치는 기량을 가진 여신들이고, 외모보다 내면이 더 중요한 여신들이다. 이 여신들은 어떠한 가치, 어떠한 의미를 상징할까? '대지, 창조, 풍요, 생명, 생산, 집, 운명' 그리고 물론 '배려, 연민, 치유, 노동, 수고, 관심, 보살핌, 관계, 끈기, 관대함, 자애

자비, 예언 능력'을 표상한다. 그 대표적인 여신 셋을 꼽으라면, 가이아(Gaia)와 데메테르(Demeter) 그리고 헤스티아(Hestia)다.

가이아! 넓고 넓은 품을 가진 대지의 여신으로 모든 신들의 어머니이자 모든 생명체들의 창조자다. 아무리 제우스와 남자 신들이 권력 다툼과 사랑 게임에 난리를 쳐도 가이아 앞에서는 꿈쩍 못 한다. 그도 그럴 것이, 가이아는 혼돈의 카오스를 거친 후에 처음으로 질서를 만들어내고 그 크나큰 배로 신들에게 생명을 부여한 신중의 신이기 때문이다. '단 하나밖에 없는 지구'를 표현할 때 '가이아'라는 말을 쓰게 된 연유이기도 하다.

데메테르! 수확의 여신, 경작의 여신이다. 데메테르가 일을 안 하면 인간은 굶어죽고 말 것이다. 실제로 자신의 딸 페르세포네(Persephone)가 지하의 신 하데스(Hades)에게 납치당했을 때 데메테르는 심각한 우울증에 빠져서 모든 일을 거부했던 적이 있다. 딸의 납치를 다른 신이 묵인했다는 것을 알고 데메테르의 분노는 하늘을 찔렀다. 곡물이 다 죽어가서 인간만 굶는 게 아니라 동물도 죽고 신에게 바치는 제물이 없어질 정도였다. 올림포스는 난리가 났다. 데메테르를 달래려고 제우스는 페르세포네의 귀환을 명령한다. 다만 지하에 있을 때 석류 한 알을 먹었던 바람에 페르세포네는 일정 기간을 지하의 여왕으로 보내게 된다. 바로 겨울이다. 다른 계절 동안에 데메테르는 딸을 옆에 두고 열심히 일해서 수확의 풍요를 일구어낸다.

헤스티아! 화롯불을 상징하는데 그것이 집이든 신전이든 도시이든 불씨를 꺼뜨리지 않고 사람들이 사는 집과 마을과 도시의 터전을 지켜준다. 우리로 따지면 부뚜막신이라 볼 수 있겠다. 인간이 문명적인 삶을 살 수 있게 해준 불을 집 안으로 끌고 왔을 때 비로소 안전과 화평과 안락함이 지켜진다고 보면, 불을 꺼트리지 않고 지킨다는 것은 바로 그 안전과 화평과 안락함을 지킨다는 것이다. 그 역할을 이 여신이 담당한다.

'여성의 힘'을 스스로 의식하고
찾으려 노력하는 여성들

그리스 로마 신화에서뿐 아니라 다른 문화 속의 여신들도 유사한 가치를 상징하도록 그려진 것은 신기할 정도다. 동양의 오랜 전통에서도 여자는 땅을 상징했다. '어머니 대지'라는 말이 괜히 만들어진 게 아니다. 모든 생명과 먹거리에 대한 고마움은 어머니에 대한 고마움이다. 창조와 풍요로움과 생산의 원형은 여성인 것이다. 여성은 아이를 생산하고 젖을 먹이고 키우는 데 창조력을 발휘할 뿐 아니라 불을 지키고(즉 집을 지키고) 대지에서 나는 것을 이용하여 새로운 창조물을 짓는다. 그렇게 밥을 짓고 집을 짓고 실을 잣고 베를 짠다.

'실을 잣고 직물을 짜는 행위'는 각별히 창조적인 행위로 여겨지고 신비로운 패턴을 짜넣는 행위는 예언의 능력을 상징했다. 그래서 그리스 로마 신화에서 운명의 여신은 셋으로 구성되어 과거와 현재와 미래를 담당하며 실을 잣고 직물을 짜고 다시 풀어내면서 운명의 직물을 짜낸다. 아테나 여신과 직물 짜기 경쟁을 벌였던 인간 여인 '아라크네(Arachne)'는 신을 조롱했다는 이유로 '거미'로 변해서 영원히 거미줄을 짜는 저주를 받지만, 인디언 문화에서는 '거미 여신'이 우주 창조의 여신으로 모셔졌다. 운명의 거미줄을 짜는 그 능력이 너무도 존경스러워 보였던 것이다. 어느 쪽이든 간에 거미의 여성 의인화는 아주 그럴 듯하다.

이 여신들이야 말로 여성의 힘을 함축적으로 상징한다. 그리고 분명 여성 인간들을 수호해왔을 것이다. 드라마 「도깨비」에서 삼신할매가 은탁이를 수호해왔던 것처럼 말이다. 나는 이 책에서 이야기한 여성 작가들에게서 수많은 여신들의 모습을 보게 된다. 큰 산 박경리는 가이아 같다. 한나 아렌트는 도시를 수호하는 아테나 여신을 연상시킨다. 버지니아 울프는 아르테미스의 현신 아닐까? 제인 제이콥스는 분명 헤스티아의 도움을 받았을 것이다. 박완서는 삼신할매가 딱이다. 그 유머와 웃음으로 우리를 수호해준다. 작가 정유정은 거미 여신의 힘을 그리는 것일 게다. 아마도 가이아와 데메테르가 힘을 합쳐서 레이첼 카슨과 제인 구달을 한껏 도와줬을지도 모른다. 이렇게 수호여신을 꼽아보며 나는 혼자 웃는다. 흐뭇하기도 하고 뿌듯하기도 하다.

스스로 여신과의 합일을 의식적으로 추구했던 작가는 프리다 칼로다. 화가로서의 상상력이 그것을 가능하게 했을 것이다. 그의 그림에는 잔혹한 모습도 적지 않다. 마치 피 철철 흘리는 인도의 검은 여신, 칼리(Kali)처럼 고통 속의 환희를 적나라하게 드러낸다. 프리다 칼로는 멕시코 전통 속의 여신들의 모습을 그려내면서 스스로 여신의 환상과 아픔과 꿈과 좌절을 겪어가는 여신의 모습이 된 것 아닐까?

신이 가장 총애하는 인간은 절망한 인간일 것이다. 신이 가장 괘씸해하고 또 뿌듯해하는 인간은 스스로 신의 경지에 이르려 하는 인간일 것이다. 신이 수호해주는 인간은 스스로 그 무엇을 해내려하는 인간일 것이다. '여성의 힘'을 스스로 의식하고 찾으려 노력하는 여성들을 수호여신들이 그냥 내버려둘 리가 없다.

나도
어떤 수호신이
될 수 있다

나는 어릴 적에 나를 보살펴주는 수호신을 은근히 기대했고, 내가 공감할 수 있는 여신을 찾아보고 또 실망하기도 했고, 인간 여인을 수호해주는 여신을 찾아보기도 했다. 그러다가 유독 할매들이 많이 나오는 우리의 여신들을 보면서 '여성의 힘'을 상징하는 여신들의 역할을 찾아내기도 했다. 그 여신들이 수호해줬을 것 같은 여성들을 찾아내며 이제는 그 여성들을 수호여신처럼 느끼기도 한다. 역사 속에서 그리고 동시대 속에서 열심히 여성의 힘을 발휘한 여성들은 스스로 후대 그리고 동시대 여성들의 수호여신 역할을 하는 것 아닐까?

남자아이들은 '영웅이 되리라, 영웅이 되어라'라는 은근한 압력 또는 기대를 느낄 것이다. 아무리 불우한 환경에 있더라도, '개천에서 용이 나지 않는 암울한 현실'을 알게 되더라도, 여전히 '나도 영웅이 될지도 몰라!' 하는 꿈을 꿀지 모른다. 이런 남자아이들이 잘 커서 "영웅이 될 필요는 없어!" 하고 떳떳히 말할 수 있게 된다면 드디어 진정한 영웅, 근사한 남자로 다시 태어나는 것일 게다.

여자아이들의 마음속에도 영웅이 등장하는 시대가 되기는 했지만 여자 아이들에게는 '여신'이란 말이 더 압력이 될지도 모른다. '여신이 나타났다!' 같은 말로 여자의 특정한 특질을 조명하는 시대이니 말이다. 영화, 드라마, 오디션 프로그램에서 뛰어난 미모나 목소리를 뽐내는 여성들을 보고 '여신이 나타났다' '여신급이다' 하는 말을 들으면 나는 좀 언짢아진다. 그 여성들의 특정한 부분만 띄워주는 게 언짢고, 그렇지 못한 수많은 여성들을 자극하니 또 언짢다. '여신이 나타났다'라는 말은 찬사 같지만 실은 여자가 가장 경계해야 할 말일지도 모른다.

그러나 우리 여성들은 기꺼이 '수호여신'이 되겠다는 꿈을 품을 수는 있지 않을까? 우리의 기량이, 우리의 속성이 그러하지 않은가? 인류가 만들어놓은 수많은 남성 중심적인 이야기 속에서도 '여성의 힘'을 그렇게 인정해오지 않았던가? '삼신할매'처럼 세상의 생명을 점지해주고 '아가!'라 불러주고 토닥토닥해주면서 말이다. 드라마 「도깨비」에서처럼 긴 생머리를 날리는 젊은 여자의 힘과 쪼글쪼글 은발 할머니의 힘을 오가면서 말이다.

'할매'가 된다는 것은 여성으로서의 참된 자유를 상징하는 건지도 모른다. 더 이상 이성으로서의 여성에 연연할 필요가 없다. 사랑을 받는 대상 이상으로 우리는 사랑을 주는 주체다. 산전수전의 경험이 풍성한 유머를 자아낸다. 놀라지도 않고 호들갑을 떨지도 않으면서 세상을 즐길 줄 안다. 무엇보다도 이 세상의 모든 아가들에게 대한 사랑이 넘친다. 세상을 껴안는 여신이 될 수 있다. 수호여신으로서의 기량이 커진다.

내가 되고 싶어 했던 유일한 것은 '할머니'였을지도 모르겠단 생각이 든다. 나는 이상하게도 어릴 때부터, 젊은 얼굴보다 늙은 얼굴에 매료되곤 했다. 나이 들면 훨씬 더 매력적으로 보일 얼굴을 좋아했고 매력적인 늙은 얼굴에 매료되곤 했다. 박경리 선생의 초로 얼굴에 그렇게 매료되었던 것도 그 때문이었고, 한나 아렌트의 어린, 젊은, 늙은 사진 속의 시간의 흐름이 그렇게 좋아 보였다.

하기는 소녀 시절부터 나는 아름다운 소녀나 청춘스타들에게 그리 열광해본 적이 없다. 여성에게뿐 아니라 남성에게도 그렇다. '캐릭터 있고, 까탈스럽고, 까칠한' 사람들에게 반하곤 했다. 배우 윤여정의 젊은 시절부터 주목했던 것이나 영화 「박하사탕」에 나오는 문소리를 단박에 알아봤던 거나 영화 「디어 헌터」 속의 메릴 스트리프 모습에 깜짝 놀랐거나, 엘리자베스 여왕과 007 시리즈에서 마담 M 역할을 했던 영국 배우 주디 덴치에 반했던 나의 이력이 그렇다. 이제야 알겠다. 이들은 모두 '수호여신'의 캐릭터를 풍기고 있던 것이다. 나는 그들이 내뿜는 기를 느꼈던 것이다.

그렇게 되어보자. 수호여신이 품은 그 절절함, 그 생생함, 그 관찰력, 그 기품을 나도 가져보자. 나 자신이 수호신이 되어보리라! 즐거운 판타지, 인생을 더 의미 있게 해주는 판타지다.

8장

여성성과
남성성을 넘나들다

인간적인,
가장
인간적인 자아

남성 속에도 여성성이 있고 여성 속에도 남성성이 있다.
남성 속의 여성성, 여성 속의 남성성을
넘나드는 조화야말로
가장 바람직한 자아의 발현 아닐까?
내 안의 여성성과 남성성을
창의적 방식으로 풀어내며 살 수 있다면
충만한 삶이지 않겠는가?

다시 태어난다면
여자로? 남자로?

"다시 태어난다면 여자로 태어나고 싶은가, 남자로 태어나고 싶은가?" 이 질문은 여자들에게 자주 던져지고 여자들 스스로 던지기도 한다. 많은 남자들이 스스로 이 질문을 하게 된다면 그 자체가 큰 변화일 것이다. 환생하면 어떤 성으로 태어나고 싶은지 왜 궁금하지 않을까? 윤회론에서도 인간계와 축생계로 구분했지만 남자, 여자로 구분해놓지는 않았다. 여자는 여자로 환생하고 남자는 남자로 환생하라는 법은 없는 것이다. 그런데도 환생의 예들을 보면 곧잘 남자는 다시 남자로 태어나고 여자는 다시 여자로 태어난다. 그래서 남자들은 당연히 남자로 다시 태어나리라 생각할지도 모르겠다. 그런데 여자들은 '다른 옵션이 있을지도 몰라!' 하면서 고민한다.

내가 해온 수많은 인터뷰들에서 "여자라서 어땠느냐?"라는 질문이 빠진 적이 없다. "다시 태어난다면 여자로, 남자로?" 질문 역시 수태 받았다. 나는 일찌감치 사춘기 적에 이 질문을 던져봤고 명쾌한 답을 해놓았다. '다시 태어난다면 또 여자로 태어나고 싶다'고! 이유도 명쾌하게 정의해놓았다. 첫째, 아이를 낳을 수 있어서 좋다. 둘째, 강자의 입장보다 약자의 입장이 무엇을 해낼 가능성이 훨씬 더 많다는 점이 좋다. 이 두 가지만으로 나는 충분했다. 그리고 오랜 세월이 지난 지금도 마찬가지다. 아이를 낳는다는 것은 '신의 마음'에 도달해본다는 뜻이고, 약자란 살아남기 위해서라도 강자보다 훨씬 더 면밀하고 치열하게 살아가야 하는 조건이라는 점이 좋다. 내 표현에 의하면, '착하고 유능하게' 되어야 한다는 뜻이다.

그렇다고 해서 내가 여성으로 살아가는 상황을 모두, 항상 긍정했다는 뜻은 아니다. 어린 시절부터 남자 여자의 차이에 대해 의문했고, 불평등에 대해서 더욱 의문했고, 남자들이 지배하는 세상에서 생존하는 법에 대해 수없이 고민했다. 이른바 남성적 가치, 여성적 가치에 대해 정의해보려 했고, 남성성과 여성성에 대한 탐구에 귀를 열려고 했다. 이런 시각으로 했던 책 읽기는 아주 흥미로웠다. 생물학, 진화생물학, 유전학, 사회학, 심리학, 정신분석, 정치경제학을 공부하면서 역동적인 시각을 유지할 수 있었던 것이다. '역사'와 '종교' 자체를 들여다보는 것은 결코 흔쾌하지만은 않았지만 비판적인 관점을 유지하고자 노력했다. 내가 일하는 공간 분야, 건축과 도시에서의 여성과 남성의 관점은 여전히 아주 즐겁고 도전적인 과제다. 나의 눈이 트인 다음에는 새삼 남자와 여자가 이 세상에 존재한다는 사실이 흥미로워졌고, 그 역학을 즐기는 여유도 생겼다. 나로서는 아주 긴 여정을 해온 셈이다.

여자, 남자를 주제로 책을 썼던 것도 나의 긴 여정 중 하나였던 셈이다. 『여자, 우리는 쿨하다』와 『남자, 당신은 흥미롭다』라는 책을 동시에 쓰면서 쌓였던 스트레스를 풀어보기도 했다. 『남녀열전: 파트너일까, 라이벌일까?』라는 책 쓰기는 더 흥미로웠다. 주제에 따라 동서고금의 남자 하나, 여자 하나를 대비시키는 작업이었는데 인물에 대한 나의 관심, 여성성과 남성성을 넘나드는 나의 시각을 종합하는 데 아주 쓸모가 있었다. 말하자면, 나의 관대함의 크기와 끈질김의 강도를 키우는 작업이었던 셈이다.

'여성성과 남성성은 절대적으로 한 인간 속에 있다'는 것이 나의 믿음이다. '한 인간 속에 있는 여성성과 남성성을 잘 발휘하며 사는 삶이 좋다'는 것이 나의 소신이다. 나만 이런 생각을 하는 게 아님을 발견할 때마다 너무도 반갑다. 예컨대, 작가 버지니아 울프는 나와 같은 생각을 『자기만의 방』에서 훨씬 더 근사한 말로 표현했다. "양성적 마음이란 타인의 마음에 열려 있고 공명하며, 아무런 방해도 받지 않고 감정을 전달할 수 있고, 본래 창조적이고 빛을 발하며 분열되지 않은 것이란 뜻"이라니 얼마나 멋진 표현인가? 이른바 나는 '아니마(Anima)와 아니무스(Animus)'의 이론을 발견했을 때 떨듯이 기뻐했다. 남성 속에도 여성성이 있고 여성 속에도 남성성이 있고, 남성 속의 여성성, 여성 속의 남성성의 조화야 말로 가장 바람직한 자아의 발현이라는 정신분석학자 칼 융의 이론에서 내가 얼마나 용기를 얻었겠는가. 나의 속에 있는 여성성과 남성성을 충분히 창의적인 방식으로 풀어내며 살 수 있다면 충만한 삶을 산다고 할 수 있지 않겠는가?

하지만 사회의 구속은 여전히 문제다. '여성성과 남성성이 무엇인가, 어떻게 여성성과 남성성을 조화시키는가' 하는 의문을 개인적으로 잘 풀어낸다 하더라도 사회에서 규정하는 여성 역할, 남성 역할에 의한 구속이 갑갑한 것이다. 그 구속으로부터 벗어날 수는 없을까? 나를 바꿀 뿐 아니라 사회를 바꿀 수는 없을까? 비록 달걀로 바위 치기일지도 모르지만 바위에 틈이 생기고 점점 커지고 드디어 깨뜨릴 수 있지 않을까?

그 구속을 뛰어넘으려 했던 두 여성을 들여다보자. 아주 흥미진진한 여성들이다. 이 책의 마지막을 장식하기에 제격인 여성들이다. 여성성과 남성성을 넘나들며 산 여성이자 파격과 도전과 딜레마를 안고 살았던 인간이었다. 한 명은 실존인물로 그 자신 문학가였을 뿐 아니라 수많은 문학 작품의 주제가 되었던 여성이고, 다른 한 명은 소설에서 창조된 인물로 수백 년에 걸쳐 남성과 여성을 넘나들며 살았던 인물이다. 바로 '황진이'와 '올란도'다.

우리 안에도
'황진이'의
한 조각이 있다

『황진이』 • 전경린, 『나, 황진이』 • 김탁환

'황진이'는 아주 독특한 인물이다. 우리 역사에서 그런 인물이 어떻게 있을 수 있었을까 의아할 정도로 진기한 행적을 보여준다. 전설인지 실화인지 가늠하기 어려운 이야기다. 아버지는 양반 황진사, 엄마는 거문고를 잘 타던 맹인 기생 진현금이었고 한다. 태어나자마자 본처가 거둬서 양반의 딸로 컸다. 열다섯 살에 이웃집 청년이 황진이를 사모하다가 상사병으로 죽었는데 그 상여가 그녀의 집 앞에서 땅에 발이 붙은 듯 움직이지 않았고 그녀가 나와서 위로해주자 비로소 발을 뗐다고 한다. 자신의 출생의 비밀을 알게 된 황진이는 기생이 되기로 작정한다. 기명을 '명월(明月)'로 하고 온 세상을 비추는 달빛 같은 기생이 되겠다고 한다. 수많은 남자들이 명월의 치마폭에 휩싸였다. 그 와중에도 깊은 사랑을 했다. 거문고의 달인, 춤의 달인, 절창일 뿐 아니라 황진이는 시인으

366

로서도 출중했다. 절대로 안 넘어간다고 호언장담하던 군자 중의 군자, 벽계수를 넘어뜨렸다. 생불이라 자만했던 지족선사를 유혹하는 데도 성공했다. 당대의 석학이었던 서화담을 시험하려다 그의 진면모를 알고 사숙하며 수제자가 되었다. 6년 계약의 애인 이사종과 팔도를 유람하고 금강산을 유람했다. 명월 황진이는 서화담, 박연폭포와 함께 '송도삼절(松都三絶)'로 불렸다.

이것이 알려진 황진이의 이야기다. 어디까지가 사실이고 어디까지가 전설인지 알 길이 없다. 얘기하고 또 얘기하면 전설이 되고, 전설에 또 다른 전설이 붙여지고, 그 전설은 더 신비로워진다. 한 가지 '사실'만큼은 나의 귀를 사로잡기에 충분했다. 그의 사후 당대의 문필가 임제가 평안감사로 부임하는 길에 개성에 있는 황진이의 묘에 들렀다가 시를 한 수 남겼다는 사실이다. 그것이 '풍류(風流)'가 양반의 라이프스타일이었던 시대이긴 했으나 세상을 떠난 한 기생에게 시를 바쳤다는 것은 상상 이상의 흠모 행위다. 왜 그랬을까? 아름다운 여인을 기리는 행위이기만 했을까? 최고의 풍류 정신을 기리는 행위였을까? 한 자유인을 기리는 행위였을까? 한 지성인을 기리는 행위였을까? 그 모두였던 것일까?

황진이는 기생이다. 아름다움, 색기, 기예가 돋보이는 여성의 대표라 볼 만하다. 하지만 그는 그 이상의, 말 그대로 '해어화(解語花)'였다. 당 현종이 양귀비를 이르렀다는 이 말은 기생을 일컫는 말로 쓰였는데, '말을 이해하는 꽃, 말을 구사하는 꽃, 말을 나눌 수 있는 꽃, 시를 짓는 꽃' 등 여러 의미로 해석 가능하다. 말을 나눌 수 있다는 건 진정한 교류 행위다. 시를 지어 나누는 행위란 풍류 중의 풍류다. 그것을 할 수 있는 여성이 아름답고 기예마저 출중하다면 말할 나위 없이 유혹적이다. 황진이의 시조가 생생한 증거로 남아 있다. '청산리 벽계수야 수이 감을 자랑마라. 일도창 해하면 돌아오기 어려우니 명월이 만공산하니 쉬어간들 어떠리'는 흔히 외우는 시구다. 기개 대단하고 배짱이 좋다. 또 다른 시구, '동짓달 밤 허리 한 동강을 베어다 봄바람 이불 아래 따뜻하게 해 놨다가 사랑하는 님이 오는 날 깔아드리겠다(원 시어는 '동짓달 기나긴 밤 한 허리 베어내어 춘풍 이불 아래 서리서리 넣었다가 어론 님 오신 날 밤이어든 구뷔구뷔 펴리라'다)'는 감성은 과연 연인을 홀릴 만하지 않은가?

나의 의미를 추구하고 또 버리는
인간이라는 존재

황진이는 자신의 신분을 낮춤으로써 오히려 자유를 쟁취했다. 출생이 천첩에게서 태어난 딸, '얼녀'였다. 제도적으로 '서얼 차별'을 공식화했던 조선 시대다. 황진이는 그것도 모르고 양가의 규수로 컸다. 출생의 비밀을 알았을 때 어떤 선택을 해야 할까? 얼녀는 양반의 첩이 되어 서얼의 악순환을 반복하는 것 외에는 별다른 선택지가 없다. 몸은 안온할지 몰라도 눈치코치로 살아야 하고, 남자의 마음이 변하면 언제 쫓겨날지 모르는 신세가 되는 것이다.

세상이 정해놓은 운명을 따라갈 것인가? 아니면 내가 나의 운명을 결정할 것인가? 황진이는 차라리 기생을 선택해 그 시대 다른 어떤 신분의 여자에게도 허용되지 않는 자유와 도전을 택했다.

　자유에는 당연히 대가가 찾아온다. 기생의 신세란 관에 묶여 있는 노비나 다름없다. 술상에 부르면 가야 하고 수청 들라 하면 드는 신세다. 짧은 전성기를 지나 퇴물이 되면 뒷방 신세를 면치 못하기도 하다. 한몫 잡아서 자신의 기방을 갖거나 첩이 되거나 돈줄이 되는 기둥서방을 얻거나 해야 살아남는 신세다. 물론 이런 굴레에 묶이지 않는 것도 자유다. 황진이는 그 자유를 얻기 위해 독한 훈련을 했다. 황진이의 수련은 이 시대의 자유를 꿈꾸는 '프로'들의 자기훈련과 다르지 않다. 실력을 갖출 것, 함부로 재능을

굴리지 않을 것, 권력과 돈에 지나치게 연연하지 않을 것, 자기관리를 할 것, 외로움을 견딜 것, 자신을 존중할 것, 자존감을 가질 것. 자유인으로 살고자 한다면 갖출 자세다.

자유란 삶의 자세이고 풍류란 삶의 맛이다. 자유와 풍류란 기어코 지성을 지향하게 된다. 어떤 분야에서 일을 하더라도 일가를 이룰 수 있다는 것과도 통한다. 한 개인을 넘어 사회와 교류하고 비판하고 더 높은 단계를 추구한다. 황진이는 기생의 신분으로 갖는 자유와 풍류를 지성의 높이로 껑충 올려버렸다. 당대 지식인들과의 교류, 허위와 위선에 빠진 명망가들에 대한 도전, 도학의 대가 화담 선생과의 교류, 그리고 속세에서 얻은 헛된 명성을 뒤로 하고 크나큰 자연에 스스로를 맡기는 태도가 그의 정신세계를 말해준다. 황진이는 당대에도 후대에도 수많은 문학 작품 속에서 또한 영화와 드라마 속에서 다시 살아난다. 너무도 매력적인 인물이고 전설적인 일화와 베일에 가려진 그의 일생이 무한한 상상력을 자극하거니와, 무엇보다도 아름다운 여성이지만 그 이상의 여성이기 때문일 것이다. 그 완고하고 억압적이고 경직된 조선의 시대에서 어찌 이런 인물이 활동했단 말인가?

지금 이 시대에는 전경린의 소설 『황진이』, 김탁환의 소설 『나, 황진이』가 있다. 각기 여성 작가, 남성 작가가 그린 황진이다. 전경린의 황진이는 살아가는 시간을 따라 그의 행로에 담긴 선택의 의미가 그려진다. 김탁환의 황진이는 그녀가 죽음을 앞두고 화담에 대한 기록을 정리하면서 자신의 삶을 회고하는 면모를 그린다. 아름다운 여인, 자유로운 여인, 풍류의 멋을 추구한 여인, 지식인으로서의 여인이 황진이라는 이름으로 나타난다.

황진이는 영화와 드라마의 소재가 되기도 했다. 검정 치마와 단색 저고리만을 입고 단아하고 도도한 기품의 아름다움을 뿜어내는 송혜교가 나오는 영화가 있는가 하면, 화려한 문양의 치마저고리로 단장하고 눈길 한 번 손가락 한 번 놀림조차 색기 가득하게 유혹적인 아름다움을 풍기는 하지원이 나오는 드라마가 있다.

누구면 어떠하랴. 황진이는 우리의 마음속에 있다. 나는 어떤 누구에게도 황진이의 한 부분이 튀어나올 것이라고 생각한다. 우리 안에도 황진이의 한 조각이 있을 거라고 생각한다. 여자에게 허용되지 않던 독립과 자유와 풍류와 지성을 추구하는 삶. 사회가 여자에게 옭아매려 들고, 남자가 여자에게 요구하고, 여자가 자신 스스로에게 제약하는 조건들을 뛰어넘으려는 삶. 그 산전수전을 넘어서 이 시간 이 공간에 있는 나의 의미를 추구하고 또 과감히 버리는 인간의 존재는 우리들 마음속에 존재한다.

조선 시대의 그 어떤 남자보다도 '인간적'으로 산 여자가 황진이다. 인간적이라 함은 자유와 풍류와 지성을 추구하는 삶이자, 여성과 남성의 차이를 넘어서려는 삶, 신분의 구속을 뛰어넘으려는 삶이다. 황진이라는 인간에 대해서는 시대를 바꿔가며 또 다른 해석이 나올 것임에 틀림없다. '이 시대의 황진이'가 나타나서 이 시대의 아름다움의 정의, 풍류의 정의, 자유의 정의, 지성의 정의, 용기의 정의를 다시 할 것임에 틀림없다.

여자 '또는' 남자,
여자 '그리고' 남자

『올란도』 • 버지니아 울프

그렇다면 아예 남성과 여성을 오가는 삶을 수백 년 동안 살았던 올란도는 어떨까? 나는 소설보다도 영화 「올란도」로부터 받았던 인상이 더 깊이 남아 있다. 영화 속 올란도의 얼굴과 표정과 몸짓과 의상과 대사는 뇌리에 박힐 정도로 강렬하다. 한 장면 한 장면이 명화의 한 장면, 포스터의 한 장면이 될 수 있을 정도다. 양성적이고 중성적인 카리스마가 가득한, 그 문제적인 배우 틸다 스윈튼이 '리즈' 시절이었을 때 올란도로 분했던 영화다. 미소년의 모습, 사랑에 배신당한 청년의 모습, 마치 발레리노처럼 쫙 달라붙은 스타킹과 부푼 상의를 입은 모습, 긴 잠에 빠진 모습, 그리고 깨어나 여성으로 변한 자신을 발견하는 모습, 치렁치렁한 드레스와 거추장스런 가발을 쓴 모습, 그리고 현대에 깨어나는 쿨한 여성의 모습을 기막히도록 소화해냈다.

영화 「올란도」는 세 명의 여성이 있어 가능했다. 원작자 버지니아 울프, 감독 샐리 포터, 그리고 배우 틸다 스윈튼. 샐리 포터 감독은 버지니아 울프 작가 이상으로 훌륭하고 틸다 스윈튼은 책 속 올란도 이상으로 훌륭하다. 아니, 누구의 훌륭함을 따질 필요가 없다. 나는 이 세 여성들의 '간절함, 절박감, 그리고 위대함에 대한 열망'이 그들의 최고 재능을 끌어냈을 것으로 짐작할 뿐이다.

이 책을 쓰면서 다시 소설 『올란도』를 읽었는데 마치 처음 읽는 것 같은 느낌이었다. 왜 이리 새로울까? 내용은 분명 다 알겠는데, 올란도의 의식의 흐름이 너무도 신선하게 다가왔다. 왜 이럴까? 내 감성이 예전과 달라진 걸까? 더 깊어졌나? 더 넓어졌나? 영화를 보며 일깨웠던 감성이 책을 읽으면서 다시 살아나는 건가? 여행길에 읽어서 그럴까? 곰곰이 생각해보니 예전에 나는 영어로 읽었는데 이번엔 한글로, 하루만에 푹 빠져서 읽었고, 무엇보다 이 책 『여자의 독서』를 쓰고 있는 동안이라는 것이 그 이유였다. '완전한 나의 언어로, 완벽한 나의 시간 속에서, 온전한 공감의 시각으로 만난 올란도'가 더욱 나를 사로잡았던 것이다.

미소년의 아름다움이란 미소녀의 아름다움 이상으로 치명적이다. 오죽하면 아름다움의 여신 아프로디테가 미소년 아도니스(Adonis)에게 매혹되었겠는가? 오죽하면 자기애를 일컫는 '나르시시즘' 단어의 어원이 물속에 비친 자기 모습과 사랑에 빠져버린 미소년 나르시스(Narcisse)에서 비롯되었겠는가? 미소년 올란도에 매혹된 여자는 최고 권력자 엘리자베스 1세다. 죽음을 앞둔 늙

은 여왕은 "영원히 늙지도 말고 죽지도 말라!"는 절체절명의 명령과 함께 올란도에게 영지와 저택을 하사한다. 화려한 궁정 생활, 러시아 귀족 여자와 빠진 사랑에도 불구하고 올란도가 추구하는 것은 오직 '훌륭한 작가'다. 황진이식으로 말하자면 지성과 자유와 독립과 풍류를 추구했던 것이다.

남성의 기억과 여성의 기억을 동시에 품고
'새로운 인간'으로 태어나다

훌륭한 작품을 쓰는 데 한계를 느껴서였는지, 믿었던 사랑에 배신당해서였는지, 이국땅에 파견되어 제국주의의 도구가 되는 데 대한 실망때문이었는지, 올란도는 혼수상태의 잠에 빠져 수백 년이 지나 여자의 몸으로 깨어난다. 새로 입게 된 페티코트, 머리에 쓰게 된 가발, 치렁치렁한 드레스에 당황하면서도 몸짓 하나 눈짓 하나로 남자를 홀리는 마술에 놀라고, 자신을 흠모하는 남자에게 빠지기도 하고, 여성의 몸으로서의 기쁨을 누리기도 한다. 그런데 황당한 것은 여성으로서의 자신의 처지다. 이제 여성이기에 자신의 저택과 영지를 빼앗길 위기에 처하는 것이다. 다시 잠에 빠진 올란도는 소설 『올란도』가 나온 바로 그해, 1928년에 다시 깨어난다. 어떠한 시점인가? 여성의 재산권과 투표권을 획득한 시간이다. 올란도는 진정 새로운 인간으로 태어나는 것일까? '남성의 기억'과 '여성의 기억'을 동시에 품으면서 '새로운 인간'으로 태어나는가?

올란도(Orlando)라는 이름은 'or' 와 'and'를 합성한 이름이다. '또는'과 '그리고'를 합한 것이다. '여자 또는 남자, 여자 그리고 남자'라는 뜻이다. 사백 년을 뛰어넘어 양성을 오가는 인간의 이름으로는 아주 제격이다. 환생과 비슷한 면이 있지만 지난날을 온전히 기억한다는 점에서 환생과는 다르다. 남성으로서의 성공과 실패를 경험했다. 세상을 다 가진 것 같다가, 자신의 욕망을 마음껏 추구했다가, 사랑에 실패해서 좌절했다가, 공직을 맡아서 위선적인 상황에서 어찌할 것인지 선택을 고민했다. 그리고 깨어나서 갑자기 여성의 몸에 갇힌 자신뿐 아니라 사회가 가하는 구속을 이해하게 됐고, 그 구속 속에서 무엇을 할 수 있는지 고민하며 지식인들과의 교류를 추구하지만 그 한계를 알게 되고 기득권층의 허위를 알게 되기도 했다. 그 모든 역사를 안고 새로운 인간으로 태어난 인간이 '또는/그리고'의 올란도인 것이다.

버지니아 울프는 "순전한 남성 또는 순전한 여성이 되는 것은 치명적입니다. 인간은 남성적 여성이거나 여성적 남성이어야 합니다"라고 강조했다. 올란도는 어디에 속하는 것일까? 새로 태어난 인간 올란도는 그야말로 양성적 마음을 갖춘 것일까? 남성적 여성으로서 여성적 남성을 고대하는 것일까?

양성적 인간이야말로
가장 인간적이다

    내 평생 여자임을 잊고 산 적이 없다고 했지만, 딱 한 번 완전히 잊고 산 적이 있었다. 유학중이었을 때다. 학교라는 환경이었던 데다가 '리버럴'한 풍토가 특징인 MIT였고, 내가 공부했던 건축도시대학원에는 여학생들이 많았고, 농담을 잘 던져서 나를 놀라게 했던 행정직들 거개가 '센 언니'들이었고, 남자 교수 숫자보다는 적었지만 여자 교수가 희귀하다는 생각이 들 정도는 아니었다. 물론 내가 외국인이었다는 사실이 여자라는 사실을 압도했다는 이유도 있을 것이다. 하지만 그때까지 살아오면서 내가 겪어왔던 상황과 너무도 대비되는 환경이었다. '여자라서, 여자여서'라는 잣대가 전혀 적용되지 않았다. 일상의 모든 상황에서 여성임을 인식하게 되는 소수자 상황이나 '내가 이걸 해도 되나? 너무 나서는 건 아닌가?' 하는 자기검열의 상황으로부터 완전히 자유로웠다. 한 번 맛봤던 자유는 결코 잊히지 않는다.

우리 사회는 '여자라서, 여자여서'뿐 아니라 '남자라서, 남자여서'도 만만찮게 압력이 되는 사회다. 구분하고 규정하고 억제하고 옥죄는 문화가 대세다. 왜 우리 스스로 이런 구속을 만들어서 답답해하고 힘들어하면서 살아야 하는가? 가부장사회, 남성우대사회는 곧 수많은 남자들에게도 족쇄가 되기 십상인데 말이다. 부디 자유로워지자.

그렇게 나아가는 단계 중 하나가 자기 안의 여성성을 인정하는 남성, 자기 안의 남성성을 인정하는 여성이 자연스러워지는 상태일 것이다. 자기 안의 여성성을 잘 발휘하고 조화시키는 남성, 자기 안의 남성성을 잘 발휘하고 조화시키는 여성이 당연해지는 상태일 것이다. 그렇게 양성적 여성, 양성적 남성으로서 가장 인간적인 인간이 된 남성과 여성이 자유롭게 인간적인 삶을 살아갈 수 있는 상태일 것이다.

이 시대의 여성들은 이제 시민으로서의 기본 권리를 상당 부분 획득했다. 투표권, 재산권, 노동권, 경제권, 교육권, 정치참여권, 피선출권 등 제도적인 평등이 상식이 된 시대다. 그러나 일상에서의 양성평등이 뿌리내리는 데에는 아직도 더 많은 시간이 필요할 것이다. 기대하는 것보다 훨씬 더 많은 시간이 필요할지도 모르겠다는 생각이 들어서 가끔은 우울해지기도 한다. 그러나 일단 나로부터, 나의 가족으로부터, 나의 친구로부터, 나의 애인으로부터, 나의 동료로부터 시작하고 또 추구해보자. 인간적인 인간이 된다는 것이 얼마나 멋진 일인지, 여성적 남성의 인간적인 모습을 보는 게 얼마나 멋진 일인지, 남성적 여성의 인간적인 모습을 보는 게 얼마나 멋진 일인지 서로 감탄해보자.

여자들의 질문은 계속될 것이다. 어떻게 살고 싶은가? 어떤 삶을 꾸리고 싶은가? 어떤 일을 할 것인가? 어떤 사랑을 할 것인가? 어떤 캐릭터로 살 것인가? 어떤 아름다움을 추구할 것인가? 나의 존재 이유는 무엇인가? 나의 가치는 무엇인가? 내가 중요하게 생각하는 것은 무엇인가? 나는 얼마나 자랄 수 있을까? 내가 왜 여기 있는가? 이 공간, 이 시간에 있는 여성들은 어떤 일을 해야 할 것인가?

그 질문의 과정 속에서, 끊임없이 사회 속 여성의 입장을 의문하면서 여성의 입장을 넓히기를! 여성성의 가능성을 자문하면서 여성성의 가능성을 넓히기를! 무한하게 여성성을 축복하면서 여성으로서의 삶을 즐기기를! 무엇보다도 자신이 여성임을 기꺼워하기를!

디어 걸즈,
책과 함께
성장하라!

디어 걸즈, 그대에게!
그대는 그대 하나로 그치지 않는다.
그대를 통하여
우리의 이야기는 이어진다.

이 책을 쓰면서 참 뿌듯했다. 여자들이여! 참 열심히 걸어왔다. 참 열심히 살아왔다. 참 열심히 삶을 빛내줬다. 여자들이여! 이 책을 쓰면서 참 괴롭기도 했다. 여자들이 겪어온 그 수많은 고통들이 떠올라서. 지금도 겪고 있는 말 못할 고통들이 떠올라서. 그래, 참 고생했다. 참 상처 많이 받았다. 참 많이 아팠다. 여자들이여!

그래, 말하자, 여자들이여! 말할 수 있다면 아픔까지도 이길 수 있다. 이 책을 쓰면서 다시 용기가 솟는다. 꿈이 커진다. 그래, 그 뿌듯함과 그 아픔을 잊지 않으면서 우리는 또 걸어나갈 것이다. 홀로, 손에 손잡고, 어깨동무 하고서, 또박또박!

디어 걸즈여, 우리는 영원히 여자다. 우리는 아직도 한참 어리다. 자라고 또 자라자! 나는 결코 나 하나만이 아니다. 이 책을 쓸 수 있게 해준, 수많은 여자 저자들이여, 여자 독자들이여, 시간과 공간을 넘어서, 그리고 이 시간 이 공간에서 항상 그대들과 같은 세계에 있음을 느낀다. 한 여자를 만드는 데에는 온 세상의 여자들의 힘이 있음을 느낀다. 우리의 힘을 위하여! 더 근사한 세상을 만들기 위하여!

자신의 자리에 안존하지 않는 여자들이여,
자존심은 다칠지언정 자존감만큼은 튼실한 여자들이여,
무언가 변화를 꿈꾸며 움직이고 있는 여자들이여,
마음속에 불을 안고 있는 여자들이여,
그대들의 지치지 않는 성장과 행동을 위하여, 건투!

책을 다 읽은 지금, 독자들은 나에 대해 어이없어 할지도 모르겠다. "참 별별 생각을 다 하고 사는구나. 그렇게 씩씩하게 보이던 사람도 속에서는 온갖 고민을 했구나. 그리 대담하고 과감하게 보이던 사람도 속에는 갈등이 많았구나!" 하면서 은근히 실망할지도 모르겠다. 그러나 또 한편으로 "아, 김진애가 여자로서의 정체성을 부둥켜안고 살아왔구나. 여자로서 이 시간 이 공간에 존재하는 의미를 찾으려 애써왔구나. 힘들었구나. 지금도 고민을 그치지 않는구나!" 하면서 은근히 기뻐할지도 모른다. 그래 주면 좋겠다.
우리 사회에서 내가 살아온 길이 통념적인 여성의 길은 아니었음은 인정한다. 남성, 여성을 떠나 통념적인 길이 아니었음도 인정한다. 그러나 나는 일평생 여자임을 잊었던 적도 없고, 여자로서 겪는 이슈를 겪지 않아본 적이 없고, 여자로 사는 즐거움과 괴로움을 갖지 않았던 적이 없다. 일상생활에서도 또 사회생활에서도. 개인의 삶에서도 또 공적인 삶에서도. 나의 운명이자 천명이다. 나에 대한 수많은 오해들이 있지만 그중 대표적인 오해가 내가 여자라는 정체성과 무관하다고 여기는 오해인데, 이 책 『여자의 독서』를 통해 내가 가장 크게 얻는 것이라면 그 오해가 풀리는 것일지도 모르겠다.

아마도 나는 의식이 강했고, 호기심이 컸고, 의지를 키웠고, 용기를 낼 수 있었고, 기회를 더 많이 받는 혜택을 누렸을 것이다. 그래서 딜레마를 더 많이 느꼈고, 생각을 더 많이 했고, 행동을 더 많이 하기도 했다. 더 괴로워하기도 했고, 더 발언을 많이 하기도 했다. 그래서 외로움을 더 많이 느끼기도 했고, 외로움을 느낄 틈이 없기도 했다. 그래서 더 힘들기도 했지만 그만큼 더 큰 힘을 얻기도 했다. 잃은 것도 당연히 있겠지만 얻은 것은 훨씬 더 많다.

그 시간 동안 최고의 동행자는 책이었다. 친구가 되어주고, 선생이 되어주고, 외롭지 않게 해주고, 내 세계를 넓혀주고, 감히 꾸지 못할 꿈을 꾸게 해주고 또 그 꿈을 실현시키게 해준 존재가 책이다. 궁금증을 풀어주었고, 직접 경험하지 못한 세상을 경험하게 해주었고, 내가 가진 의문을 선명하게 해주었다. 물론 리얼한 사람들이 내 인생에서 차지하는 부분은 책보다 훨씬 더 크다. 책은 그 리얼한 사람들과의 관계까지도 근사하게 만들어주었다.

일찍이 내가 어른스러워진 것도 책 덕분이었을 것이다. 일찍이 내가 인생의 괴로움에 초연한 태도를 가질 수 있었던 것도 책 덕분이었을 것이다. 사실은 일찍이 내가 세상의 괴로움과 인생의 쓴 맛을 맛봤던 것도 책 덕분이 아니었을까 싶다. 덕분에 면역력도 높아졌다. 그런가 하면 내가 이 나이가 되도록 여전히 꿈꾸기를 멈추지 않는 것도 책 덕분일 것이다. 여전히 두근두근하는 가슴을 유지하는 것도 책 덕분일 것이다.

여자들이여, 책과 동행하라! 책과 함께 성장하라! 책을 통해 생각을 다듬고, 꿈을 키우고, 친구를 얻고, 동지를 얻고, 선생을 발견하라. 책은 당신을 훨씬 더 근사하게 해주고 당신의 삶을 훨씬 더 근사하게 만들어줄 것이다. 자존감을 갖고 삶을 살아내라. 당신만의 캐릭터로 삶을 살아내라. 여성으로 사는 즐거움을 절대 놓치지 마라. 당신의 디어 걸즈 친구들과 연대를 형성하라. 당신의 시각과 당신의 힘으로 세상을 바꿔보고 싶다는 야망을 키워라. 고통 속에서도 용기를 내어보라. 감히 다른 여성들을 위한 수호신이 되어보라. 여성성과 남성성을 넘나드는 가장 인간적인 인간으로 살아가라! 디어 걸즈, 그대에게 무한한 에너지를 보낸다!

여자의 독서

초판 1쇄 발행 2017년 7월 10일
초판 7쇄 발행 2021년 9월 6일

지은이 김진애
펴낸이 김선식

경영총괄 김은영
콘텐츠사업1팀장 임보윤 **콘텐츠사업1팀** 윤유정, 한다혜, 성기병, 문주연
마케팅본부장 이주화 **마케팅2팀** 권장규, 이고은, 김지우
미디어홍보본부장 정명찬
홍보팀 안지혜, 김재선, 이소영, 김은지, 박재연, 오수미, 이예주
뉴미디어팀 김선욱, 허지호, 염아라, 김혜원, 이수인, 임유나, 배한진, 석찬미
저작권팀 한승빈, 김재원
경영관리본부 허대우, 하미선, 박상민, 김민아, 윤이경, 이소희, 이우철, 김재경, 최완규, 이지우, 김혜진
외부스태프 본문 일러스트 김선정(http://underani.com)

펴낸곳 다산북스 **출판등록** 2005년 12월 23일 제313-2005-00277호
주소 경기도 파주시 회동길 490
전화 02-702-1724 **팩스** 02-703-2219 **이메일** dasanbooks@dasanbooks.com
홈페이지 www.dasan.group **블로그** blog.naver.com/dasan_books
종이 한솔피엔에스 **출력·제본** (주)갑우문화사

ISBN 979-11-306-1337-6 (03800)